10

여왕의 창기병 10(完)
권병수 판타지 장편 소설

초판 1쇄 찍은 날 § 2002년 7월 19일
초판 1쇄 펴낸 날 § 2002년 7월 30일

지은이 § 권병수
펴낸이 § 서경석

편집장 § 문혜영
편집책임 § 권민정
편집 § 장상수 · 박영주 · 김희정 · 이종민
마케팅 § 정필 · 강양원 · 김규진 · 안진원

펴낸곳 § 도서출판 청어람
등록번호 § 제1081-1-89호
등록일자 § 1999. 5. 31
어람번호 § 제1-0264호

주소 § 경기도 부천시 원미구 심곡1동 350-1 남성B/D 3F (우) 420-011
전화 § 032-656-4452 팩스 § 032-656-4453
E-mail § eoram99@chollian.net

© 권병수, 2001

값 7,500원

ISBN 89-5505-097-6 (SET)
ISBN 89-5505-422-X 04810

※ 파본은 본사나 구입하신 서점에서 교환하여 드립니다.
※ 저자와 협의하여 인지를 붙이지 않습니다.

Lancer of Regina

10

SANCTUARY

n. 신성한 장소. 지성소. 신전. 성당. 성역. 은신처. 안식처(마음속 등). 보호 지역.

제1부 완결

권병수 판타지 장편 소설

도서출판 청어람

목 차

Chapter 16 Within Living Memory / 7

후기를 대신한 영양가 제로 잡담 / 277

Chapter 16

Within Living Memory

(사람들이 기억하는 동안에는…)

〈 1 〉

 대장장이는 놀람이 절반, 그리고 곤란함이 절반쯤 섞인 애매한 표정을 지었다. 도시 너머로 슬픔처럼 붉은 노을이 짙게 깔렸다. 대장장이는 다시 한 번 똑같은 표정을 지었지만 정작 그를 곤란하게 만드는 여자는 무표정했다. 그는 그 여자가 누구인지 알고 있었다. 수도에 살고 있는 사람이라면 누구나 한 번쯤 이름을 들어봤을 것이고, 그중에 상당수는 직접 얼굴을 봤을 것이고, 그중에 소수는 그녀와 함께 싸운 경험이 있을 것이다.
 에피는 대장간 입구에서 팔짱을 끼고 서서 고개를 돌려 저녁노을을 멍하니 바라보았다. 절규하는 여자의 얼굴처럼 붉어진 노을은 조심스럽게 그녀의 이마 위로 쏟아졌다. 하지만 그녀는 자신의 이마 위로 쏟아지는 노을을 걷어내려 하지 않았다. 그저 묵묵히 고개를 돌린 자세로 서서 대장장이를 기다렸다.

"진심이십니까?"

"……."

"저도 뚫린 귀가 있어서 소문은 듣습니다만… 제가 듣기에는……."

에피는 고개를 돌렸다. 이제는 제법 길어진 머리칼 때문에 조금쯤은 여자로 보이는 얼굴이었다. 짙은 갈색으로 그을린 피부에 감정없는 눈동자를 가진 에피는 '곱상한 사내아이 또는 여자일지 모른' 의 희미한 경계에 머물고 있었다. 에피는 아주 천천히 팔을 풀었다. 화살이 박혔던 상처에서 시작된 뜨거운 고통이 그녀를 관통했다. 하지만 그녀는 신음을 내뱉지 않았다. 단지 희미하게 눈썹 끝을 파르르 떨었다.

걸치고 있던 하드레더와 옷 밑에 껴입고 다니던 체인메일이 그녀의 목숨을 구했다. 특히 옷 밑에 껴입고 다니던 체인메일은 벌써 두 번째로 그녀의 목숨을 구해주었다. 유일한 문제점은 그녀가 그것을 전혀 고맙게 여기지 않는다는 점이었다. 그 증거로 의식 불명에서 깨어났던 그녀가 제일 처음 했던 일은 체인메일을 벽난로 속에 처넣어버린 일이었다. 그녀는 두 번 다시 갑옷을 입지 않았다.

"…아무리 그렇지만… 이건… 저기 그러니까……."

나직한 쇳소리가 들렸고, 에피는 단단하고 예리한 스톨츠 산 단검을 손에 들었다. 한 뼘 길이의 칼날을 가진 단검이 노을에 붉게 물들며 그녀의 손바닥 안에서 익숙하게 핑그르 돌았다. 강철도 베어버릴 것처럼 날카로운 단검이었다. 모루와 망치를 끼고 산 지도 20년이 넘은 대장장이의 숙달된 눈에 그 스톨츠 단검이 얼마나 예리한 물건인지 확실하게 구분되었다.

대장장이는 핼쑥해진 얼굴로 자신의 목을 감싸 쥐었다. 에피는 한 손에 단검을 쥐고 한 걸음 다가섰다. 대장장이는 다급하게 고개를 끄덕이며 한 걸음 물러섰다. 그리고 풀무를 움직여 화덕에 불을 최대로 키웠다.

쿠오오―

백열광이 뿜어져 나오며 뜨거운 열기와 쉭쉭거리는 소리가 비좁은 대장간을 가득 채웠다. 중년의 대장장이는 공포 때문인지, 혹은 화덕의 열기 때문인지 알 수 없는 땀으로 젖은 채 묵묵히 풀무질을 했다. 그는 풀무질을 하면서도 힐끔 불안한 시선을 돌렸다.

에피가 등 뒤에서 당장이라도 자신의 등허리에 단검을 꽂아버릴 것 같았다. 그는 애써 그녀에게서 시선을 돌려 자신을 곤란하게 만드는 것으로 시선을 던졌다. 핏자국이 검붉게 말라붙은 거대한 투 핸드 소드가 모루 한 켠에 세워져 있었다. 혹시 제국 시대에 사용된 검이 아닐까 싶을 정도로 오래되고 낡은 거대한 검이었다. 군데군데 이가 나가고 상처투성이의 투 핸드 소드는 전투에 지친 용감한 전사처럼 묵묵히 입을 다문 채 격전의 증거로 검게 말라붙은 핏자국을 남겼다. 요즘도 투 핸드 소드를 쓰는 인간이 있을까 싶은 생각이 들었지만 대장장이는 그 검에 대하여 들은 귀는 있었다.

대장장이는 그 검이 의심할 여지가 없이 레이드의 투 핸드 소드라고 생각했다. 제련된 검신을 보면 틀림없이 스톨츠나 베일 칸토 연합에서 만들어진 검이라는 사실을 알 수 있었고, 이번에 벌어진 '시민전쟁'에서 투 핸드 소드를 쓴 사람은 레이드 혼자였다. 대장장이는 시민전쟁의 종지부를 찍은 영웅 레이드가 반역자였던 마녀 페나 왕비의 숨통을 끊어버린 검을 바라보며 복잡한 마음을 가누지 못했다.

시민전쟁의 영웅 레이드는 자신의 검으로 마지막 순간에 마녀 페나 왕비를 거의 두 동강 내다시피 했고 그녀를 죽이는 데 성공했다. 하지만 그는 페나 왕비가 죽는 순간 그에게 내렸던 저주를 받아 그 자리에서 죽었다는 소문이 수도에 퍼져 있었다. 시민전쟁을 승리로 이끈 영웅이 최후까지 쓰던 검이자 반역자의 마지막 숨통을 끊어버린 검이 눈앞에 있었지만 대장장이는 전혀 기쁘지 않았다. 사자성의 메인 홀에 장식될 예정이었다는 그 검이 어째서 이곳에 있는지 의심하고 싶지도 않았다. 멋모르고 시민전쟁의 영웅이 쓰던 유품이라는 찬사를 보냈다가 에피에게 장작으로 두들겨 맞은 대장장이는 불안한 눈을 끔벅거리며 자신의 일에 열중하려고 노력했다.

"저, 정말로 이 검을 망가뜨릴 생각이십니까?"

노을을 바라보던 에피는 잔뜩 얼굴을 찡그렸다. 그녀는 탁하게 갈라진 목소리로 쉭쉭거리며 말했다. 생기발랄하고 다소 시끄러운 고음을 가졌던 그녀의 목소리는 이제 죽어가는 노인의 목소리처럼 탁했다.

"자꾸 반복하게 하지 마. 그 빌어먹을 검을 박살 내버려! 두 번 다시 세상에 나타나게 하지 마! 누구도 찾아내지 못하게 땅속에 묻어버려! 영원히! 개같이 영원히 파묻어! 그 지긋지긋한 검 따위는 두 번 다시 보고 싶지 않아!"

에피는 두 팔로 자신의 어깨를 감싸고 떨었다. 노을에 붉게 물든 뺨으로 눈물이 산산이 부서졌다. 화살이 박혔던 상처가 그녀를 차갑게 찔렀지만 에피는 고통을 느끼지 못했다. 에피는 자신의 심장을 찢는 고통 속에서 울었다.

'지금까지 살아남게 해줬으니 아버지로서는 할 일을 다한 거 아냐?'

레이드의 무책임한 말이 그녀의 귓가에 맴돌았다. 어느 따스한 봄볕이 쏟아지던 오후의 한가로운 휴식을 만끽하던 시절이었다. 아니, 온몸의 뼈가 부서져 버릴 만큼 격렬한 전투가 끝나고 자신의 몸에서 풍기는 피비린내에 진저리를 치던 아침이었을지도 모른다.

에피는 자신의 기억이 온통 뒤죽박죽으로 흩어져 버렸다는 사실을 자각했다. 하지만 그런 것은 아무래도 좋았다. 그녀의 분노, 슬픔, 혐오, 연민… 이 모든 감정들은 레이드의 유일한 유품인 검으로 모아져 사납게 소용돌이쳤다. 그녀는 레이드를 용서할 수 없었다. 하지만 이제 더 이상 레이드는 세상에 존재하지 않았다. 오갈 곳을 잃은 그녀의 감정은 그가 남겨두고 떠난 검으로 쏠렸다.

에피는 무릎을 꿇었다. 그녀는 자신의 두 팔을 으스러지도록 끌어안고서 입술을 깨물었다. 겁을 집어먹은 대장장이가 묵묵히 레이드의 남겨진 유품인 검을 없애는 동안에 에피는 자신을 끌어안고서 눈물을 흘렸다.

살아오면서 한 걸음 내딛는 동작이 이렇게 힘들 거라고는 한 번도 생각해 보지 못했다. 더러운 몰골의 젊은 사내는 힘들게 걸음을 내디뎠다. 전투의 피보라가 미치지 않았던 거리였지만 어딘지 을씨년스러웠다. 따스한 햇살과 뛰노는 아이들의 웃음소리, 구수하게 구워지는 빵 냄새, 그리고 터덜터덜 보금자리로 돌아가는 가장들의 지친 발걸음 소리. 이제는 그 어느 것도 없었다. 오가는 사람도 없는 거리는 싸늘했고, 실가로 늘어선 집들은 묘비처럼 보였다. 좁고 구불거리는 골목길은 생기가 없고 창백했다.

"…후우."

시민병 힉스는 목발을 짚은 채 잠시 걸음을 멈추고 심호흡을 했다. 상처 때문에 다리가 휘청거리고 머리가 어지러웠지만 그는 애써 몸을 지탱했다. 힉스는 한쪽 다리를 끌면서 느리지만 꾸준하게 거리를 걸었다. 이웃들과 자주 술을 마시던 주점은 전쟁통에 굳게 문을 닫았다. 힉스는 잠시 동안 주점 계단에 주저앉아 가쁜 숨을 몰아쉬었다.

"나는… 돌아온 걸까…… 결국 돌아온 건가……?"

힉스는 지금껏 살아오면서 한 번도 기적을 바라지 않았고, 자신에게 기적이 일어날 것이라고 생각한 적도 없었다. 하지만 그는 기적처럼 살아남았다. 힉스 자신도 자신의 삶을 기적이라고 인정할 수밖에 없었다. 단검이 한 치만 더 들어왔어도 힉스는 지금 이 자리에 없었다. 그리고 조금만 더 전투가 늦게 끝났어도 그는 시체들 틈 속에서 과다출혈로 죽었을 것이다. 힉스는 하늘이 도와 전투가 끝나는 순간까지 살아남았고, 곧바로 발견되어 부상을 치료받을 수 있었다. 그럼에도 불구하고 힉스는 보름 동안 의식을 찾지 못했고, 자리에서 겨우 일어난 것은 전쟁이 끝나고 한 달이 지나서였다. 그는 소가 끄는 달구지에 실려 다른 병사들과 함께 수도로 돌아왔다. 몇 달 만의 귀향이었다. 평범한 사내였던 그는 강제로 끌려가 시민병이 되어 전쟁을 경험했고, 부상당한 전사가 되어 고향으로 돌아왔다.

힉스는 떨리는 무릎을 가누며 다시 일어섰다. 아직도 부상은 완쾌된 것이 아니었고 걷는 것은 더 더욱 불가능했다. 하지만 힉스는 보이지 않는 힘에 이끌리듯 텅 빈 저녁 거리를 걸었다. 거대한 힘이 그의 등을 떠밀어 그를 거리 저편으로 밀어붙이고 있었다. 힉스는 을씨년스러운 골목길에 길게 드리운 자신의 그림자를 바라보며 힘겹게 발을 뗴었다.

　더 이상 자신은 예전의 자신이 아니었다. 지금껏 셀 수도 없이 죽을 고비를 넘겼다. 죽은 시체도 무서워하지 않고 갑옷을 벗겨 입었고, 몇 번이고 시체 곁에 버려진 무기를 주워 싸웠다. 누구도 그에게 전투를 가르쳐 주지 않았지만 그는 스스로 전장 한가운데서 생존을 배우며 싸웠다. 사람들은 그들에게 시민전쟁의 진정한 영웅이라고 칭송했다. 시민전쟁, 왕비의 반란을 시민병들의 힘으로 싸웠던 전쟁. 그렇지만 힉스는 기쁘지 않았다.

　원치 않게 전장으로 끌려갔고, 개죽음당한 이웃사람들의 시체 속에서 살아남았다. 쏟아지는 빗속을 뚫고 행군했고, 낯선 도시의 비좁은 골목길에서 이를 악물고 싸웠다. 흉터를 얻었고 상처를 얻었다. 그리고 그에게 남겨진 것은 영웅이라는 칭호와 피 묻은 두 손, 상처받고 병든 육체뿐이었다. 힉스는 누구의 도움도 받지 못한 채 기어가는 속도로 힘겹게 한 발 한 발 내디뎠다. 이 거리의 끝에서 기다리고 있을, 혹은 기다리고 있지 않을 야스민을 향해 걷고 있었다. 너덜거리는 옷깃 사이로 더러운 붕대로 감싼 옆구리가 드러났다. 무리하게 움직인 탓에 희미하게 피가 배어 나오기 시작했다. 힉스는 땀에 젖은 얼굴로 이를 악물고 필사적으로 걸었다. 전장에서조차 이렇게 필사적으로 싸운 적은 없었다. 힉스는 지금 그 자신의 생에 있어서 가장 치열한 투쟁을 하고 있었다.

　마지막 모퉁이를 돌았을 때 힉스는 야스민을 발견했다. 마침 야스민은 집으로 돌아가고 있었다. 낡은 수건으로 머리를 싸맨 야스민은 두 손을 앞치마 사이에 묻은 채 어깨를 힘없이 늘어뜨렸다. 어두워지는 거리를 터벅터벅 걸어오는 그녀의 한쪽 이마에는 흉터가 있었다.

머리를 싸맨 수건 아래로 언뜻 보이는 그 흉터는 깊고 또렷했다. 수도가 함락되고 살기등등한 왕비군 병사들이 진주했을 때부터 그녀는 뒤에서 묵묵히 병든 자들과 힘없는 자들을 보호하기 위하여 왕비군 병사들 앞에 나서는 것을 주저하지 않았다. 그 결과 그녀는 온몸에 크고 작은 흉터를 갖게 되었다.

그녀는 병사들에게 듣게 된 전쟁의 결말을 다시금 곱씹어보았다. 에펜도르프 공방전 끝에 국왕군은 왕비군 지휘부를 괴멸시키는 데 성공했고, 이제는 사람들 사이에서 시민전쟁이라고 부르는 라이어른 내전이 끝났다. 살아남은 왕비군 병사들 대부분은 투항했고, 교수형을 피할 수 없는 장교들과 상당수의 병사들은 뿔뿔이 흩어졌다. 국왕군은 다시 병력을 추슬러 수도로 향했고 이틀 동안의 수도 탈환전—지휘부를 잃은 왕비군이 무기력했기 때문에 전투다운 전투도 없었다—끝에 수도를 다시 탈환했다.

야스민은 그때부터 날마다 국왕군 군대의 주둔지를 배회하며 병사들에게 힉스의 소식을 묻고 다녔다. 하지만 좀처럼 힉스를 찾을 수 없었다. 오히려 그녀는 에펜도르프 공방전의 마지막 전투에서 하메른 백인대라는 부대와 로젠 하우트 시민병 부대가 괴멸당했다는 끔찍한 소식만 들었다.

그 소식을 들었을 때 야스민은 현기증 때문에 휘청거려야 했다. 당시 징집된 시민병들은 징집당하던 당시에 거주하던 거주지 별로 부대 이름이 정해졌다고 들었다. 그렇다면 야스민이 생각하기에도 힉스는 당연히 로젠 하우트 거리였다. 그리고 야스민이 듣게 된 소식은 그 힉스가 소속된 로젠 하우트 거리의 시민병들 절반 이상이 죽거나 부상당했다는 사실이었다. 야스민은 절망적인 기분으로 로젠 하우트 시민병 부대 주둔지를 헤집고 다녔지만 보름이 넘도록 그녀는 힉스의 소식을 듣지도 못했고 힉스를 발견하지도 못했다.

왕비군이 수도를 점령했던 그 끔찍한 기간 동안에도 희망을 잃지 않았던 야스민은 그때 처음 절망이 무엇인가를 경험했다. 그리고 오늘에서야 그녀는 힉스와 동료였다는 병사를 찾아냈다. 흉터투성이의 그 병사는 고개를 갸웃거리며 마지막 전투에서 힉스가 검에 찔려 피를 흘리며 묘비 아래로 넘어지는 광경을 똑똑히 봤다고 주장했다. 인상착의도 같았고, 그 병사는 그의 이름이 힉스라는 것도 정확히 알고 있었다. 그리고 힉스가 옆구리에 심한 상처를 입고 넘어지는 광경을 똑똑히 보았노라고 장담했다. 야스민은 너무 슬퍼서 울음도 나오지 않았다. 결국 그녀는 무거운 발걸음을 애써 돌려 집으로 돌아왔다. 그녀는 복바쳐 오르는 눈물을 참기 위해 한손으로 얼굴을 감싸며 무겁게 출입문 앞에 섰다. 그때 등 뒤에서 누군가 그녀에게 말을 걸었다.

"야, 야스민?"

그녀는 고개를 돌렸다. 순간적으로 그녀는 부랑자가 말을 걸었다고 생각했다. 너덜너덜한 누더기는 핏자국이 말라붙어 검붉게 보였고, 눈에 보이는 곳에는 모두 붕대가 감겨 있었다. 쥐 뜯어 먹은 듯이 흐트러진 머리칼은 뻣뻣했고, 얼굴은 텁수룩하게 수염으로 뒤덮여 있었다. 그리고 야스민은 핏발 선 살기가 가득한 눈동자를 발견했다. 야스민은 순간 목이 막혔다.

"히, 힉스? 설마 힉스? 힉스야? 돌아온 거야?"

"돌아온다고 약속했잖아……."

힉스는 웃으려고 했다. 하지만 그의 근육은 오래전에 웃는 방법을 잊었다. 그는 웃지도 못하고 얼굴을 잔뜩 일그러뜨렸다. 무심코 손을 흔들려던 힉스는 자신의 손을 등 뒤로 감췄다. 피에 젖은 손, 전장을 뒹굴며 사람들을 죽였던 살인자의 손. 그 순간 힉스는 어째서 자신의 두 손이 전투에서 잘려 나가지 않았는지 저주했다. 롱 소드를 쥐고 사람을 찔러 죽이던 그 손으로 야스민을 안고 싶지 않았다. 아니, 야스민에게 자신의 더러워진 육체를 보여주고 싶지 않았다. 힉스는 후회했다. 싸우는 동안에 그는 야스민에게 돌아가겠다는 일념으로 싸웠다. 그는 자신의 나약함과 비겁함과 싸우며 검을 들고 선두에 섰고, 적의 피를 삼키며 시체들의 산을 넘어왔다. 그런 자신이 예전과 다름없는 야스민을 만나 사랑할 수 있을까?

야스민은 떨어지지 않는 발걸음을 내디디며 힉스에게 다가왔다. 눈물이 뺨을 타고 흘렀다. 야스민은 자신도 모르게 머리를 싸맸던 수건을 풀렀다. 푸석푸석해진 머리가 흘러내렸다. 예전에는 힉스가 그렇게 칭찬하던 아름다운 머리였다. 흘러내린 머리칼 사이로 그녀의 이마에 새겨진 흉터가 파르르 떨렸다. 힉스만큼 그녀도 변해 있었다. 눈자위가 움푹 들어가고 광대뼈가 튀어나올 정도로 야위었다.

야스민은 눈물이 흐르는 뺨을 수건으로 누르며 한 걸음, 한 걸음 다가섰다. 그에게 뛰어들고 싶었다. 뛰어가 그에게 안겨 키스해 주고 싶었다. 무사히 살아 돌아와 너무 기쁘다고, 너무 행복하다고, 매일 밤마다 기도했노라고. 그의 안전과 그의 귀환을 위해 기도했노라고. 왜 진작 서로의 사랑을 확인하지 못했을까? 왜 진작 서로에게 고백하지 못했을까? 서로가 흘려보냈던 그 많은 시간 동안 어째서 좀 더 솔직해지지 못했을까?

야스민은 복받쳐 오는 눈물을 주체하지 못하고 울었다. 그리고 마침내 힉스의 어깨를 안았다. 힉스의 상처 입은 몸은 놀랄 만큼 야위고 차가웠다. 야스민은 너무 가슴이 아파서 눈물을 흘렸다. 마침내 힉스를 포옹했을 때 야스민은 지난 몇 달간 참고 있던 울음을 목놓아 울었다. 목에서 꺽꺽 소리가 나도록 울었다. 힉스는 떨리는 손으로 야스민을 포옹했고 머리를 쓰다듬었다. 피에 젖은 살인자의 손이라도 좋았다. 이렇게 그녀를 안고 싶어하는 마음 하나만으로 살아남았다.
"돌아왔어. 이 약속만큼은 지키고 싶었어……."
"바보… 바보야!!"
야스민은 더러운 붕대가 감겨진 힉스의 가슴에 뺨을 묻으며 울었다. 힉스는 히죽 웃었다. 그는 마침내 웃음을 되찾았다. 그는 찡그려지는 얼굴을 애써 펴려고 노력하며 웃었고, 힘없이 무너졌다. 야스민은 갑자기 휘청 넘어지는 힉스를 지탱하지 못했다. 단단한 돌바닥에 머리를 부딪친 야스민은 무심코 손을 들었다. 그리고 자신의 손바닥이 선혈에 젖은 것을 발견하고 비명을 질렀다.
"히, 힉스!! 괜찮아?! 힉스! 괜찮아?!"
"그 정도 피에 놀랄 거… 없어… 몇 달 동안 그것보다 훨씬 많은 피를… 흘렸다구… 헤헤……."
"사, 사람들을 불러올게!!"
"괜찮아. 잠시 누워 있으면 나아져……."
힉스는 자신의 상처에서 흘러나온 피에 야스민의 앞치마가 젖은 광경을 바라보며 눈살을 찌푸렸다. 핏자국은 좀처럼 잘 지워지지 않는데… 힉스는 그런 생각을 하며 눈을 감았다. 무거운 눈꺼풀은 자신의 무게를 이기지 못했다.
"힉스!! 바, 바보야!! 돌아왔잖아! 여기까지 돌아왔잖아?! 어째서?! 여기까지 돌아오고서!!"

"…내가… 사랑한다고 말한 적 있던가?"

힉스는 눈을 감은 채 희미하게 웃었다. 야스민은 두 팔로 힉스의 머리를 안고서 비명을 질렀다. 그녀의 눈물은 힉스의 뺨을 타고 흘러내렸다.

"걱정하지 마… 좀 자고 일어날게… 깨어나면 아침 좀 차려줘. 네가 차려주는 밥을 먹고 싶어."

힉스는 눈을 감은 채 한 손으로 간신히 야스민의 뺨을 쓰다듬었다. 야스민의 서러운 울음소리가 좁은 골목길 너머로 쏟아졌다. 야스민의 뺨을 더듬던 손이 스르륵 아래로 내려갔다.

시민전쟁에서 가장 큰 공을 세웠고, 결정적으로 전쟁의 승패를 결정지었던 하메른 백인대는 괴멸했다. 한창때는 200명을 상회하던 하메른 백인대는 전투가 끝난 지금, 그나마 살아남았던 부상자들이 추가로 죽어 현재는 겨우 8명이 살아남았다. 역사상 유례가 없을 만큼 참혹한 결과였지만 그들이 괴멸되는 동안에 쌓아 올린 시체들의 숫자는 한층 잔혹했다. 그야말로 전쟁의 영웅이었지만 영웅 대접을 받을 만큼 몸 성히 살아남은 병사들은 거의 없었다.

"……"

하메른 백인대장은 쓰게 웃었다. 붕대에 감긴 그의 두 손은 빵 한 조각 찢지 못했다. 근육이 심하게 손상되어 그의 두 손은 검을 쥐는 것은 고사하고 스푼조차 들지 못했다. 하메른의 얼굴은 한쪽 눈과 뺨을 제외하고 거의 모든 부분이 붕대로 감겨 있었고, 온몸도 역시 붕대에 감겨진 중상자였다. 핏자국이 말라붙은 붕대 사이로 드러난 그의 눈동자는 싸늘했다.

하메른은 검고 딱딱하게 굳어진 손가락으로 애써 빵을 찢으려는 시도를 포기했다. 뭉툭하게 부어버린 손가락은 발가락보다 쓸모가 없을 만큼 망가져 있었다. 전사로서의 그의 인생은 양손과 얼굴의 절반, 그리고 한쪽 눈과 귀를 희생하는 것으로 끝났다. 게다가 검으로 허리를 찔리는 가장 심각한 상처를 받고도 살아남았지만 그 후유증으로 그의 하반신은 완전히 마비되었다. 그는 두 번 다시 자신의 힘으로 걸을 수 없었다. 그의 육체를 통틀어 그의 의지대로 움직여 주는 것은 입술과 한쪽 눈동자뿐이었다. 양팔도 움직이는 데는 문제가 없었지만 두 손이 움직이지 않아 별로 쓸모가 없었다.

하메른은 잠시 동안 그의 곁에 놓여진 수프 접시를 내려다보았다. 스푼조차 들 수 없는 손 때문에 빵을 찢어 적셔 먹으려던 시도는 포기해야 했다. 하메른 백인대장은 제대로 움직이지 않는 몸을 힘겹게 움직였다. 그리고는 상체를 숙여 차디차게 식어버린 수프를 혀로 핥아 먹었다. 개처럼 핥아 먹어야 하는 초라한 육체를 부여잡은 하메른은 냉소했다.

왕비군과 벌어진 최초의 전투에서 살아남고, 그 과정에서 우연히 하메른 백인대의 지휘를 맡았다. 그후 그는 하메른 백인대라는 부대의 지휘관이 되어 마지막 전투까지 언제나 최일선에서 싸웠다. 그런 부대의 현장 지휘관이었던 하메른이 지금은 개처럼 혀로 수프를 핥아 먹고 있었다. 누군가에게 부탁할 법도 하건만 하메른은 혼자서 묵묵히 수프를 먹는 데 열중했다. 사방에서는 여전히 부상병들의 고통스러운 신음으로 가득했고, 의사들과 조수들이 바쁘게 뛰어다니며 그들을 치료했다. 그리고 여전히 하루에도 몇십 구에 달하는 시체가 실려 나갔다. 하메른은 입과 턱 주변이 온통 수프로 더럽혀지고 나서야 고개를 들며 포기했다.

그가 고개를 들었을 때, 도망쳤던 아내 루젤린은 그의 곁에 묵묵히 서 있었다. 루젤린은 감정을 헤아리기 힘든 눈으로 하메른을 내려다 보았다. 하메른은 한 손을 들어 어색하게 손을 흔들었다. 붕대로 감겨진 그의 손은 퉁퉁 부어 있었고 잘 움직이지 않았다.

"오랫만이야."

"뭐 하는 거예요?"

"보시다시피… 배가 고파서… 운이 좋아 살아남긴 했는데… 하반신도 못 쓰고, 양손도 이제는 스푼 하나 집어 들지 못하거든……."

"평생 그렇게 잘난 척하며 살더니 꼬락서니가 좋군요."

"오랫만에 봤는데 좀 더 미남이 된 것 같지 않아?"

하메른은 손목으로 애써 붕대를 걷어 올려 피부가 뜯겨 나가고 일그러진 얼굴의 상처를 보여주었다. 그의 입가에는 자학적인 비웃음이 걸려 있었다. 그는 즐거운 목소리로 자신의 몸이 어떻게 망가져 버렸는지 자랑했다. 루젤린은 하메른 만호프의 객기 어린 자학을 묵묵히 들었다. 피부가 얽힌 참담한 상처를 보고도 얼굴을 찡그리지 않았다.

"에, 또… 가슴에는 이만큼 칼자국이 생겼고, 귓바퀴째 잘려 나간데다 고막이 터져서 한쪽 귀는 못 들어. 눈도 파열되어서 반장님이 되었고, 에, 그리고 또 어디를 다쳤더라? 그러니까… 아! 코도 완전히 뭉개졌어. 흔적도 남지 않은 모양이야. 훨씬 미남으로 변했지?"

"…입 다물어요."

루젤린은 하메른의 곁에 조용히 앉아 엄하게 말했다. 한참을 자학적으로 떠들던 하메른은 입을 다물었다. 루젤린은 자신의 소매로 하메른의 입주변을 닦아주었다. 짧은 순간 하메른의 눈빛이 흔들렸다.

하메른 만호프는 그녀를 거칠게 밀어냈다.

"장난은 그만 하고 저리 가. 당신도 조금쯤 즐거워하라구. 내가 이렇게 멋지게 변했잖아?"

"……."

루젤린은 다시 남편에게 바짝 다가앉았다. 그리고 흐트러진 붕대를 다시 갈무리해 얼굴 상처를 감싸주었다. 그녀는 눈살을 살짝 찌푸리며 꼼꼼한 손길로 하메른의 몸에 감겨진 붕대들을 가다듬고 옷차림을 정리해 주었다. 하메른은 어이없는 시선으로 묵묵히 그녀를 바라보았다.

"왜 나에게 이렇게 친절한 거지?"

"…글쎄요? 마음대로 생각해요."

"보라구, 이런 몰골은 영웅도 아니야. 시민전쟁의 영웅? 헷! 정말 우연히 살아남았지. 죽을 거라 생각하고 기대하고 있었는데 전쟁에 이겨 버리고 빨리 발견되어서 목숨을 건졌지. 내가 쓰던 검은 부러졌는데 말이야. 똑똑히 봐. 이건 아무리 봐도 영웅이 아니야. 그저 병사로서 가치가 없어진 쓰레기라구. 나는 말이야……."

"당신은 예전부터 쓰레기였어요. 영웅은 무슨 얼어죽을 영웅."

"이봐, 말이 너무 심하잖아?"

"쓸데없는 헛소리 그만 하고 입이나 벌려요."

루젤린은 수프를 하나 가득 떠주며 다그쳤다. 하메른은 눈살을 찌푸렸다.

"새삼 마누라 노릇 하겠다는 거야?"

"그 지독한 전쟁터에서 죽다 살아왔으면서 조금쯤 어른이 되는 건 어때요?"

"이 몸을 보라구. 이건 세 살배기 어린애보다 못할걸?"
"당연하죠. 어린애는 말이라도 잘 듣지."
하메른은 고개를 돌려 버렸다. 그는 여전히 자학적인 웃음을 짓고 있었다. 루젤린은 무표정한 얼굴로 수프 접시를 내려놓았다. 그녀는 발끝에 구겨져 뒹구는 모포를 끌어 올려 하메른의 어깨에 덮어주었다. 그리고 한 손으로 조용히 그의 어깨를 쓰다듬었다.
"다 죽었어. 틸로이츠, 하인켈, 제퍼, 막스히… 전부 죽었어. 그나마 살아남아 있던 놈들도 전부 죽었지. 적어도 틸로이츠 녀석은 살아남을 거라고 생각했는데… 우리는 무엇을 위해 싸웠던 거지? 그리고 무엇을 얻은 거지?"
하메른 만호프는 죽어버린 부하들의 얼굴을 하나하나 떠올려 보며 중얼거렸다. 그리고 자신의 두 손을 내려다보았다. 두 번 다시 검을 쥐지 못하는 자신의 두 손을. 하지만 검을 쥘 수 있었다면 자신은 또 다른 전쟁에 나갔을까? 하메른은 아마도 그럴 것이라고 생각했다. 그곳에서 또 목숨을 걸고 싸우며 전우들이 죽는 광경을 목격했을 것이다. 그리고 여전히 자신의 검이 부러지는 것과 자신이 죽는 것 중에서 어느 것이 먼저일까 고민했을 것이다. 하메른은 웃으려고 노력했다. 목청껏 웃어버리고 싶었다.
루젤린, 자신에게 진저리를 치며 아들을 데리고 도망쳤던 아내는 여전히 조심스럽게 그의 어깨를 쓰다듬었다. 하메른은 고개를 들었다. 아내는 무뚝뚝한 얼굴로 묵묵히 하메른의 하나 남은 눈동자를 들여다보았다. 그리고 조용히 입술을 움직였다.
"잘 돌아왔어요. 잘 싸웠어요."
루젤린은 조용히 고개를 끄덕여 보였다. 하메른은 차마 아내의 시선을 마주할 용기가 없어 시선을 내리깔았다.

소년은 조용히 주점 안으로 들어갔다. 전쟁이 끝났는데도 주점 안은 여전히 조용했고 사람들이 없었다. 올해 16살인 소년은 한 손에 붕대를 감고 있었고 누더기를 걸친 초라한 모습이었다. 그다지 크지 않은 체구의 소년은 겁먹은 눈을 꿈벅거리며 주점 안을 둘러보았다.

"젖 냄새가 풀풀 풍기는 녀석이 어디를 기웃거리는 거야?"

주점 안쪽에서 걸어나온 여자는 싸늘하게 쏘아붙였다. 소년은 움찔 놀라며 한 걸음 물러섰다. 여자치고는 큰 키에 서글서글한 인상의 여자는 젖은 손을 앞치마에 닦으며 잔뜩 인상을 찌푸렸다. 소년은 주눅 든 얼굴로 들고 있던 꾸러미를 내밀었다. 여자는 고개를 기울이며 소년을 아래위로 쏘아보았다.

"뭐야?"

"혹시 틸로이츠님을 아세요?"

"틸로이츠? 알지. 세상에서 가장 정신 나간 건달이지."

"틸로이츠님의 유품입니다."

"……."

여자는 팔짱을 끼고 서서 묵묵히 꾸러미를 내려다보았다. 그녀는 한참 만에 그것을 받아 들었고, 꾸러미를 펼쳐 보았다. 그것은 피에 젖어 딱딱하게 굳어버린 하메른 백인대의 깃발이었다. 언젠가 틸로이츠가 귀족 부인을 협박해 만든 깃발이었다. 틸로이츠는 하메른 백인대의 기수였다. 여자는 딱딱하게 말라붙은 핏자국에 어깨를 흠칫 떨었다.

"이게 뭐지? 이거 핏자국이지?"

"시민전쟁의 영웅, 하메른 백인대의 깃발입니다. 틸로이츠님께서는 저희 부대의 기수이셨습니다. 생전에 자주 이곳 자랑을 하셨습니다. 마지막 전투에서 틸로이츠님과 하이켈님께서는 전사하셨습니다. 제가 두 분을 이어 마지막 기수였습니다. 이제는 이 깃발을 틸로이츠님께서 생전에 머물던 곳에 전해드려야겠다고 생각해서……."

"너, 그 건달 녀석이랑 친했니?"

"아, 아뇨! 전 그저 멀리서 그분이 말씀하시는 것만 듣곤 했습니다. 그분은 저를 기억하지 못할 겁니다."

"그런데 그를 잘 아는 거 같은데?"

"제 목숨을 두 번이나 구해주셨으니까요."

"헹! 그 싸구려 건달이? 그 인간이 누굴 구해줘? 웃기고 있네."

여자는 피 묻은 깃발을 바닥에 던져 버렸다. 소년은 얼굴을 붉히며 더듬거렸지만 여자의 서슬에 눌려 입도 제대로 열지 못했다.

"그 인간은 죽어도 예전에 죽었어야 하는 삼류건달이었어. 기수? 쳇! 그 따위 인간이 시민전쟁의 최고 영웅이었다고? 기가 차서 말도 안 나온다."

"정말 용감하셨단 말입니다! 언제나 전장의 선두에서 깃발을 휘두르며 돌격하셨습니다. 그리고 죽는 순간까지 저 깃발을 손에 쥐고 지키셨어요!"

"꺼져! 그 따위 인간에 대한 이야기는 한마디도 더 듣고 싶지 않아!"

여자는 소년의 등을 떠밀어 주점에서 쫓아냈다. 그리고 신경질적으로 문을 꽝 닫았다. 아예 문까지 걸어잠갔지만 소년은 한참 동안이나 바깥에서 문을 두드리며 틸로이츠를 변호했다. 그러다 제풀에 지쳐 가버렸다. 그때까지 문에 기대서 있던 여자는 주점 출입문을 살짝 열고서 소년이 거리 저편으로 사라진 것을 확인했다. 여자는 텅 빈 주점 바닥에 버려진 깃발을 내려다보았다.

한참 만에 그녀는 바닥에서 깃발을 주웠다. 그리고 떨리는 손으로 깃발을 다시 곱게 접었고, 가슴에 안았다. 허풍과 난폭함을 빼고는 아무것도 없었던 사내의 목소리가 들려왔다. 여자는 깃발을 가슴에 안은 채 입술을 삐죽거렸다.

"너무 늦었잖아! 머저리!!"

오직 전쟁만을 염두에 두고 설계된 사자성의 어두운 복도는 연옥 같았다. 몸에 익숙해진 부츠가 돌바닥을 밟는 소리가 어둠 속에 공명했다. 하 이언은 붕대 위로 흘러내린 검은 머리칼을 손끝으로 잡아당기며 장난쳤다. 그를 부축해 주며 나란히 걷던 카라는 조용히 미소 지었다. 이언은 그녀의 미소가 눈에 거슬려 눈살을 찌푸렸다.

"뭐야, 그 웃음은?"

"변했어, 당신은."

"내가? 나라는 인간이 변할 수 있을 거라고 믿어?"

"여전히 그 일을 염두에 두고 있는 거야? 언제까지 그 일을 생각하며 살아갈 거지? 피세라흐를 죽인 건 당신의 책임이 아니야. 반란을 일으킨 것은 그녀 자신이야. 누구도 강요하지 않았어. 당신은 친위대원이야. 친위대원은 반란군에게 관용을 베풀지 못해. 당신이 누구보다 잘 알잖아?"

"오직 친위대원이 되기 위하여 태어난 혈통이니까. 나 자신이 국왕의 사냥개가 되기 위해 사육된 인간이라는 것, 그 정도는 알고 있어."

이언은 어두운 복도 저편으로 노려보며 웃었다. 카라는 이언의 차가운 냉기 속에서도 태연하게 애정 표현을 했다.

"어머, 무서워라. 그럼 오직 친위대원이 되기 위해서 태어난 남자를 변하게 만든 사람은 누굴까? 레미 아낙스? 아! 크림발츠의 여왕 폐하라고 해야 하나? 아니면 케이시 튜멜?"

"난 변하지 않았어."

"변했어. 당신은 예전에 그렇게 흥분하지 않았어. 당신 스스로 검을 쥐고 전장 한복판에서 싸웠던 기억… 얼마나 오래전부터 그런 짓을 관두었는지 기억이나 하고 있어? 그런데 당신 지금은 스스로 검을 쥐고 싸워. 그리고 튜멜 남작에게, 혹은 레미 아낙스에게 필요 이상으로 화를 내고 있어. 변한 거야. 뱀파이어의 육감은 예리하거든. 후후후."

"불태워 버리기 전에 입 다물어."

"개인적인 취향이지만 나는 당신이 반 무라드로 있을 때보다 하 이언으로 있을 때가 좋아. 터번을 두르고 콧수염을 기른 당신의 모습은 안 어울리거든……."

"말도 안 듣는 흡혈마녀."

이언은 짧게 중얼거리며 옆구리를 눌렀다. 그는 상처의 고통을 누르며 두꺼운 출입문을 열었다.

"뭐, 뭐야?! 어째서 걸어다니지?! 믿을 수가 없어!!"

이언은 눈살을 찌푸렸다. 그리고 잇소리를 내며 나직하게 말을 뱉어냈다.

"오랫만에 보는 주제에 인사가 개판이군, 바보남작."

"너…… 중상이었어!! 목숨이 오락가락했었다구!!"

"너보다 내가 더 잘 알고 있어. 소리 지르지 마. 아직까지 머리가 울려!"

이언은 구석에 놓여진 테이블로 걸어가 빈 잔에 위스키를 가득 따랐다. 그리고 한 컵 가득 따른 위스키를 단숨에 비웠다. 상처가 아물지 않은 상황에서 술을 마시자 알콜 기운은 그대로 비수가 되어 이언의 육체를 난도질했다. 이언은 띵하게 울리는 머리를 손목으로 누르며 뜨거운 호흡을 내뱉었다. 그리고 다시 잔을 가득 채웠다.

"부상당한 몸으로 그렇게 술을 마시면 죽지 않을까?"

지도를 내려다보던 레미는 고개를 돌리지 않고 말했다. 그녀는 이언이 회의실 안으로 들어온 이래로 한 번도 시선을 건네지 않았다. 레미의 목소리는 차갑고 메말랐지만 딱히 이언에게 화를 내는 어투는 아니었다. 여왕이 되어 전군을 지휘하는 시점부터 그녀는 의식적으로 타인들에게 딱딱하게 말을 했다.

이언은 한 손에 잔을 들고 히죽 웃었다.

"혈통이 달라서 말입니다. 검에 한두 번 찔린 걸로는 죽지도 않습니다."

"의식도 없던 인간이 벌써 완치되다니… 믿을 수가 없어."

"시끄러, 바보남작! 믿으라고 말한 적 없어. 그리고 난 아직 부상자야. 적어도 두 달 동안은 전투에 참가조차 못할걸?"

"너…… 인간은 맞는 거냐?"

튜멜은 이언의 곁에 선 카라를 힐끔거리며 뒷말은 목구멍으로 삼켰다. 문득 이언에게도 뱀파이어의 혈통이 흐르는 것은 아닌가 하는 의문이 들었다. 마지막 전투가 끝났을 때 이언을 찾아낸 것은 기적이었다. 몇 겹의 시체들 사이에서 이언은 피에 젖어 얼굴도 알아볼 수 없었다. 게다가 피 웅덩이에 누워 있는 그 모습을 보고 살아 있을 것이라고 생각할 만큼 상상력이 풍부한 사람도 없었다. 어떤 병사가 무심코 지나쳤을 때, 이언의 피 묻은 손이 힘겹게 올라왔다. 그리고 이언은 씨익 웃으며 말했다.

"미안하지만 살아 있는데?"

중상을 입은 그가 지휘부의 하 이언이라는 사실이 밝혀지자 국왕군 진영은 발칵 뒤집어졌다.

"평범한 인간 따위와는 혈통이 다르지."

이언은 잔을 흔들며 건배하는 시늉을 했다. 레미는 손끝으로 테이블 모서리를 똑똑 두드렸다. 사람들의 시선이 일제히 레미에게 모아졌다.

"할 일이 많아. 술을 마시고 싶으면 혼자 마시지 그래?"

"계속하십시오, 여왕 폐하."

"상황을 설명하지. 에펜도르프 공방전 최종 종결. 2일간의 함락전 끝에 수도 탈환. 왕비군 잔당들은 대부분 항복하거나 도주. 왕비파 장교들과 귀족들은 적발 즉시 재판없이 교수형. 시내와 주변 지역에 남겨진 잔적 소탕 중. 하메른 백인대, 로젠 하우트 괴멸. 휴젠과 클로티스 시민병 부대 해산 및 전원 귀가 조치. 현재 근위대를 주력군으로 재편성 중. 회색남풍 용병대가 근위대 임무 수행 중. 부상자 치료에 총력 투입. 발트하임 정부 재건에 주력 중. 이상이야."

이언은 레미의 무미건조한 설명에 대한 감탄으로 손톱으로 들고 있던 위스키 잔을 두드렸다. 그것으로 박수를 대신한 이언은 천천히 홀의 중앙에 놓여진 테이블 쪽으로 다가왔다. 레미는 여전히 테이블 한가운데 펼쳐진 지도를 노려보았다.

"인상적인 설명이었습니다. 덕분에 상황을 한 번에 이해하겠군요, 여왕 폐하."

"네가… 아니, 귀관이 크림발츠의 기사였다면 당장 교수형이었어. 그 말투는 역시 마음에 안 들어. 분위기 흐리지 말고 집중해. 자, 회의를 시작할까요?"

테이블에 몰려 있던 사람들이 살짝 고개를 끄덕였다. 좌중을 둘러보며 한 사람 한 사람과 시선을 마주쳐 대답을 받은 레미가 다시 시선을 지도로 돌렸다. 튜멜은 이언에 대하여 넌더리를 내면서 빈자리를 힐끔거렸다. 에피는 오늘도 사람들 앞에 얼굴을 드러내지 않았다. 쇼와 레이드를 같은 전투에서 잃은 에피는 나름대로 잘 견디고 있었다. 튜멜은 한 손으로 이마를 지그시 누르며 혀를 찼다. 자신이 조금만 더 용감하게 병사들을 지휘했어야 했다는 회한이 가슴을 무겁게 만들었다. 고함을 지르며 병사들과 함께 검을 들고 싸웠지만 그는 적병사를 죽일 수 없었다. 튜멜은 자신이 이언처럼 쉽게 사람을 죽일 수 있었다면 쇼와 레이드가 죽지 않을 수 있었는지 자문했다. 대답은 그 자신도 알 수 없었다. 튜멜은 잡념을 털어내고 회의에 집중했다.

"일단 우리는 이곳에서 발트하임 정부를 재건해야 해요. 전쟁의 뒷처리도 결국 발트하임 정부의 이름으로 시작해야 한다고 믿어요. 나는 우선 크림발츠 국경으로 긴급 전령을 보냈어요. 라이어른에서 이 정도 내전이 벌어졌다면 크림발츠에서는 북쪽으로 군대를 이동시켰을 거라고 생각해요. 지금 크림발츠를 지배하는 남자, 민트 J. 케언이라면 당연히 그랬을 거예요. 어쩌면 벌써 발트하임 국경선을 넘었을지도 모르죠. 크림발츠의 선봉대가 어디에 있든 그 부대는 뻔한 부대예요."

"크림발츠 국왕 친위대 여왕의 창기병."

이언이 툭 던지듯 끼어들었다. 레미는 고개를 끄덕였다.

"난 현재 국왕 문장이 없어요. 하지만 일단 여왕의 창기병단을 만나면 그들을 장악할 자신은 있어요. 문제는 페임가르트의 군대, 혹은 브레나의 군대가 발트하임으로 진군하는 시간과 맞출 수 있을지가 의문이에요. 그건 정말 자신이 없군요."

"그들이 어째서 문제가 됩니까?"

튜멜은 의아한 얼굴로 질문했다. 레미는 발트하임과 페임가르트의 국경선 부분을 노려보면서 어깨를 으쓱했다.

"발트하임의 아델만 국왕이 병석에 누워 한 달을 버티지 못할 것이라는 소문이 파다하게 퍼졌어요. 게다가 발트하임은 페나 왕비의 반란으로 어지러워진 라이어른에 대한 책임도 필요하죠. 게일에 대한 침공건도 빌미로 충분해요. 페임가르트가 현재로써는 복잡한 내부 사정으로 소극적인 자세를 견지했지만 마지막 기회를 놓치지는 않을 거예요. 그들은 진군해 들어옵니다."

"또, 또 다른 전쟁이라는 말인가요?"

"전쟁이 끝나려면 아직 멀었어요. 어쩌면 시민병들을 다시 소집해야 할지도 몰라요. 다른 대안이 있나요?"

"우리가 손을 털고 떠나는 것. 어차피 우리가 여행을 시작했던 목적은 여왕께서 카민으로 넘어가는 것일 테니까. 발트하임에서의 일이라면 우리도 할 만큼 했으니까."

입을 다물고 있던 파일런 디르거가 조용히 말했다. 레미는 잠시 동안 늙은 사내를 바라보다가 시선을 이언에게 돌렸다. 묵묵히 위스키를 마시던 이언은 취기로 무거워진 머리를 털어내며 어깨를 으쓱했다. 레미는 손끝으로 테이블 모서리를 두드리며 말했다.

"카민으로 가는 문제는… 새삼 별 의미도 없을 거예요. 그렇지 않은가?"

"언제부터 알고 계셨습니까?"

"상당히 오래전부터 의심했고, 방금 이곳으로 제 발로 걸어 들어오는 모습을 보고 확신했지."

"디르거 경께서는 언제부터 알고 계셨습니까?"

파일런 디르거는 하얀 수염을 가볍게 문지르며 무뚝뚝한 말투로 말했다.

"테일부룩 영지에서 그 주점, 파란 개구리였던가? 그곳에서 자네를 처음 만났을 때 내가 했던 말을 기억하나?"

"기억합니다."

"그때부터 이미 알고 있었지. 기억하지는 못하겠지만 자네와 나는 이미 과거에 적으로 싸웠던 전력이 있어."

"기억하고 있습니다. 그래서 당신을 불렀습니다."

튜멜은 갑자기 오가는 대화를 이해하지 못하고 고개를 갸웃거렸다. 그는 섣불리 끼어들지 못하고 세 사람의 얼굴을 멀뚱히 바라보았다. 그만큼이나 상황을 이해하지 못하는 아메린의 체스터 남작도 마찬가지였다.

"수수께끼 놀이는 그만두고 신분을 밝혀도 상관없을 거라고 생각해. 디르거 경을 부르고, 절묘한 타이밍으로 마족 친위대장에게 편지가 오고, 당신이 데리고 다니던 그 이상한 부하들, 그리고 배후가 의심스러운 몇 가지 사건들. 모두 당신이 뒤에 있었던 것 같아. 그렇지 않아? 나는 그 모든 사건들이 우연히 벌어졌다고 믿지 않아."

레미는 조용한 목소리로, 그러나 빠져나갈 빌미를 주지 않는 단호한 말투로 말했다. 이언은 항복한다는 듯이 두 손을 들어 보였다. 그때까지도 튜멜은 상황을 이해하지 못했다.

"재미없는 분들이군요."

"너, 뭐 하는 놈이냐? 어떤 샹들리에의 박쥐냐?"

튜멜은 조바심을 내며 질문했다. 이언은 위스키 잔을 또다시 비웠다. 상처가 아물지 않은 상황에서 과음하고 있었지만 그는 술에 취하지 않았다.

"본명은 캬리프 키갈로에스 대령. 마족 왕국 카민의 국왕 친위대인 흑색친위대, 제4돌격대 농담의 기사단 최고 지휘관. 이제야 정식으로 모두들에게 인사를 하는군. 반갑다."

"흐, 흐, 흑색친위대!! 신이시여! 나를 구원하소서!"

튜멜은 벌떡 일어서면서 검을 뽑아 들었다. 촛불이 밝혀진 홀의 침묵을 깨고 롱 소드가 서늘하게 한광을 내뿜었다. 누구도 그런 튜멜의 행동에 놀라지 않았다. 체스터 남작만이 오가는 대화를 이해하려고 노력했다. 튜멜은 롱 소드 끝이 파르르 떨리는 것을 제어하려고 필사적으로 노력했다. 마족 왕국, 중앙 대교국으로부터 이단자들이자 악마의 국가로 낙인찍힌 국가. 대륙의 다른 국가들과는 근본적으로 혈통이 다른 민족들이 세운 국가. 누구도 넘어가 보지 못한 땅을 가진 국가. 튜멜은 눈가로 흘러드는 차가운 땀방울에 진저리를 쳤다.

"마, 마족이라면… 적어도……."

"노란 눈동자에 붉은 피부, 머리에는 뿔이 있고 송곳니를 번득이며 악마의 힘을 다루는 존재. 그래야 한다는 거지? 그런 농담은 어린애들도 안 믿겠다. 괴물 취급은 이쪽에서 사양이야. 우리도 인간이라고."

이언은 뺨에 남겨진 긁힌 상처를 만지며 웃었다. 튜멜은 축축한 손바닥을 바지춤에 문지르며 롱 소드를 고쳐 잡았다. 이언은 짜증스러운 눈으로 튜멜을 노려보았다.

"아무짝에도 쓸모없는 주제에 정신 사납게 그러지 말고 내려놔."

"그렇게 하세요. 일단은 동료잖아요, 튜멜 남작님."

튜멜은 이언의 말보다는 레미의 의견을 존중하는 것이라고 자위하며 검을 집어넣었다. 튜멜은 손끝이 떨려 검을 검집으로 돌리다가 몇 번이고 손가락을 날려먹을 뻔했다. 그는 잔뜩 긴장하고 경계심이 가득한 얼굴로 천천히 자리에 앉았다.

"흐, 흑색친위대원이 어째서 여기에? 무슨 흉계를 꾸미는 거지?"

"왜? 카민 인들은 대륙으로 나오면 곤란한가?"

"다, 당연하잖아? 지난 몇 세기 동안 아무런 교류도 없었고… 무, 무엇보다 중앙 대교국으로부터 이단자들로 낙인찍혔는데……."

"정말 그렇게 믿나?"

"뭐? 뭐를 말이냐?"

"지난 몇 세기 동안 한 번도 교류가 없었다는 말. 장담할 수 있어?"

"그럼? 아니야?"

튜멜이 고개를 갸웃거리자 이언은 피식 웃었다.

"나만 해도 어린 시절에 중앙 대교국에 있는 샹트 쿠리엘 신학 대학교에서 2년간 공부했는걸? 물론 그때는 또 다른 이름과 신분이었지만. 게다가 아메린 기사학교에서 3년간 교환 군사 교육도 받았어. 아마 그때는 페임가르트 지방 귀족이라는 신분이었을 거야. 크림발츠의 수도에서도 한 1년 징도 머물렀지. 사교계에서 실리 섬 출신의 독설가로 이름 높았어. 나름대로 남쪽 대륙에서 작전차 머문 적도 있었고.

충분히 교류했다고 생각했는데?"

"뭐야? 그럼 너 말고도 많다는 소리야? 아무렇지도 않게 대륙 국가를 돌아다닌다고?"

"예전의 내 상관은 스톨츠에서 목장을 경영하며 여생을 보내고 있어. 물론 스톨츠 인 행세를 하는데 스톨츠 토박이들보다 그 지방 사투리를 더 능숙하게 구사해. 외형적으로 카민 인들은 검은 머리뿐이지만 스톨츠를 비롯한 대륙의 동부 국가들 사이에서는 검은 머리가 드물지 않아."

"사실 카민 인들을 만나는 건 대단한 일도 아니야. 나도 예전에 남쪽 대륙 사막에서 한 카민 인을 만났었지. 지금은 흑색친위대 총기사단장으로 있는 모양이더군."

파일런 디르거는 대수롭지 않다는 말투로 말했다. 튜멜은 흑색친위대 총기사단장이 누군가 고민하다가 레미에게 편지를 보낸 인물이라는 사실을 기억해 냈다. 튜멜은 턱이 빠진 표정으로 디르거를 바라보았다. 악마들의 국가, 국경선 너머로 무엇이 존재하는지 아무도 모르는 국가의 군부 정점에서 군림하는 자를 개인적으로 안다는 사실이 실감도 나질 않았다.

"봤지? 교류는 그전부터 있었어. 단지 공식적인 접촉이 한 건도 없었고, 내 조국 카민에 대한 대륙인들의 편견이 너무 심해서 지레짐작하는 거야. 게다가 역시 비공식이지만 북해 루트를 이용한 해상 무역은 있어. 한 나라가 다른 나라와 아무런 접촉도 없이 존재할 수 있을까?"

"개인적인 잡담은 나중에 따로 만나서 나누는 것이 좋을 것 같네요. 지금은 그것이 중요한 것이 아니죠. 결론적으로 내가 굳이 카민으로 넘어가야 하는 이유가 있을까?"

"지금으로써는 없습니다. 사실상 이제는 카민으로의 여행은 아무런 의미도 없습니다."

"그럴 거라고 생각했어. 하지만 새벽에 기사에 관한 이야기는 들려줘. 꼭 들어야겠어."

이언은 잠시 동안 입을 다물었다. 그는 미간을 좁히며 잠시 동안 혼자서 생각에 잠겼다. 그동안 사람들은 끈기있게 이언의 말을 기다렸다. 마침내 이언은 입을 열었다.

"조금 긴 이야기가 될 텐데 괜찮겠습니까?"

〈 2 〉

 이언의 목소리는 낮은 울림을 만들어냈다. 이언은 그답지 않게 차분하고 조용한 말투로 이야기를 시작했다.
 "크림발츠의 아침을 여는 자, 새벽의 기사는 고 카시안 루엘 파반트 왕자의 별명입니다. 내가 그 남자를 만난 것은 발헤니아 전선, 그러니까 동방 원정에서였습니다. 당시 카민에서는 나를 비롯해서 10여 명의 장교단과 2개 백인대 규모의 병력이 발헤니아로 파견되었습니다. 카민의 입장으로서는 불필요하게 대륙 세력이 동쪽으로 진출하는 것을 원치 않았습니다. 제가 이끄는 농담의 기사단은 이런 작전을 전문으로 하는 기사단입니다. 정예로 선발된 병력을 이끌고 발헤니아로 넘어간 우리는 곧바로 발헤니아 인으로 위장하여 발헤니아 왕실의 지원을 받아 작전에 투입되었습니다. 나는 반 무라드라는 이름으로 발헤니아 국왕의 방계 친척이라는 위장 신분을 받아 발헤니아 제2군단을 지휘했습니다. 그곳에서 나는 카시안 왕자가 이끄는 크림발츠 동방 원정단과 전투를 벌였습니다."

이언은 자신이 반 무라드라는 이름으로 카시안 왕자와 싸웠던 전투와 그가 전투 중 부상을 당해 포로로 잡혔던 상황, 그 상처가 악화되어 숨을 거둔 일, 그리고 이언이 그의 명예를 존경하여 시신을 돌려보냈던 일, 카시안 왕자에 대한 보름간의 추모가 끝나자마자 2만 2천 명에 달하는 대군을 움직여 카시안 왕자의 마지막 보루였던 아콘 요새를 97일 만에 점령하고 초토화시켰던 일을 자세하게 설명했다.

"오라버니가 그런 식으로 죽임을 당했다고? 등 뒤에서 쾌렐을 맞아 죽은 거라고? 거짓말이야! 오라버니는 최전선에서 싸우다 적의 화살에 죽었다고 들었어. 거짓말이야! 믿을 수 없어!"

"개인적인 생각이지만, 폐하의 오라버니 고 카시안 왕자께서는 어쩌면 우리 시대에 마지막으로 생존했던 영웅일지 모르겠습니다. 문제는 그런 영웅이 등 뒤에서 쾌렐을 3발이나 맞고 죽어야 했다는 점이죠. 하지만 어째서 쾌렐일까요? 아실지 모르겠지만 발헤니아는 전통적으로 복합궁을 쓰는 막강한 궁기병대를 주축으로 합니다. 석궁을 사용하는 것은 대륙의 국가들뿐입니다. 뭔가 이상하다고 생각하지 않습니까? 어째서 쾌렐일까요? 그것도 등 뒤에서 말입니다. 당시 대륙의 다른 동맹군대들은 아콘 요새에서 북쪽으로 120여 킬로미터 이상 떨어져 있었습니다. 120여 킬로미터면 말을 전속으로 달려도 반나절은 걸리는 거리입니다. 게다가 당시에 전투가 벌어졌던 아콘 요새 전역은 제가 지휘하는 발헤니아의 사막군단에게 완전히 장악된 상태였습니다. 우리는 포위 섬멸전으로 아콘 요새를 조여가고 있던 상황이었죠. 포위 섬멸전이 벌어지는 전역에 그렇게 쉽게 제3의 세력이 존재할 수 있을까요? 게다가 당시 전선의 상황은 이러한 상태였습니다."

이언은 깃털 펜을 뽑아 빈 종이에 전선을 그리며 설명하기 시작했다. 튜멜 일행들은 복잡한 얼굴로 이언의 설명을 묵묵히 들었다. 이런 분위기 속에서 누구도 쉽게 말을 꺼내지 못했다. 이언은 대단히 정확한 기억력으로 아콘 전역의 지형과 병력 배치를 그리기 시작했다.

"북쪽으로 120여 킬로 떨어져 있던 동맹군대는 이 정도 위치에서 발헤니아 제1사막군단과 싸우고 있었습니다. 그리고 아콘 전역과 연결하는 지점은 이 좁은 길목뿐이었습니다. 사막에 가까운 불모지라도 군대가 오갈 수 있는 길목은 정해져 있습니다. 이 길목 쪽에는 카민에서 데려온 1개 백인대가 발헤니아 군대로 위장하여 매복했습니다. 즉, 날파리들이 오갈 확률은 거의 없었습니다."

분했다. 자신이 알고 있던 사실이 틀렸다는 사실이 너무 분했다. 마음 한 켠으로는 이언의 말을 부정하고 싶었다. 아니라고 부정하고 싶었다. 하지만 레미는 자신의 이성을 그것을 거부하고 있음을 알았다. 이언이 그려놓은 지도를 바라보면서 더욱 그러한 확신이 들었다.

"당시 발헤니아의 사막군단과 크림발츠의 동방 원정단은 혼전을 벌였지만 석궁을 장비한 것은 동방 원정단 소속 중에서 중기병대의 일부 병사들뿐이었습니다. 보병인 궁병대는 롱보우로 무장하고 있었죠. 격렬한 혼전이었지만 카시안 왕자가 친히 이끌던 중기병대의 대열은 정확했고, 오히려 승기를 잡고 있었습니다. 카시안 왕자는 이곳에서 시작해 이 방향으로 돌격했고, 측면을 사막군단에게 내주었지만 이쪽에 남겨진 사막군단은 노예들로 구성된 검병들뿐이었습니다. 발헤니아에서는 노예병들에게 활을 주지 않습니다. 노예들의 반란을 두려워하는 거죠. 발헤니아에서 활은 귀족들만의 무기입니다. 그렇다면 카시안 왕자에게 치명상을 입힌 쾌렐은 대체 어디서 날아왔을까요?"

"설마… 그럼… 아니야, 설마 그럴 리가……."

이제 서서히 이해를 하기 시작한 튜멜은 주문을 읊듯 탄식했다.

"처음 우리는 노예병들의 측면 돌파가 주효해 적의 전열이 무너지기 시작했다고 생각했습니다. 그리고 그 혼란의 와중에 카시안 왕자가 부상을 당한 것이라고 믿었습니다. 크림발츠 동방 원정단의 전체 전열이 붕괴하고 그 아비규환 속에서 왕자가 치명상을 입는 것은 있을 수 있는 일이니까요. 하지만 사실은 그 반대였던 것입니다. 카시안 왕자는 누군가의 배신에 의하여 등 뒤에서 치명상을 입었고, 그것이 계기가 되어 동방 원정단이 일시에 붕괴했던 거죠. 물론 저는 개인적으로 그 배신자란 아마도 당시 동방 원정단 지휘부 내부에 있을 것이라고 생각합니다."

붉은 먼지가 켜켜이 내려앉은 목구멍은 침을 삼키는 것만으로도 쓰라렸다. 전투에 지친 깃발은 붉은 바람에 희뿌옇게 방황했다. 열사의 태양은 지면을 달구어 아득한 신기루를 만들어냈고, 자욱이 일어나는 붉은 먼지는 붉은 안개가 되어 시야를 가렸다. 발헤니아의 불모지에서 벌어지는 전투는 아득하기만 했다. 결말은 보이지 않았고, 사방에서 쏟아지는 적들은 모래폭풍처럼 끝조차 없었다.

"쫓아가지 마라! 전열을 정비해!"

자욱한 붉은 먼지를 막기 위해 수건으로 입 주변을 가린 병사들은 고함을 시브며 헐떡거렸다. 메마른 숨결이 엉겨 붙은 수건은 축축해졌고 곧바로 붉은 먼지가 핏자국처럼 흘러내렸다. 검붉게 더럽혀진 수건을 얼굴에 복면처럼 두른 병사들은 더위에 지친 들개처럼 헐떡거렸다.

분노를 이기지 못한 일단의 병사들이 언덕 위에 한 줄로 늘어선 적의 궁기병대를 향해 돌격했다. 크림발츠 동방 원정단 소속 병사들은 더위와 붉은 흙바람에 지친 전투마를 다그치며 언덕을 짓쳐 올라갔다. 터번을 두르고 갑옷도 걸치지 않은 채 말 위에 앉아 있던 발헤니아 사막군단 소속 궁기병들이 말 위에서 시위를 당겼다.

파라락!

발헤니아 특유의 짧고 가벼운 화살은 물고기가 퍼덕이는 독특한 소리를 내면서 날아갔다. 비탈을 달리던 크림발츠 중장 기병대는 스스로 화살의 벽에 충돌하며 삶을 불태웠다.

"전열 정비! 방어 대형으로!"

비탈을 뚫으려던 전우들이 전멸당하자 또 다른 병사들이 폭발하듯 끓어오르는 피를 주체하지 못하고 고삐를 움켜잡았다. 지휘관들은 흥분한 병사들을 제어하기 위하여 목이 터져라 고함을 질렀다. 그런 노력도 소용없이 말머리를 돌렸던 병사들의 망막에는 텅 빈 언덕 능선만 보였다. 발헤니아의 궁기병대는 벌써 사라지고 없었다.

발헤니아의 기병대들은 체구가 작은 조랑말에 가까운 말들을 타고 있었다. 이 말들은 크림발츠의 전투마보다 힘도 부족하고 체구도 작았지만 바위사막의 거친 환경에 놀랄 만큼 적응했고, 열사의 더위에도 놀라운 지구력을 보여주었다. 안장 가득 화살통을 매달고 다니는 발헤니아 궁기병대는 동방 원정단 측면으로 노출된 바위언덕으로 올라가 서너 차례 화살을 쏘고는 동방 원정단이 반격을 시도하기도 전에 사라져 버렸다. 불모지에 적합한 지구력을 가진 말과 위력적인 복합궁이 결합된 발헤니아의 궁기병대는 치명타의 수위를 조금씩 높여 갔다.

"이 멍청이들아!! 네놈들이 그러고도 동방 원정단이냐?!"

동방 원정단장 카시안 루엘 파반트 왕자는 자신의 롱 소드를 하늘로 뻗으며 고함을 질렀다. 동요하며 전열을 어지럽히던 병사들이 움찔 놀라며 고개를 돌렸다. 병사들과 함께 한뎃잠을 자고 병사들과 함께 열악한 끼니를 때우며 언제나 최전선에서 싸우던 왕자가 열 뻗친 표정으로 악담을 퍼붓고 있었다.

보통은 지휘관이 냉정하고 침착한 모습을 보여야 병사들이 동요하지 않는다. 어떤 상황에서도 자신들에게 명령을 내리는 지휘관은 냉정하게 판단하고 있다는 모습을 보여야 하는 것이다. 하지만 카시안이 이끄는 동방 원정단은 내뱉는 명령의 절반은 욕설로 점철된 왕자의 모습에 냉정함을 되찾았다.

"이 돼지새끼들아! 정신 똑바로 못 차려! 머리통을 숫돌에 갈아 날카롭게 만들어야겠냐? 그래야 정신 차리냐?! 이 돼지 불알만도 못한 놈들아! 전방은 무시해! 좌우를 살펴! 네 곁에 서 있는 전우를 기억해! 그 전우들과 어깨를 붙이고 싸워! 네놈들 곁에는 전우가 있다! 고개 똑바로! 전방을 바라봐! 우리의 적들이 저기 있다! 턱을 당겨! 어금니 깨물어! 돌격, 돼지새끼들아! 적들을 박살 내! 전우들이 네 뒤에 머문다!!"

카시안 왕자의 날카로운 고함 소리가 떨어지기 무섭게 동방 원정단은 욕설을 구령 삼아 돌격했다. 중장 보병들이 선두에서 방패를 높이 쳐들고 불모지를 건너갔다.

파라락!

또다시 화살들이 쏟아졌다. 하지만 선봉대로 진출한 중장 보병들은 방패를 겨누고 화살의 폭우 속을 뚫고 전진했다.

"20미터! 앞으로 20미터!"

백인대장들이 검으로 방패에 꽂힌 화살들을 잘라내며 독려했다. 병사들은 창을 세워 하늘을 찌르며 방패를 겨누고 뛰어갔다. 동방 원정단 보병대에게 측면을 내밀고 화살을 날리던 사막군단 궁기병대는 당황하기 시작했다. 긴 창으로 무장한 밀집 보병대는 기병대에게 치명적이었다. 더군다나 궁기병대는 화살을 쏘기 위하여 자신들의 좌측면을 적의 보병대 쪽으로 보이고 있었다. 옆으로 서 있는 기병대들은 보병들에게 창을 꽂아보는 표적판에 불과했다.

뿔피리 소리가 들리고 궁기병대가 앞으로 전진하기 시작했다. 크림발츠 동방 원정단 입장에서 보면 적의 궁기병대는 전열의 좌측으로 이탈하는 형세였다. 유감스럽게도 궁기병대가 이탈하는 방향은 보병들에게는 방패를 쥔 방향이었다. 선봉에 선 중장 보병들은 회심의 미소를 지으며 뛰었다.

"좌측 면 따위는 내줘도 두렵지 않다! 우리에겐 방패가 있는 쪽이다!"

누군가 빠르게 좌측 면으로 이탈하는 궁기병대를 바라보며 고함쳤다.

"창 내려! 돌격 진형으로!"

하늘을 찌르던 거창들이 일제히 수평으로 돌아섰다. 하지만 사막군단의 예상과는 달리 선봉에 선 중장 보병들은 돌격하지 않았다.

"통로를 열어라!"

"통로를 열어!"

홀수 열에 서 있던 보병들이 일제히 자신의 좌측에 서 있던 병사의 등 뒤로 들어갔다. 방패를 앞세우고 돌격하던 동방 원정단 선봉대는 갑자기 두껍고 짧은 대형으로 변했고, 보병들 사이로 비좁은 통로가 생겨났다.

"간격을 넓혀! 간격을 생각해!!"

백인대장들이 뛰면서 목청껏 외쳤다. 궁기병대의 절반 이상이 서서히 전장의 측면으로 돌아가고 있었다. 궁기병대의 전열은 이미 보병대의 좌측 면으로 완전히 우회를 성공한 상황이었다. 측면에서 궁기병대의 이탈을 주시하던 보병들이 방패를 다잡았다. 자신들이 막아내지 못하면 우측에 서 있던 전우들이 죽는다는 책임 의식이 그들의 투지를 불태웠다.

간격을 넓히는 데 성공하기 무섭게 보병대의 배후에 머물던 동방 원정단의 주력인 중장 기병대가 돌격을 시작했다. 통로를 열어준 병사들은 먼지를 일으키며 어깨를 위태롭게 스쳐 가는 기병대를 피해 눈을 감고 숨을 참았다. 한 걸음은 고사하고 고개만 내밀어도 좌우 측면에서 돌파하는 아군 기병대에게 짓밟힐 만큼 위험한 전술이었다. 기병대를 보병대 배후에 배치했다가 내보내는 전술을 구사한 카시안 왕자는 손수 중장 기병대를 지휘했다. 중장 보병들은 동방 원정단의 방패가 되어주었고, 중장 기병들은 동방 원정단의 발과 검이 되어주었다.

"돌격! 궁기병대는 좌측 면으로만 공격할 수 있다! 우측과 배후는 사각이다! 돌격! 내 귀여운 돼지새끼들아, 돌격해!"

카시인 왕자는 고래고래 고함을 지르며 중장 기병대를 독려했다. 동방 원정단 중장 기병들은 아군 보병대 사이를 빠져나오기 무섭게 이미 절반쯤 우회하고 있는 사막군단의 궁기병대 배후의 꼬리를 물었다. 우회 기동 중인 궁기병대의 배후에는 노예병들로 구성된 보병대인 검병들이 있었지만 중장 기병들은 전혀 개의치 않았다. 중장 기병들은 자신들의 오른쪽에서 스쳐 가는 적의 노예병들을 무시한 채 타원 곡선을 그리며 궁기병대의 후미를 따라잡았다.

그때를 노려 동방 원정단 중장 보병들이 창을 앞으로 내밀고 돌격했다. 그들의 목표는 아군 중장 기병들의 후미를 노리는 적의 노예병들이었다. 중장 보병들은 방패도 없이 검으로만 무장된 노예병들에게 쇄도했다.

동방 원정단의 본진 측면을 노리던 궁기병대는 배후를 동방 원정단의 중장 기병대에게 얻어맞고 전열이 흐트러졌다. 바로 그때, 궁기병대의 정면에 대기하고 있던 것은 보급 마차로 이루어진 거대한 바리케이드였다. 후방 깊숙이 물려둬야 정상인 적의 보급대가 눈앞에 있자 궁기병대는 당황했다. 그리고 그 거대한 장벽 너머에서 화살들이 분수처럼 뿜어져 올라오자 경악했다. 갑옷도 걸치지 않은 궁기병대에게 든든한 엄폐물 뒤에서 작정하고 일제 사격에 돌입한 궁병대는 재앙 그 자체였다.

전체의 전선은 서로가 서로를 우회하기 위해 기동하느라 몇 개의 거대한 소용돌이를 만들어냈고, 그 급류 속에서 양측의 병사들은 비명 속에 죽어갔다. 전통적으로 기동전에 취약한 대륙의 군대—확고한 지형적 이점을 살린 대규모 회전에 더 익숙한—들은 전투 내내 기동하며 싸우는 발헤니아 식 전투에 나름대로 잘 적응해 갔다.

앉아 있기보다는 움직여야 직성이 풀리는 성격을 가진 카시안 왕자 덕분에 동방 원정단은 적의 배후 기동 작전에 역시 배후 기동 작전으로 맞서며 분전했다. 발헤니아의 사막군단은 압도적으로 우세한 병력이었지만 상당수가 배후의 아콘 요새를 견재하기 위하여 차출된 상황이었고, 동방 원정단은 용케 우세한 적들을 상대로 대등하게 싸웠다.

그 어지러운 혼전 속에서 카시안 왕자의 분투는 단연 눈부셨다. 하늘이 어두워질 정도로 자욱하게 솟아오른 붉은 먼지 속에서 3미터 앞에 있는 병사의 피아도 식별하기 힘든 최악의 전장인데도 카시안 왕자는 망설이지 않고 검을 휘둘렀다. 그는 피아 식별을 아주 간단한 논리로 해결했다. 그는 선두에 서서 적의 배후에 달라붙은 중장 기병대의 최선봉이었다. 그러므로 자신보다 앞에서 말을 타고 있는 존재는 무조건 적이라고 단정했다. 그리고 그것은 사실이었다. 카시안 왕자는 부러진 랜스를 버리고 검을 뽑아 들고는 자신에게 등을 보이고 말을 탄 존재들은 무조건 다가가 등허리에 검을 찍어 넣었다. 실수로 아군을 공격할지 모른다는 염려는 그의 머리 속에 애초부터 떠오르지도 않았다.

"따라와라, 이 돼지새끼들아!"

카시안 왕자는 자욱한 먼지 사이로 떨어지는 기수의 펄럭거리는 옷자락을 힐끔거리며 외쳤다. 비단에 금실로 수놓은 화려한 복장은 의심할 여지없이 사막군대였다.

"이 개자식들아! 한 나라의 왕자인 나도 군복인데! 타핫! 네놈들은 비단옷이냐?! 죽을래!"

카시안 왕자는 혈관을 꿈틀거리며 열에 뻗쳐 검을 휘둘렀다.

"비단옷에 금실이냐?! 열받아! 보석 목걸이가 뭐야?! 나도 왕자란 말이다!! 열받아!!"

카시안은 뜨겁게 달아오른 체인메일과 숨 쉬기 거북하게 달라붙은 브래스트 플레이트, 그리고 머리 속을 하얗게 태워 버리는 투구 속에서 땀을 흘리고 피에 젖은 무명 서코트 차림의 자신과 비단으로 치장된 옷차림으로 싸우는 적들과의 괴리감에 흥분했다.

바로 그 순간, 뜨거운 통증이 등허리를 하얗게 지졌다. 카시안 왕자는 목이 꺾이도록 고개를 돌렸다. 자욱한 붉은 먼지 사이로 누군가 석궁을 버렸다. 먼지 사이로 크림발츠의 서코트가 펄럭거렸다. 검을 떨어뜨린 카시안은 힘겹게 한 손을 등 뒤로 돌렸다. 손끝이 아련하게 젖어왔다. 쿨럭거리는 선혈의 촉감. 카시안은 이를 악물었다. 그의 흐릿한 시선 사이로 또 다른 두 명의 중장 기병들이 석궁을 겨누는 것을 발견했다. 위험하다! 카시안은 본능에 의존하며 몸을 틀었다.

하지만 그들이 더 빨랐다. 거의 동시에 명중한 쾨렐의 위력에 밀린 카시안은 말에서 떨어졌다. 지면이 빙글빙글 돌고 아무런 소리도 들리지 않았다. 지면에서 솟아오른 먼지 틈새로 카시안은 격하게 기침했다. 먼지만큼이나 붉은 피가 허공으로 뱉어졌다. 카시안은 마침 손에 잡힌 발헤니아 산 시미터를 움켜 잡았다. 그리고 한쪽 무릎을 꿇은 채 헐떡거렸다. 맨 처음 그의 등허리에 쾨렐을 박아 넣은 기사가 말을 몰고 뛰어왔다. 자욱한 먼지 사이로 그의 모습이 어지럽게 흔들거렸다. 카시안 왕자는 숨이 쉬어지지 않아 컥컥거리며 필사적으로 이교도들의 시미터를 움켜 잡았다.

'신이시여! 저를 굽어살피소서!'

눈앞으로 쏟아지는 어둠을 뚫고 은빛 섬광이 번쩍였다. 카시안은 필사적으로 몸을 틀며 먼지 속에 감춰두었던 시미터를 쳐올렸다.

'저에게 힘을 주소서!!'

몸을 돌리며 쳐올린 것과 반대 방향으로 그 기사의 몸이 떨어졌다.

기사가 휘둘렀던 검은 그의 어깨에 깊숙한 상처를 남겼다. 카시안 왕자는 사방으로 피를 튀기며 몸을 완전히 돌렸다. 그가 한 바퀴 도는 속도와 똑같이 상대는 피를 흘리며 말에서 떨어졌다. 한번 몸을 회전시켜 말을 탄 상대의 옆구리를 베었던 카시안은 그 회전이 끝나는 힘을 다시 검끝에 실어 땅에 떨어진 상대의 목을 쳤다. 잘려진 목이 하늘을 날았다.
 카시안은 핏발 선 눈으로 고개를 돌리며 켁켁거렸다. 심장은 터질 듯이 발악했고 피가 쏟아지는 육체는 말을 듣지 않았다. 그는 배신감에 치를 떨었다. 사방에서 비명 소리가 터져 나오는 가운데 카시안 왕자는 한쪽 무릎을 꿇고 이교도들의 시미터에 상체를 의지한 채 쿨럭거렸다. 그는 입가로 핏덩이를 쏟아내며 인상을 찡그렸다. 나머지 두 명의 배신자들은 말 위에 앉아서 그를 내려다보며 싱긋 웃고 있었다. 카시안은 욕설을 뱉어주고 싶었지만 켁켁거리는 소리만 나오는 목구멍은 그의 의지를 단호히 거부했다.
 "크림발츠는 이제 케언님을 국왕으로 모실 것이다."
 배신자 중에서 한 명이 말했다. 카시안은 현기증을 느꼈다.
 "네 여동생은 암살당할 것이고, 케언님이 크림발츠의 국왕이 된다. 안됐군. 머나먼 이국 땅에서 비참한 최후를 맞이하다니."
 "케언은 그럴 남자가 아니야!!"
 의지는 육체적 한계를 극복했다. 카시안 왕자는 고함을 지르기 무섭게 다시 피를 토했다.
 "우리가 그분을 국왕으로 옹립할 것이다. 조국은 이제 새로운 피를 요구한다."
 "케언이… 손수 네놈들을 죽일 거다……."

"우리가 설득할 것이다. 고통 속에서 몸부림치다 죽어라."

그들은 말을 돌렸다. 카시안 왕자는 아득해지는 의식 속에서 그들의 외침을 들었다.

"사령관이 죽었다!"

"카시안 사령관님이 적의 손에 죽었다! 전군 이탈하라!"

카시안은 먼지 구덩이 속으로 얼굴을 묻으며 희미한 의식을 놓쳤다. 침묵처럼 나른한 졸음이 쏟아졌다.

"마, 맙소사! 그, 그건! 암살이잖아?!"

튜멜은 비명을 지르며 주먹을 움켜잡았다. 그는 얼굴을 붉히며 분노했다. 따지고 보면 크림발츠는 튜멜의 조국인 라이어른 입장에서는 적국이었다. 무엇보다 라이어른을 분열시킨 장본인이다. 하지만 튜멜은 분노했다. 단지 지금껏 사모하던 여자가 크림발츠의 여왕이라는 엄청난 사실 때문은 아니었다. 그는 순수하게 분노했다.

"아니야… 케언이 그럴 리가 없어. 그런 남자가 아닌걸? 그는… 그는 오라버니의 정치적 동반자였어! 그가 오라버니를 배신할 리가 없어!"

레미는 흐르는 눈물을 주체하지 못하며 신음했다. 이언은 뜨거운 숨결을 뱉어냈다. 그리고 다시 위스키를 채웠고, 식도를 타고 흐르는 위스키의 뜨거움을 만끽했다.

"그건 고(故) 카시안 왕자가 이 모든 전후 사정을 설명해 주면서도 했던 말입니다. 그는 케언이라는 남자가 그랬을 것이라고 믿지 않았습니다. 카시안 왕자는 동방 원정을 계기로 왕위를 포기하기로 마음을 굳힌 상태였고, 폐하께서 크림발츠의 여왕이 되시면 케언 공작은 자동으로 크림발츠의 제2인자가 되기 때문이죠. 그런 남자가 굳이 위험을 감수하며 암살을 시도하리라고 보기는 어렵습니다. 나라도 그냥 곱게 굴러 들어오는 자리를 받아들이겠습니다. 위험을 감수한 최고 자리보다는 확실하게 안전한 제2인자가 때로는 매력적인 법입니다. 하지만 권력이라는 것은 사람을 변하게 만드는 힘을 가졌습니다. 진실은 누구도 알 수 없는 법입니다. 누가 과연 카시안 왕자를 암살한 것일까요? 확실한 것은 이 음모에 가담한 당사자들만이 알고 있겠죠."

이언은 어깨를 으쓱하며 말했다.

"나… 이제야 알 것 같아."

레미는 떨리는 목소리를 가다듬으며 조용히 말했다. 사람들은 일제히 그녀를 바라보았다. 레미 아낙스는 조용히 머리결을 쓸어 넘겼다. 그리고 힘겹게 단어들을 뱉어냈다.

"내가 크림발츠 왕성에서 도망쳐 라이어른으로 넘어오고, 그리고 여러분들과 시작한 이 오랜 여행의 끝이 무엇인지, 여행의 끝에서 나를 기다리고 있는 것이 무엇인지 알 것 같아. 새벽의 기사. 나는 내 오라버니인 카시안 왕자의 암살이 누구의 짓인지 밝혀야 했던 거야. 누구의 도움이 아닌 스스로의 힘으로. 나 스스로 그의 죽음을 깨닫고, 나 스스로 나의 자리를 차지하고, 나 스스로 배후를 밝혀야 하는 거야. 알아내야겠어. 내 오라버니가 꿈꾸던 미래가 무엇인지, 무엇을 이루고자 했는지, 그리고 그 시도를 좌절시킨 자들은 누구인지. 기필코 싸워서 밝혀내겠어."

레미는 젖은 눈으로 동료들을 하나하나 둘러보았다. 그리고 조용히 말했다.

"나를 도와주겠어요?"

"내 임무는 이 여행의 끝까지 당신의 신변을 보호하는 것. 당신의 뜻을 따르겠습니다."

이언이 고개를 끄덕이며 차갑게 웃었다. 그의 곁에 앉아 있던 카라는 말없이 웃으며 고개를 끄덕였다.

"나도 동의하네. 좀 더 머물도록 하지."

파일런 디르거는 수염을 조용히 쓰다듬으며 말했다. 레미의 시선은 튜멜에게 돌아갔다.

"하찮은 능력, 도움이 된다면 좋겠습니다."

튜멜은 가슴속에서 몇 번이고 준비했던 말로써 대답했다. 레미는 살포시 웃었다. 그녀는 한결 나아진 얼굴로 모두를 둘러보며 고개를 끄덕였다. 그녀는 자리에서 천천히 일어났다. 그리고 허리를 펴고 당당한 자세로 모두를 굽어보면서 미소를 던졌다.

갑자기 분위기는 몇 세기 전의 과거로 빠르게 거슬러 올라갔다. 하페우스 3세력 660년 11월에도 이와 비슷한 분위기의 사건이 있었다. 때는 초겨울로 넘어가는 계절이었고, 크림발츠의 여왕 주니렌 3세는 초췌해진 모습으로 크림발츠 남부 시골 영지에서 자신을 따르는 소수의 기사들을 굽어보며 희미한 미소를 지었다. 스톨츠 출신의 외국인 기사 페차 카이슨 자작은 여왕의 발치에 무릎을 꿇었고, 평생 동안 충성을 바칠 것을 서약했다. 남동생에게 배신당하고 반란의 칼날을 피해 도망쳐야 했던 여왕은 걱정과 불안, 그리고 오랜 여행에 지친 얼굴로 담담하게 미소를 지어야 했다. 그리고 그것은 크림발츠의 역사가 새로운 전환점을 맞이했던 순간이었다.

"이러고 있으니까 문득 오래전에 있었던 한 사건이 기억나네요. 혹시 여기 있는 사람들 중에서 660년 크림발츠의 남부 시골에서 무슨 일이 있었는지 기억하는 사람 있나요?"

"하페우스 3세력 660년 11월 2일. 스톨츠 출신의 외인기사 페차 카이슨 자작 외 14인의 기사들이 모여 조인했던 서약, 아이델 서약이 세상에 태어난 날입니다. 여왕의 창기병이 창설된 날이죠."

이언은 천천히 자리에서 일어나 레미 아낙스 앞에 한쪽 무릎을 꿇으며 대답했다. 이어서 카라가 그 뒤를 이었고, 파일런 디르거와 케이시 튜멜 남작이 나란히 무릎을 꿇었다. 다만 아메린의 체스터 남작은 자리에서 일어나는 예의를 표했을 뿐 무릎을 꿇지는 않았다. 레미 아낙스는 잔잔하게 미소 지었다.

"고마워요. 모두들 정말 고마워요. 언제까지나 내 곁에서 나와 함께 싸워줘요."

〈 3 〉

"솔직하게 말해 줄래요?"

뜬눈으로 새운 피로가 짓누르는 이른 아침, 레미 아낙스는 한결 진정된 어투로 물었다. 마족 왕국 카민의 국왕 친위대 장교인 하 이언은 보기 드물게 군인다운 자세로 서서 움직이지 않았다. 축 늘어진 게으른 모습으로 일관하던 그가 허리를 펴고 뒤꿈치를 붙인 부동 자세로 서 있는 모습은 낯설었다. 레미는 그 모습에 적응되지 않아 시선을 돌렸다. 이언은 입술만 움직여 말했다. 그의 차갑고 냉철한 시선은 허공을 응시했다.

"말씀하십시오."

"내 오라버니 카시안 왕자에 관하여 말해 주세요. 그는 정말 용감한 사람이었나요?"

"얼마간의 무모함도 용기라고 해석할 수 있다면 그는 세상에서 가장 용감한 남자였습니다. 냉정하고 솔직하게 평가한다면 남들을 선동하는 데 능하고 그 자신까지 자신의 선동에 취해 흥분하는 타입의 인간이었습니다. 그 덕분에 전혀 예측할 수 없을 만큼 무모하고 행동력이 뛰어난 남자였습니다. 세상에서 자기 자신의 선동에 취하고도 자아 도취에 빠지지 않고 자신의 모든 능력을 분출할 수 있는 능력을 가진 사람은 거의 없습니다. 하지만 제가 알고 있는 카시안 루엘 파반트 왕자는 그런 남자였습니다. 제가 개인적으로 이 시대의 마지막 영웅일는지 모른다고 말하는 이유는 바로 그것입니다. 발헤니아의 불모지에서 그를 처음 만났을 때 저는 솔직히 그 남자가 미쳤다고 생각했습니다. 발헤니아의 궁기병대를 상대로 정공법으로 나오면서도 치명적인 피해를 입지 않았던 거의 유일한 지휘관이 아니었나 싶습니다. 저는 그와 도합 5차례 전투를 교환했고, 4번은 승부를 가리지 못했습니다. 그리고 아콘 전역에서 벌어진 마지막 전투에서 그는 치명적인 부상을 당했습니다. 군인으로서의 개인적인 감상을 말하라고 하신다면 솔직히 그와 승부를 보지 못했던 사실이 안타깝습니다. 하지만 지휘관으로서 말하라고 하신다면 그가 암살당했다는 사실에 안도해야 하겠죠. 그게 솔직한 심정입니다."

"당신은 가끔 지나치게 솔직해서 타인에게 상처를 입혀요."

"죄송합니다. 정말이지 카시안 왕자만큼 타인을 뜨겁게 흥분시키는 남자는 이제껏 보지 못했습니다. 그와 함께 싸우고 있다 보면 이 전투가 영원히 계속되기를 기대하는 자신을 발견하고 아연해집니다. 계속해서 이런 식으로 싸우고 싶다. 이런 생각이 지휘관 머리에서 맴돌기 시작하면 지휘관으로서의 생명은 끝장난 셈입니다. 죽어가는 것은 병사들이지 지휘관이 아니니까요. 그와는 처음이자 마지막으로 이야기를 나눴지만 아주 인상적인 말들이 많았습니다. 그가 생각했던 국가관, 그가 생각했던 대륙의 정세, 그가 이루고자 했던 일들. 쾨렐을 3발이나 맞은 인간이 맞는가 싶을 정도로 차분한 말투로 밤새도록 이야기했습니다. 붕대를 감고 누워 이따금 고통을 못 이겨 신음할 때를 제외하면 그저 편하게 누워서 잡담을 나누듯 대화를 했습니다. 솔직히 그의 생각을 듣게 된 감상을 말하라고 한다면 한마디로 줄여서 말하고 싶습니다."

"그게 뭐죠?"

"꿈속에서 헤매는 멍청이."

"당신다운 평가로군요."

레미는 창가로 걸어가 팬스레 창틀을 어루만지며 희미하게 웃었다. 붕대를 감고 병상에 누워 식은땀을 흘리면서도 특유의 유쾌함을 잃지 않았을 오빠의 모습이 그녀의 머리 속을 맴돌았다. 덥고 건조한 바람과 전쟁이 벌어진 지역을 감도는 특유의 음울함. 타오르는 모닥불을 배경으로 누워서 자신의 이야기를 담담히 이야기하는 카시안 왕자의 모습이 눈앞에서 어른거렸다. 레미는 이언이 들려주는 이야기를 들으며 그 정경을 상상했다.

"그가 가장 많은 이야기를 했던 것은 여왕 폐하에 관한 일들, 그리고 민트 J. 케언이라는 남자에 관한 이야기들이었습니다. 특히 여왕 폐하의 일에 관해서는 저희도 어느 정도 알고 있었습니다. 매번 왕권 교체 때마다 벌어지곤 하는 크림발츠의 탄핵과 숙청은 아주 악명 높은 관습이니까요. 제법 자세히 알고 있다고 자부합니다."

"카민에서 우리 크림발츠 내부 정세에 그렇게 많은 관심을 갖고 있다는 점은 의외군요."

레미는 창가에 조금 기대어 고개를 주욱 빼고서 창밖의 아침 정경을 바라보며 중얼거렸다. 이언은 여전히 부동 자세로 서서 시선만 돌려 레미를 바라보았다. 그리고는 대답했다.

"아시다시피 우리 카민은 모든 대륙 국가들의 공적과 같은 존재입니다. 물론 폴리안도 중앙 대교국을 비롯하여 대륙 국가들에게 견제당하는 것은 같습니다만 폴리안은 대륙 최고의 군사 강국 중 하나입니다. 폴리안을 적대시해도 현실적으로 폴리안에게 시비를 걸거나 넘볼 만큼 멍청한 국가는 없습니다. 심지어 폴리안을 상대로 하는 무역조차 봉쇄하지 못하죠."

"그랬다가는 곧바로 폴리안이 대륙 서부로 침공할 테니까요. 실제로 몇 번이고 스톨츠나 라이어른으로 넘어온 경우도 심심찮게 있었잖아요."

"네, 폴리안은 아메린, 크림발츠와 함께 대륙의 3강이기 때문에 적대시할지라도 관계를 끊지도 못하고, 더더군다나 침공받는 일은 있을 수 없습니다. 하지만 우리 카민은 그렇지 못합니다. 실제로 국력으로 따지만 대륙 3강에 이어서 4번째 정도 군사력을 갖고 있다고 평가를 받지만 실제로는 그렇지 못합니다. 실질적인 군사력은 라이어른보다 못할 것이고, 정치력도 스톨츠나 베일 칸토 연합만큼이나 약소국에 불과합니다. 군사력으로는 힘들겠지만 스톨츠 정도는 점령할 수도 있겠지만 점령한 스톨츠를 자국화시킬 만큼의 정치적 여력이 없습니다."

이언의 말을 듣던 레미는 고개를 갸웃거렸다. 그녀가 배워왔던 카민에 대한 사실과 너무 달랐다. 그녀가 배운 카민은 암흑의 땅을 지배하는 지배자. 국경선 너머로 무엇이 존재하는지 알 수 없는 나라. 폴리안의 동쪽 진출을 저지하면서 동시에 발헤니아의 서방 진출을 저지하는 대륙의 요충지를 차지하고 있는 국가가 바로 카민이었다. 제국도 카민을 점령하지는 못했고, 카민은 하페우스 3세가 세운 제국 시대부터 지금까지 독립을 유지하고 있었다. 중앙 대교국의 세력이 대륙을 호령하던 시절, 갓 독립한 크림발츠마저 중앙 대교국의 군대에 기를 펴지 못하고 눈치를 봐야 하던 시절에도 카민은 여전히 대륙과의 접촉을 거부하며 굳게 문을 잠그고 베일에 싸여 있었다. 그런 카민의 실제적인 국력이 라이어른이나 스톨츠 정도 수준이라는 말은 쉽게 납득하기 어려웠다.

"내가 듣던 카민과는 많이 다르군요. 솔직히 나조차도 카민이라면 상대하는 것만으로도 피해를 입을 만큼 사악하며 절대로 건드려서는 곤란한 뜨거운 감자 같은 국가라고 믿었는데. 게다가 이렇게 쉽게 자국의 기밀을 말해 주기 때문에 더욱 믿기 힘들어요."

"여왕 폐하께서 크림발츠의 군대를 이끌고 카민을 침공할 이유는 없으실 테니까요. 그리고 카민은 실제로 지난 몇 세기 동안 굳게 문을 잠그고 대륙과의 접촉을 거부한 국가입니다. 우리와 비슷한 국가로는 저 북해 건너 스베린이 있겠죠. 바다 건너의 신족 국가 스베린, 겨울 기사단이 지키는 미지의 겨울 국가. 동쪽의 마족 왕국 카민, 흑색친위대가 지키는 사악한 악마들의 국가. 이것이 두 나라에 대한 대륙 국가들의 선입견이죠. 우리로서는 섣불리 대륙과의 접촉을 꺼려하는 이유 중 하나입니다. 현재로써는 카민에 대한, 그리고 카민의 군사력에 대한 평가가 필요 이상으로 과장되고 확대 해석 되어 있기에 누구도 카민을 노리지 않지만, 사실이 밝혀진다면 대륙에서 가장 평화주의 성향이 강한 스톨츠라도 카민 땅을 넘어올 겁니다. 게다가 우리 카민의 왕실이 국민들을 장악하는 방법이기도 하죠. 충분한 대책 없이 무작정 대륙의 다른 국가들에 관한 사실을 국민들에게 알려주면 카민의 독립이 유지될지 아무도 장담하지 못합니다. 카민 왕실이 국민을 다스리는 방식은 외부에 대한 철저한 정보 통제니까요. 사실 카민은 국토가 척박한 데다 출생률이 상당히 낮아서 국력을 키우는 데 치명적입니다. 대륙인들은 카민의 군대가 재앙에 가까울 만큼 위력적이라고 생각하고 카민의 국경을 넘는 데 주저하고 있습니다. 실제로 카민 정도 넓이를 가진 영토에 우리 흑색친위대 정도의 정예병이라면 국력이 크림발츠와 대등하겠죠. 하지만 우리는 인구가 적기 때문에 소수 정예를 지향할 수밖에 없었습니다. 병사 개개인의 역량은 대륙에서도 수위를 다툴 만큼 뛰어나다고 자부하지만 단순히 숫자로 밀고 들어오면 방어하는 데 한계가 있습니다. 더더군다나 타국을 침공하는 짓은 스스로의 무덤을 파는 짓이죠. 게다가 우리도 크림발츠만큼이나 왕실 내부가 시끄럽고 라이어른만큼이나 귀족들의 반란도 극심합니다. 집요한 쇄국 정책은 그 방법 이외에는 국가를 지탱할 방법이 없었기 때문입니다."

"하지만 전혀 타국과 무역없이 국가가 존속할 수 있나요? 더군다나 척박한 기후에서 그것이 가능한가요? 보통 척박한 기후에 세워진 국가는 살기 위해서라도 타국을 침공하는 경우가 많지 않은가요? 제국이 세워지기 이전에 있었던 야만족들의 대이동도 결국 먹고 살 땅을 찾기 위해서였잖아요?"

"북부 해안에 몇 개의 교역 도시가 있습니다. 상당히 엄중하게 방비되는 지역이죠. 카민의 주요 교역국은 대륙인들의 접촉이 적은 녹해의 파니온입니다. 마침 파니온의 대삼각주에서 나오는 밀은 생산량이 많아서 실질적으로 카민을 먹여 살린다고도 볼 수 있을 정도입니다. 우리는 그곳에서 대륙 상인으로 위장해서 매년 대규모 밀을 수송해 옵니다. 그 수송은 1년에 걸쳐서 고르게 분배되어 이동되기 때문에 녹해를 장악한 크림발츠 함대의 시선을 끌지 않았습니다. 그리고 마찬가지로 발헤니아와는 접촉이 잦은 편입니다. 발헤니아 측으로부터 수입하는 밀도 상당히 많습니다. 이쪽은 당연히 육로로 수송합니다. 그리고 우리는 철광석과 보석, 그리고 무엇보다 군사력을 수출합니다."

레미는 그제야 어째서 카민의 장교인 이언이 반 무라드라는 이름으로 발헤니아의 사막군단을 지휘하여 동방 원정단과 싸웠는지 이해했다. 이언이 그전에도 가끔씩 했던 말들의 대부분은 어딘가의 해외에서 전투를 벌였던 경험이었다. 그렇다면 카민은 이언을 비롯한 흑색 친위대 장교들과 병사들을 발헤니아를 비롯한 국가들에게 용병으로 빌려주고 그 대가로 밀을 수입한다는 의미였다. 문득 레미는 이어지는 의문을 발견했다.

"잠깐, 그렇다는 말은… 저번에 추기경인가 주교인가를 호위했다고 했어요. 설마… 설마 그럴 리가……?"

이언은 시선을 돌려 레미를 바라보며 씁쓸하게 웃었다. 그의 입가에 맺힌 미소는 애잔했다.

"맞습니다. 이따금 중앙 대교국으로도 용병이 파견됩니다."

"무슨 짓이야?! 그렇게 종교적 정통성을 주장하는 주제에! 그렇게 성전을 주장하는 주제에 자신들이 손수 낙인찍은 제1적성국의 군인들을 수입해 쓴단 말이야? 중앙 대교국에서?!"

"제가 성당 기사단과 잘 아는 사이라는 점을 이상하게 생각하지 않으셨습니까? 수도에서 어려움에 처했을 때 이상하다고 생각하지 못하셨습니까? 폐하는 제가 카민 출신일 거라 짐작하셨다고 했습니다. 그런데 그 마족 왕국 카민 출신인 제가 어찌 성당 기사단과 친분이 있는지 의심하지 않으셨습니까? 그리고 중앙 대교국과 꽤 친밀한 관계에 있다는 점도 언뜻 말씀드린 것 같습니다만. 그런 사실들을 깨닫지 못하고 넘어가셨다니 의외군요."

"세상이 어떻게 돌아가는 거야! 중앙 대교국은 그런 짓을 하는 주제에 누구를 파문하고 누구를 숙청하고 누구를 배덕자로 낙인찍는 거지?! 성지 탈환을 핑계로 노골적인 동방 침략 전쟁을 주창하는 짓은 또 뭐야! 그럼 카시안 오빠는 대체 뭘 위해서 동방에서 싸우다 죽은 거야?! 중앙 대교국에서 카민의 군인들을 용병으로 쓴다고?! 그리고 발헤니아는 카민에게 밀을 팔아주는 대가로 카민의 군인들을 쓴다고?! 그럼 당신들은 동족끼리 싸운다는 소리잖아! 중앙 대교국은 그것을 뻔히 알고도 성지 탈환이라는 거짓말로 동방으로 확장 전쟁을 벌이는 거고! 대륙의 국가들은 그것 때문에 죄없는 병사들을 이교도의 땅으로 보내 죽게 만드는 거고! 그러고도 신을 믿는 자들이라고 주장하는 거야?! 믿을 수가 없어! 있을 수가 없는 일이야! 그럼 카시안 오빠는 왜 죽어야 했던 거야?! 중앙 대교국의 그 잘난 영토 놀음을 위해서?! 그게 잘난 신의 계시고 신의 말씀이 강림한 성지를 탈환하기 위한 성전이야?!"

파악!

레미가 집어 던진 와인 병이 돌벽에 부딪쳐 박살났다. 레미는 부들부들 떨리는 손으로 자신의 어깨를 감싸 안았다. 그녀는 이를 덜덜 떨면서 믿을 수 없는 일을 알게 된 자신을 저주했다. 척박한 영토에서 살아남기 위하여, 그리고 끝없는 영토욕에 사로잡힌 강국 폴리안은 물론 자신의 조국인 크림발츠 같은 강대국의 확장 정책에 맞서기 위하여 빗장을 걸어 잠근 카민은 국민들을 먹이기 위하여 군인들이 몸을 팔아왔다. 그리고 이언도 군인이 되어 자국민들을 먹여 살리기 위하여 평생 동안 이렇게 전쟁터에서 부상당하고 친동생들까지 죽이며 살아왔다는 이야기였다.

레미는 그런 이언을 비난하고 혐오하던 자신이 너무 한심해서 현기증을 느꼈다. 누가 이언을 비난한다는 말인가? 그는 자신의 권력욕, 혹은 자신의 광기를 위하여 전쟁터를 헤매지 않았다. 그가 전쟁터에서 흘린 피는 고스란히 밀이 되어 조국 카민으로 되돌아간다. 그리고 그 밀은 아이들을 먹여 그 아이들을 다시 군인으로 키운다. 군인이 된 그 아이들은 또다시 이언처럼 타국에서 목숨을 걸고 싸우며 조국으로 밀을 보내고, 또 다른 아이들을 먹인다. 레미는 지난 수세기 동안에 이 짓을 해왔다는 카민의 방식에 현기증을 느꼈다. 동시에 그것을 교묘하게 이용하는 중앙 대교국에 대한 극심한 증오와 혐오감에 사로잡혔다.

"믿을 수가 없어! 정말 믿을 수가 없어!! 그럼 당신이 지금까지 해왔던 그 잔인함은 조국을 먹여 살리기 위해서였단 말이야? 그 따위 잘난 조국을 위해? 그런 조국 따위는 그냥 망해 버리는 게 좋은 거 아냐?!"

하 이언은 가슴이 아팠다. 한 번도 자신의 삶을 후회하지 않았다. 조국의 사냥개가 되기 위하여 사육당한 인생이었다. 어려서부터 피와 목숨을 싸구려 헐값으로 팔아 사들인 식량을 먹으며 자랐다. 그리고 그 식량을 먹으며 성장해 당연히 흑색친위대에 입대하여 군인이 되었다. 전투에 참가하여 부상당한 형제들을 스스로의 손으로 죽이고, 병사들의 목숨을 팔아 연명하는 왕실을 비난하고 저항 운동을 일으켰던 약혼녀를 스스로의 손으로 죽였다. 한 번도 삶을 후회하지 않았다.

그는 의미없는 바람이었고 여전히 아무런 의미도 갖지 못했다. 그저 정처없이 불어가며 닥치는 대로 살육했다. 살육이 즐거웠던 적은 한 번도 없었다. 하지만 자신에게 주어진 사명은 피를 흘리고 조국을 먹여 살리는 것이었다. 그것을 후회하지 않았다. 하지만 지금 가슴이 아프다. 저 여자는 어째서 나를 대신하여 절규하고, 나를 대신하여 분노하고, 나를 대신하여 슬퍼하는가? 조국을 바꾸고 싶다고 생각해 본 적도 없었다. 그것은 너무나 당연한 사명이었고 지금껏 한 번도 그 사명을 의심하지 않았다.

그는 스스로의 본명을 거의 사용하지 못했다. 반 무라드라는 이름으로 발헤니아의 군대에서 싸웠고, 합산 라미드라는 이름으로 파니온의 친위대가 되어 싸웠다. 타르엥 자끄렝이 되어서 크림발츠의 떠돌이 기사가 되어 성직자를 호위했다. 지금은 하 이언이 되어 크림발츠의 여왕을 호위하고 있다.

이름이 중요한가? 그는 대답할 수 없었다. 가슴이 아픈가? 어째서 아픈가? 그는 대답할 수 없었다. 조국을 증오하는가? 그는 대답할 수 없었다. 그는 대답할 수 없었다. 그는 대답할 수 없었다. 그는······.

하 이언은 조용히 눈을 감았다. 그가 지금껏 걸어왔던 길, 그리고 앞으로 걸어가야 하는 길, 지금처럼 사람들을 죽여 자국민들을 먹여 살리며 살아갈 것이다. 누구를 위하여 행하는가? 알고 싶지도 않았다.

"중앙 대교국은 대륙 모두로부터 견제를 받습니다."

"당연하지! 그 빌어먹을 종교전쟁을 일으켜 대륙을 암흑시대로 만든 게 중앙 대교국이니까! 그리고 이 짜증스러운 나라를 봐! 국민들은 굶주리고, 왕실은 정통성을 세우지 못하고 표류하고, 자국민들까지 찢어서 한심하게 내전이나 일으키고 있어! 그런데 성당 기사단은 넓은 영지를 수확하며 세금 한 푼 내지 않아! 그리고 귀족들로부터 더 많은 영지를 기증받기를 원해! 라이어른을 종횡무진 건너다니며 수도원이 소유한 그 넓은 포도밭과 값비싼 와인 생산을 독점하며 이윤을 챙겨! 아피아노, 스톨츠, 베일 칸토 연합 같은 약소국들은 중앙 대교국의 정책에 마음껏 휘둘리고 있어! 크림발츠와 아메린이 어째서 힘들게 중앙 대교국 세력을 탄압하는데? 폴리안이 어째서 정교회를 신봉하면서 중앙 대교국을 비웃는데?! 우리가 대륙의 강대국이니까 아무런 소리도 못해! 폴리안은 강대국이니까 정교회를 이단으로 낙인찍을 뿐 탄압하지는 못해! 그저 입으로만 떠들 뿐이지! 그렇지만 중앙 대교국은 너희 카민도 마찬가지라는 점을 알고 있다는 소리잖아?! 그런데 대륙인들에게 카민은 악마의 국가라며 적성국이라고, 기회만 닿는다면 쳐들어가야 할 국가라고 목청껏 떡따고 있어! 그러고는 당신들 카민에게서 용병들을 공급받는다고?! 핫! 신의 광휘여, 너무 눈부십니다! 그럼 중앙 대교국의 군대 중에서 국적이 알려지지 않은 용병 부대들은 태반이 카민의 흑색친위대겠군! 맞아?!"

"네, 사실입니다. 교황과 추기경들을 경호하는 부대와 중앙 대교국 수비대는 전부 흑색친위대 소속 병사들입니다. 탑의 기사단이 주로 투입됩니다."

"대륙의 3강이 지속적으로 중앙 대교국의 군비 증가를 견제했던 결과가 이건가? 아피아노와 스톨츠, 베일을 협박하여 중앙 대교국을 위해 일하지 못하게 했던 그 협박의 결과가 이거였다는 거야?! 그랬더니 자기들 스스로가 적성국으로 분류한 카민의 군대, 그것도 카민의 친위대를 용병으로 사용해?! 미친 개자식들!! 당연히 너희를 협박했겠지? 용병을 보내지 않는다면 너희에 대한 모든 사실을 대륙 모두에게 공표하겠다고?"

"당연한 일입니다. 그러면 카민은 멸명하겠죠. 우리로서는 살아남기 위한 다른 대안이 없습니다."

레미는 분이 풀리지 않는지 얇은 커튼을 잡아 찢었다. 아피아노 산 커튼이 그녀의 눈에 거슬렸던 것이다. 레미는 찢겨진 커튼 자락을 바닥에 팽겨치고 발로 밟았다. 그리고 입술을 깨물며 홍분을 삭이지 못했다.

"한 가지만 맹세하지."

"말씀하십시오."

"내가 차기 계승자에게 왕위를 넘겨주기 전에, 내 재임 기간 동안에 약속하고 중앙 대교국의 그 위선적인 자들을 짓밟아주겠어. 결국 카시안 오빠는 의미없는 싸움에 목숨을 잃은 셈이잖아! 그 전투에서 그럼 당신들은 동족을 죽인 거야?"

"어떤 부대가 파견되었는지는 확인하지 못했지만 당시 중앙 대교국이 성당 기사단이라고 내세운 부대는 카민의 친위대였습니다. 동방 원정단과 사막군단 양쪽 모두에 카민의 군대가 용병으로 참전했던 셈이죠."

"믿을 수가 없어!! 그런 일이… 자, 잠깐만… 잠깐만… 서, 설마?!!"

레미는 기어코 현기증을 이기지 못하고 주저앉았다. 레미는 빠르게 최견히는 자신의 머리를 서주했다. 하지만 그녀의 이성은 그녀의 명령을 무시하고 가설을 세웠고, 합당한 상황을 증거로 채택했고, 결론을 도출했다. 레미는 한기를 느끼고 부들부들 떨었다. 차가운 냉기가 악의를 품고 자신의 몸을 더듬는 착각을 받았다.

레미는 고개를 돌려 이언을 올려다보았다. 그리고 애원하는 표정을 지었다. 말해 달라고. 이번 추측은 틀렸다고 말해 달라고. 하지만 이언은 처음으로 슬픈 표정을 지으며 고개를 돌렸다. 싸늘하고 냉소적이고 악의적인 그가 슬픈 표정을 짓자 레미는 자신의 가슴이 산산이 부서지는 소리를 들었다.

"죄송하지만 그 추측… 맞습니다. 고 카시안 왕자 본인이 죽어가는 와중에 짚어낸 추측입니다. 여왕 폐하께서도 충분히 찾아낼 결론이라고……"

"그런 거야? 그럼 중앙 대교국에서 카시안 오빠를 암살한 거야?! 오빠가 추진했던 정책… 나는 기억해. 오빠는 수도원이 소유하는 영토의 상한선을 마련하려고 했어. 수도원에 기거하는 수도사들의 숫자를 기준으로 하는 비례 토지 소유법을, 그리고 크림발츠 영토 내에서 중앙 대교국으로 보내는 돈에도 세금을 매기려 했어. 게다가 성당 기사단에 대한 군비 상한선을 마련하려 했고."

"중앙 대교국을 견제하는 가장 확실한 수단이 되었겠죠. 그리고 강대국 크림발츠에서 그 제도가 시행되면 아메린과 폴리안이 따를 것이고, 아메린의 입김이 강한 라이어른도 거부하지 못할 것이고, 스톨츠와 베일은 크림발츠가 군사력으로 협박하겠죠. 중앙 대교국의 비대화에 철퇴를 가하는 법안이었을 겁니다."

"그래서 오빠를 죽였고, 나를 죽이려 했고, 케언을 국왕으로… 하지만 케언은 오빠의 정치적 동반자였어! 그가 중앙 대교국에 협력할 리는 없어!"

"그것은 케언 공작 본인만 알고 있을 테죠. 만에 하나 그가 카시안 왕자의 유지를 받는다면 그는 크림발츠의 왕자와 여왕을 둘 다 죽이고 스스로 국왕임을 자청한 탐욕스러운 인물이 되어 '민중'과 '귀족'들의 저항을 받아 숙청되겠죠. 중앙 대교국에서 노린 것은 그런 계획이라고 분석하고 있었습니다. 그래서 내가 당신에게 파견되었던 것입니다."

"모두가 실패해도 크림발츠는 전란에 휘말려 국력이 약해질 테고……."

레미는 자조적으로 웃으며 말했다. 그녀는 힘없이 창문 아래 등을 기대고 앉았다. 귀족들이 사병을 갖는 것을 폐지하여 귀족 세력에게서 군사력을 빼앗고 상비군을 강화하여 왕권을 안정시킨다. 일정 부분 지방 영주들의 재량으로 부여되던 세금을 왕실에서 징수하여 세수 낭비와 왕실 수입 증가를 꾀한다. 수도원의 전횡을 탄핵하여 국유지를 회수하고 그 국유지를 농민들에게 분배한다. 국토를 대대적으로 정비하여 치안을 확고히 다지고 원활한 물자 흐름을 장려하여 산업을 부흥시킨다.

카시안 오빠와 그녀의 남편 케언 공작이 함께 추진하던 개혁의 내용이었다. 국왕으로 즉위하기도 전부터 공공연하게 주창하던 이런 주장들은 카시안 오빠 특유의 선동에 힘입어 젊고 패기 넘치는 젊은 귀족들과 군인들, 그리고 백성들에게 지지를 얻었다. 동시에 귀족원에서는 카시안 왕자의 과거가 깨끗하지 못함을 이유로 들어 그녀 자신을 왕위로 올려야 한다는 세력이 생겨났다.

싫었다. 자신감 넘치는 오빠와 냉성하고 치밀한 케언이 하는 일의 진정한 의미를 그 당시에는 알지 못했다. 하지만 귀족들이 자신에게

Chapter 16 Within living Memory

아부하며 보내는 왕권을 주장하라는 유혹이 마냥 싫었다. 자신은 오빠처럼 크림발츠를 위한 진정한 길이 무엇인지 몰랐고, 그것을 이끌어 나갈 자신도 없었다. 귀족원들이 오빠의 왕위 계승 내정을 폐기하려는 움직임을 보였을 때 마침 중앙 대교국에서는 동방 원정을 주창했다. 지금 생각해 보면 그 당시 중앙 대교국의 움직임은 귀족원과는 별도로 오빠를 축출하기 위한 수단이었으리라.

오빠는 수도에서 노골적으로 시작된 반대파의 탄핵 움직임이 심각함을 감지했고 동방 원정을 자처했다. 표면적으로는 귀족들 모두가 반대했지만 과반수로 오빠의 동방 원정을 승인했다. 오빠는 동방 원정에서 전과를 세우고 돌아와 그 효과가 사라지기 전에 국왕으로 즉위할 예정이었을지 몰랐다. 그러면서 오빠는 남편인 케언에게 자신을 부탁하고 떠났고, 주검이 되어 돌아왔다.

노골적으로 귀족들을 숙청하고 암살하기 시작한 남편이 너무 무서웠다. 피로 점철된 크림발츠 왕실의 과거가 겁났다. 남편이 자신도 숙청할 것만 같았다. 오빠처럼 크림발츠를 위해 무엇을 해야 하는지도 알지 못했다. 오빠처럼 동조자들을 만들어 자신을 지지하게 하는 정치적 수완도 없었다. 결국 의무에서 눈을 돌리고 도망쳐 버렸다. 그리고 타국 땅에서 이렇게 방황하고 있다. 나는 무엇을 하면서 인생을 낭비하고 있는가?

"이제는 다 이해가 갔어. 모두 다 알겠어. 오빠와 남편은 오래전부터 단순히 크림발츠가 강해지는 것이 아닌, 대륙의 위태로운 평화를 근본적으로 개량할 방법을 찾고 있었던 거야. 그것이 귀족원과 중앙 대교국 모두로부터 반발을 샀고, 중앙 대교국이 마련한 전쟁터에서 귀족들에게 암살당한 거야. 그동안 너희 카민은 양측 모두에게 병사들을 파견하여 밀 값을 벌어왔고. 내가 즉위한 직후에 남편이 벌였던 그 학살극은 나의 입지를 강화시켜 오빠의 유지를 받들기 위함이었어. 오빠가 못 이룬 개혁을 여동생인 나의 이름으로 계속해야 한다고 생각했던 거지. 그 남자는 그런 남자니까. 그러기 위해서 그는 나의 앞길을 막는 자들을 암살해 왔던 거야. 나는 그런 남편에게 공포를 느끼고 혐오하면서 왕성을 탈출했어. 생각해 보면 왕성을 나선 적이 없는 내가 무슨 재주로 라이어른까지 오는 데 성공했을까 싶어."

"아마도 케언 공작이 폐하를 라이어른 땅까지 무사히 탈출시키는 데 뒤에서 도움을 주었을 겁니다."

"나는 우연히 튜멜 남작의 영지에 머물게 되었고, 케언은 내가 라이어른 시골 영지에 머무는 동안에 혼자서 크림발츠 내부 분란의 싹을 도려내려고 했던 거야. 그리고 내가 되돌아오면 누구의 방해도 받지 않고서 오빠가 세웠던 그 개혁들을 추진할 수 있도록. 내가 왕실에 머물면 나에 대한 암살 기도가 있을지 모른다고 생각했던 거라고 생각해."

"실제로 레이드와 에피 부녀는 당신을 암살하기 위하여 우리에게 접근했습니다. 그들도 모르겠지만 그들의 배후에는 중앙 대교국이나 크림발츠 귀족원이 있겠죠."

"암살의 위협은 자신이 혼자 감당하며 모든 화살이 자신에게 집중되도록 한다. 그동안 나는 라이어른의 시골 영지에서 안전하게 머문다. 그 남자만이 생각할 수 있는 사고방식이야. 라이어른이 전란이 휘말릴 줄은 예측하지 못했을 테고……."

어째서 그냥 간단하게 한번쯤 사랑한다고 말해 주지 못했을까? 솔직히 나는 당신이 무서웠어요. 그 웃음 뒤에 숨겨진 당신의 생각을 읽을 수 없어서 무서웠어요. 당신이 나의 유일한 친구이자 시녀인 이아엘라를 죽였을 때 나는 당신에게 와인 잔을 던졌죠. 그리고 당신을 진심으로 혐오하고 증오했었죠. 이아엘라가 귀족들에게 매수되었다는, 나를 죽이려 했다는 당신의 말을 나는 믿을 수 없었죠. 나는 그때 당신을 저주하고 당신을 혐오하며 피에 미친 흡혈귀 같다고 말했죠. 그 말이 당신에게 얼마나 큰 상처가 되었나요? 당신은 내가 철없이 당신을 마냥 비난할 때 얼마나 슬펐나요? 당신을 비난한 내가 이렇게 가슴 아픈데, 당신은 얼마나 가슴이 아팠나요?

생각해 보면 당신이 나를 처음 봤을 때 당신은 내 목숨을 구해주었죠. 그리고 눈 속에 쓰러져 의식을 잃었죠. 당신이 나를 위해 살아왔다는 것을 나는 왜 몰랐을까요? 당신은 바보 같아요. 그냥 나에게 사랑한다고, 그리고 오빠와 함께 이루려 했던 꿈이 무엇인지 설명해 주지 그랬어요. 그랬다면 나는 이렇게 도망치지 않고 당신과 함께 싸웠을 텐데. 나는 그렇게 당신에게 아무런 도움도 되지 못했나요? 아니면 내가 오빠처럼 귀족들의 손에 죽을까 봐 두려웠나요? 당신, 지금도 나를 기다리나요? 내가 돌아가면 웃으면서 맞이해 줄 건가요? 그런가요? 이 여행은 당신과 나의 사랑이 어긋난 슬픈 이야기인가요?

한줄기 눈물이 레미의 뺨을 타고 흘러내렸다. 레미 아낙스는 망연히 주저앉아 회한의 눈물을 흘리며 어깨를 떨었다. 이대로 슬픈 이야기로 그와의 사랑을 끝내긴 싫었다. 이대로 슬픈 결말을 맞이하는 비극의 여주인공이고 싶지 않았다. 인생은 거창한 희극이라고 주장하던 사람이 비극을 준비했다고 믿고 싶지 않았다.

혼자서 모든 것을 짊어지고 가려는 그 남자가 새삼 서운했다. 그리고 그녀는 이렇게 모든 것들을 어긋나게 만든 중앙 대교국과 귀족원에 대한 사무치는 증오를 느꼈다. 그녀의 머리 속에서 그들에 대한 증오가 각인되었고, 그들에게 복수할 계획이 서서히 윤곽을 잡으며 형성되기 시작했다. 울고 있을 수만은 없다고 생각했다. 지금은 일어나서 행동할 때다.

레미는 눈물을 훔치고 애써 표정을 바꾸며 다짐했다. 지금은 아니지만 곧 일어서 주겠다. 일어서리라. 오빠와 남편이 당당하게 싸웠던 모습으로 자신도 투쟁하리라. 레미는 고개를 돌려 이언을 바라보았다. 이언은 복잡한 얼굴로 그녀를 응시했다.

"끝까지 도와줄 거지? 내가 그들과 싸우도록 끝까지 도울 거지?"

"내 임무는 당신이 크림발츠 왕성으로 무사히 돌아가는 시점에서 끝납니다. 나에게 내려진 명령은 그렇습니다."

"하지만 이건 카민을 위한 길이기도 해. 모르겠어?"

"나 혼자서 조국의 미래를 바꿀 수 있다는 환상은 품지 않습니다. 그저 주어진 명령에 복종하며 싸울 뿐입니다."

이언은 슬픈 얼굴로 말했다. 아니, 그저 약간 얼굴을 찡그렸을 뿐이다. 이언을 설득하려던 레미는 입을 다물고 말았다. 설득이 통할 상대가 아니었다. 잠시 동안 레미와 이언의 말없는 대치 상태 속에서 무언의 시선이 오갔다. 레미는 천천히 자리에서 일어나 스커트 자락을 펴면서 중얼거렸다.

"당신도 불쌍한 사람이군요……."

"편하게 생각하십시오. 그럼 저는 이만 물러가겠습니다. 일단 좀 쉬고 싶습니다."

이언은 조용히 돌아섰다. 그 짧은 순간에 이언은 다시 자신의 표정으로 돌아갔다. 솔직히 앙금이 남았다. 그녀의 힘을 빌린다면, 그녀의 능력과 그녀가 가진 권력의 힘을 빌린다면 카민은 진정한 의미에서 독립국이 될 수도 있었다. 어지간히 모험과 고난을 좋아하지 않는 이상은 크림발츠의 노골적인 비호를 받는 카민을 건드릴 국가는 없었다. 아니, 노골적인 비호가 아니어도 좋았다. 카민이 만약 크림발츠의 막대한 밀 생산량의 도움을 은밀하게 받을 수 있다면 더 이상 군사력을 팔아 먹고 살지 않아도 될 것이다. 더 이상 전장에서 서로 다른 군복을 입고 마주친 남동생을 죽이지 않아도 좋을 것이다. 녹해를 장악한 크림발츠의 해상 전력을 바탕으로 카민은 보다 윤택해질 것이다.

하지만 이언은 입을 꾹 다물어야 했다. 그는 국왕이 아니었다. 그는 단지 국왕의 사냥개였다. 사냥감을 선택하는 것은 사냥꾼의 몫이지 사냥개의 몫은 아니다. 그가 카민의 미래를 선택할 자격은 없었다. 어쩌면 조국이 윤택해지는 기회를 자신이 차버린 셈이라고 하더라도 결정은 확고했다.

이언이 문을 열고 나왔을 때 카라는 복도에 등을 기대고 서 있었다. 이언은 어깨를 으쓱해 보였다. 귀가 예민한 그녀가 대화를 듣지 못했을 리 없다. 카라는 팔짱을 끼고 서서 잠시 동안 바닥을 내려다보았고, 그는 문을 닫은 채 그대로 서 있었다.

"후회하지 않아."

"나는 자기한테 아무런 말도 하지 않았어."

"자칫하면 카민을 송두리째 크림발츠에 넘겨줘 버리는 것일지도 몰라. 그래서 나는 결정할 수 없었어."

"수고했어. 자책하지 마. 자기는 최선을 다해서 살아가고 있잖아?"

이언은 주머니에 손을 찔러 넣으며 걷기 시작했다. 카라는 언제나처럼 살며시 등 뒤로 다가와 소리없는 발걸음으로 그를 뒤따랐다. 이언은 어두운 복도 저편을 노려보면서 다시 입을 열었다. 마치 자기 자신을 납득시키는 듯한 어조였다.

"나는 곧잘 라이어른을 비난했지. 그런데 솔직히 우리 조국 카민과 이곳 라이어른이 뭐가 다르지? 스스로 강대국이 될 수 있는 역량이 있는데도 주변 강대국들에게 휘둘리고 그 속에서 저마다 고통으로 신음하지. 그러면서 강대국에 의존하기 위해 몸부림치고 결국은 강대국의 이해 관계에 얽혀 더 나쁜 쪽으로 악화되지."

"카민에게 만약 라이어른처럼 비옥한 토지가 있었다면 달라졌을지도 모르잖아?"

"그렇지 않아. 그렇다면 여기 라이어른은 어째서 통일되지 못하고 강대국이 되지 못하지? 어쩌면 페나 왕비가 옳았고 우리는 크나큰 과오를 범한 게 아닐까?"

"글쎄… 그건 나도 모르겠어. 당신이 모르는 걸 누가 알겠어?"

"내 임무는 그녀를 크림발츠의 수도까지 호위하는 일. 다른 건 어찌 되어도 상관없어. 내 조국 카민의 미래나 이런 나라의 미래 따윈 관심도 없어. 그걸로 족한 거야."

이언은 혀를 차면서 그렇게 말했다. 카라는 고개를 끄덕이며 다정하게 이언의 팔에 매달렸다. 그리고 그녀의 외모와는 어울리지 않는 애교를 부렸다. 두 연인은 한가로워진 오후를 보낼 방법을 의논하며 계단을 내려갔다.

〈 4 〉

"큰일 났습니다! 국왕 폐하가!!"

창백한 얼굴의 병사가 문을 박차고 들어왔을 때 회의에 열중하던 사람들은 불안한 예감 속에서 마른침을 삼켰다. 예의도 생략한 채 실내로 난입한 병사는 잠시 동안 숨을 헐떡이며 말을 잇지 못했다. 간신히 심호흡을 한 병사는 다시 사태의 시급함을 깨닫고는 소리쳤다.

"아델만 국왕 폐하께서 위독하시답니다!"

"지금 당장 가겠어요!"

레미가 모두를 대표해서 대답했다. 튜멜은 본능적으로 성호를 그었다. 이언은 눈살을 잔뜩 찌푸리며 창밖으로 보이는 하늘을 돌아보았다. 그의 얼굴 표정에는 '아직은 곤란한데'라는 뜻이 노골적으로 담겨 있었다.

좁고 구불구불한 복도를 걸으며 레미는 복잡한 상황 때문에 두통을 느꼈다. 복잡하고 다양한 발자국 소리가 복도를 채우는 가운데 레미는 자신만의 생각에 몰입했다.

말 그대로 아직은 곤란했다. 그는 아직 죽어서는 곤란하다. 아직 너무 많은 것들이 정리되지 못했고 해야 할 일들이 많이 남았다. 아직은 그가 죽을 때가 아니다. 후계자가 없는 상황에서 그가 죽는다면 발트하임의 왕실은 맥이 끊기게 된다. 그렇다면 결국 누가 즉위를 해도 발트하임 내부에서의 또 다른 정통성 시비를 피할 수 없다. 누군가가 즉위하여 발트하임의 왕실을 이끌어가야 하지만, 누가 즉위해도 정통성 시비와 그것이 수반하는 마찰은 피할 수 없는 것이다. 당연하다는 듯이 또 다른 내전이 벌어질 것이다.

그리고 또 한 가지, 새로 즉위하는 사람은 적어도 친 크림발츠 파가 되어야 한다. 페나 왕비처럼 라이어른의 통일을 주창하는 혁신적인 인물이 세워지면 충돌과 혼란을 피할 수 없다. 발트하임은 더 이상 내재적인 혼란과 군사적 충돌을 버틸 만한 여력이 남아 있지 않았다. 한 번만 더 대규모 군사적 충돌이 벌어진다면 발트하임은 자력 회생의 가능성을 잃어버린다.

레미는 거기까지 생각했을 때 입술을 깨물며 원피스 자락을 꽈악 움켜잡았다. 여기까지 왔는데, 그 많은 사람들이 죽어가며 여기까지 왔는데 그들이 흘린 엄청난 양의 피를 쓸모없이 흘러가 버리게 놔둘 수 없었다. 레미는 절대로 지금까지 죽은 사람들의 희생을 무의미하게 만들지 않겠다고 다짐했다. 그녀는 문득 죽은 페나 왕비를 떠올렸다.

그녀의 생각 자체가 틀린 것은 아니었다. 누구나 자신의 조국이 강해 누구의 간섭도 받지 않는 힘을 갖기를 원한다. 누구나 자신의 조국이 윤택하여 보다 많은 사람들이 행복하게 웃을 수 있기를 원한다. 그녀는 단지 그 방법이 너무 과격했을 뿐이다.

하지만 그런 과격한 방법을 피한다면 어떤 방법으로 그 일을 치러낼 수 있었을까? 어떤 방법이 윤리적으로 옳은 방법인가를 고민할 시간은 주어지지 않았다. 지금 주어진 것은 어떤 방법으로 지금을 극복해 가야 하는 것인가를 고민해야 했다.

레미는 자신과 나란히 걷고 있는 동료들을 힐끔거렸다. 누구도 그녀의 결정을 도와주지 못할 것이다. 모든 것은 그녀 자신이 결정해야 하리라.

레미는 심호흡을 했다. 도망치지 않겠다고 다짐했었다. 자신의 결정이 필요한 순간에 이제는 도망치지 않겠다고 다짐했다. 여기서 힘들어한다면 지금껏 어째서 힘들어하고 방황했는가? 그리고 크림발츠로 돌아가서 무엇을 할 수 있을까? 중앙 대교국과 크림발츠의 귀족원들을 상대로 싸우겠다는 결심은 무슨 의미가 있는가? 옳다고 믿는 것을 위하여 투쟁하다 죽어간 카시안 오빠와 지금까지 싸우고 있는 남편 케언의 뜻을 자신이 계승할 수 있을까? 지금은 굳어져야 할 때다. 마음을 굳게 굳히고 투쟁해야 할 때다.

레미는 스스로를 다그치며 한 걸음 나섰다. 병사들이 열어준 문으로 들어서면서 레미는 다시 한 번 심호흡을 했다.

"참 한심한 결말이군 그래."

아델만 국왕은 병상에 누워 힘없이 웃었다. 레미는 무표정한 얼굴로 시선을 돌렸다. 아델만은 그런 그녀의 얼굴을 보면서 애써 미소 지었다.

"그런 표정 지을 필요는 없잖소. 나란 인간이 이 나라를 위해 더 이상 아무런 쓸모도 없다는 것은 나부터가 잘 알고 있소."

"그렇지 않습니다."

"아니, 나 스스로가 그동안 많은 생각을 하고 있었소. 병상에 누워 무의미하게 삶을 연명하면서 참으로 많은 생각들을 했지. 하지만 과연 내가 이 나라를 위해 무엇을 했던 것일까? 아내의 사랑조차 받아들이지 못했던 내가 한 나라와 그것에 의지해 살아가는 백성들을 포용할 능력이 있었을까? 결국 나는 무능력하고 쓸모없는 국왕으로 역사에 기록되겠지. 나에게 국왕이라는 자리는 과분했던 모양입니다."

"아닙니다. 폐하께서는 최선을 다하셨습니다."

레미는 차분한 어조로 담담하게 대꾸했다. 잿빛 얼굴의 아델만은 나이보다 10년은 늙어 보이는 얼굴로 물끄러미 그녀의 얼굴을 보았다. 그리고 떨리는 손을 애써 움직였다. 레미는 잠시 동안 주저하다가 그의 손을 마주 잡았다. 독에 중독되어 병들어 버린 아델만 국왕의 손은 연약한 뼈만 남겨져 레미의 손아귀 힘으로도 바삭 부서져 버릴 것만 같았다.

레미는 새삼 이 남자가 이렇게 오랫동안 병마와 싸우며 버텨왔던 정신력이 얼마나 끈질겼던 것인가를 실감했다. 그는 나름대로 최선을 다했던 것이다. 적어도 아내보다 먼저 죽어서는 발트하임이 곤란하다는 점을 인지하고 있었던 것이다. 그래서 아내가 죽고 전쟁이 끝나는 순간까지 필사적으로 살아남았다. 한 나라를 책임져야 했던 사내에게는 죽음조차 극복해야 하는 장해물이었다.

아델만 국왕은 아내였던 페나의 사상과 방법에 결코 동의하지 못했다. 그는 보다 온건하고 점진적인 개혁을 생각했다. 결과가 아무리 옳다 하더라도 그 결과를 위한 수단이 가혹하다면 결과는 그 의미가 없다고 믿어왔다.

  그는 혁명가가 될 수 없는 남자였다. 그는 보다 나은 발트하임을 건설하기 위하여 노력해 왔다. 하지만 그와 아내의 정치적 노선은 너무 달랐고, 결국 발트하임 전체를 너덜너덜한 누더기로 만들었다. 그리고 이제는 크림발츠라는 외세―페나 왕비가 전쟁을 감수해서라도 물리치고 싶어했던―에 발트하임을 넘겨줘야 했다.

  그는 아내의 정치 노선에 동의하지 못하는 정도로 끝나지 않고 아예 나라를 크림발츠에 팔아먹어 버린 국왕이 되었다. 아델만은 자신의 생명이 꺼져 감을 느끼면서도 그 점을 괴로워했다. 결국 역사는 자신을 발트하임을 크림발츠에 팔아먹어 버린 마지막 국왕으로 기록할 것이다.

  아델만 국왕은 숨이 당장 끊어지는 고통 속에서 신음했다. 무능한 것으로 부족하여 나라를 팔아먹은 국왕의 최후. 아델만 국왕은 한 폭의 그림으로 남겨도 좋을 장면이라고 자학했다. 이 장면을 그림으로 남겨 대대로 후세에 손가락질받게 해도 좋으리라. 라이어른 역사상 가장 더럽고 추잡하고 무능력한 국왕이었으며 발트하임의 공적이었노라고.

  "한 가지만 약속해 주시오."

  "말씀하십시오."

  "우리 발트하임을 이대로 버리지 말아주시오. 결국 내가 무능력해 나라를 크림발츠에 팔아먹은 셈이지만… 내 나라를 찢어발기지 말고 하나의 나라로 존속시켜 주시오. 자치령도 좋고 속국도 좋소. 하지만 발트하임을 크림발츠의 6번째 주로 만드는 것만은 하지 말아주시오. 발트하임이라는 깃발이 언제까지나 이곳에서 게양될 수 있도록 해주시오."

"최선을 다하겠습니다."

레미는 그렇게 대답했다. 그녀의 눈은 놀랄 만큼 냉정하고 조용했다. 그리고 그녀의 목소리는 한 점의 흔들림도 없었다.

"흥하면 망하는 법. 하지만 지금은 그럴 때가 아니라고 믿소. 발트하임이라는 깃발을 믿고 싸우다 죽어간 시민병들의 믿음을 저버리지 말아주시오. 지금은 때가 아니오."

"알겠습니다. 걱정하지 마십시오."

"아내의 사랑도 받아들이지 못한 무능력한 사내지만 백성들의 원성과 증오는 내가 전부 짊어지고 가리다. 그러니 우리 발트하임을 용서해 주시오."

아델만 국왕은 부쩍 거칠어진 숨소리를 내면서 괴롭게 애원했다.

레미는 그저 묵묵히 아델만의 앙상한 손을 붙잡았다. 희미한 삶의 마지막 흔적들이 그의 갈라진 입술 사이로 흘러나왔다. 아델만 국왕은 초점이 흐려진 눈으로 레미를 바라보며 필사적으로 자신의 마지막 순간을 버텨 나갔다.

레미의 등 뒤에 서 있던 튜멜 일행은 아무런 말도 하지 않았다. 그리고 마찬가지로 불려왔던 사자성의 몇몇 귀족들―시민전쟁 당시 중립에 서 있거나 아델만 국왕의 편에 서 있던―도 끼어들지 못하고 아델만의 최후를 기다렸다. 병들고 지친 육체는 빠르게 그 마지막 소명을 다하기 시작했다.

레미는 손에 쥔 아델만의 앙상한 손에서 마지막 생명이 빠르게 사라짐을 느꼈다. 그녀는 어깨를 움츠리며 그 끈적거리는 죽음의 흔적을 떨쳐 냈다. 아델만 국왕은 눈을 껌벅거리며 갈라진 입술로 애써 말을 토했다.

"누… 눈앞의… 아름다움… 도… 보질 못하는 자가… 어찌 미래를… 기대하는가……. 희생을 담을 그릇을… 갖지 못한 자… 희생을 요구할… 자격이 없는 법……. 어, 어찌… 희생을 강… 요했던고… 나는… 나는… 그 희생을… 담을… 그릇이… 없…….."

아델만 국왕의 손이 천천히 늘어졌다. 그리고 마지막 탄식이 입술 사이로 새어 나오지 못하고 멈췄다. 아델만 국왕은 부릅뜬 눈으로 천장을 올려다보며 입술을 벌린 채 죽음을 맞이했다.

잠시 동안 정적이 흘렀다. 누구도 입을 열지 못했다. 그저 눈을 부릅뜨고 탄식하듯 죽어간 아델만 국왕의 시신과 그 시신의 손을 붙잡고 있는 레미에게서 눈을 떼지 못했다.

레미는 바닥에 무릎을 꿇고 양손으로 아델만 국왕의 손을 잡은 채 잠시 동안 고개를 숙이고 있었다. 움직이지도 않았고 눈물 흘리지도 않았다. 그저 담담히 눈을 감고 무릎을 꿇고 있었다. 한참 동안 그러고 있던 레미는 천천히 자리에서 일어났다. 그리고 조용한 시선으로 모두를 둘러보았다.

"슬퍼하지 않겠어요. 지금껏 너무나 많은 사람들이 죽었어요. 하지만 지금은 슬퍼할 시기가 아니에요. 시민들에게 국왕 서거를 알리고 정중한 장례 의식을 준비하도록 해요. 그리고 공석으로 비워진 국왕 자리에 대한 문제는 차후에 결정하도록 해요. 일단은 서거한 아델만 국왕을 추모하고 예우를 다하는 것만 신경 쓰도록 해요. 다만 한 가지 경고할게요."

레미는 싸늘한 시선으로 발트하임의 귀족들을 노려보았다. 시민전쟁을 승리로 이끈 여자이자 대륙을 뒤흔드는 강대국 크림발츠의 여왕인 여자. 그리고 지금 발트하임에서 거의 유일한 군사력을 쥐고 있는 여자.

귀족들은 그녀의 위세에 주눅이 들어 고개를 숙였다. 차마 그녀와 시선을 마주할 담력을 가진 사람은 아무도 없었다. 마음만 먹으면 자신들 한두 명쯤은 비명조차 지르지 못하고 사라지게 만들 능력을 갖고 있는 여자의 심기를 거스를 용기는 없었다.

"발트하임 국왕의 자리는 현재 공석으로 비워졌어요. 만에 하나 이 자리를 차지하고자 유쾌하지 못한 행동을 하는 사람들은……."

귀족들은 어깨를 움츠리며 고개를 숙였다. 아델만 국왕의 서거는 솔직히 별로 슬프지 않았다. 어차피 오래 살지 못할 것이라는 것을 뻔히 알고 있었다. 그리고 그의 마지막 순간을 지켜보면서 머리 속에서 맴도는 생각은 한 가지뿐이었다.

비워진 옥좌를 차지하는 자는 과연 누구일까? 어떻게 하면 그 자리에 내가 오를 수 있을까?

레미는 그런 귀족들의 생각을 읽은 듯이 싸늘한 말투로 못 박았다.

"페나 왕비가 어떤 식으로 죽었는지를 기억해야 할 것이에요. 이것이 단순한 경고로 끝날지 아니면 현실이 될지 시험해 보고 싶다면 마음대로 하세요. 하지만 현실이 된다면 그것은 악몽이 될 거예요. 언제까지나 끝나지 않는 영원히 계속되는 악몽이 되도록 만들어주겠어요."

레미는 고개를 돌리고 죽은 아델만 국왕의 침실을 나갔다. 자리를 지키며 서 있던 이언은 레미가 나가기 무섭게 롱 소드를 뽑아 들었다. 귀족들은 핼쑥한 얼굴로 이언을 바라보았다. 치명상을 입고도 페나 왕비에게 결정타를 날리고 자신은 살아남은 검은 머리의 사내는 사자성 안에서도 유명했다. 그에게는 불사신이라는 별명이 붙어 있었다. 이언은 엄지손가락으로 검날을 살펴보면서 음산하게 말했다.

"쓸데없는 생각은 조심하는 게 좋을 거야. 한밤중에 침대에서 산 채로 해부당하고 싶지 않다면 말이야."

이언은 히죽 웃어 보이며 롱 소드를 집어넣었다. 귀족들은 희미하게 안도의 한숨을 쉬었다.

아델만 국왕의 서거 소식은 곧바로 온 수도에 공표되었다. 이제 새로이 수도를 재건해야 하는 상황에서 국왕의 서거는 시민들의 가슴을 무겁게 짓눌렀다. 몇 달 간의 긴 내전으로 많은 사람들이 죽었고 수도는 생활 기반이 무너졌다. 겨우 그 혼란이 끝나고 생활 터전을 재건해야 하는 시점에서 국왕의 서거는 민심을 혼란스럽게 만들었다. 시민들은 아델만 국왕이 후계자없이 사망했음을 알았고, 그것은 곧바로 피비린내 나는 왕위 쟁탈전이 벌어질 것을 의미했다.

시내에는 도처에서 조의를 표하는 검은 깃발이 게양되었고, 그것을 바라보는 시민들의 마음도 새카맣게 타 들어갔다. 시내 곳곳에 위치한 성당과 교회들은 매시간마다 조종을 울렸고 그 무거운 종소리는 시민들의 가슴에 침몰했다.

시민들은 모일 때마다 새로운 국왕은 누가 될지, 그리고 그 과정에서 얼마나 끔찍한 싸움이 반복될지 탄식했다. 특히 시민전쟁에 참전했다가 살아남았던 전직 시민병들은 더욱 무거운 마음으로 하루하루를 맞이했다. 전쟁에서 간신히 살아남아 가족들 곁으로 돌아왔는데, 또 다른 내전이 기다리고 있다는 현실을 저주했다.

하지만 시민들이 우려하던 새로운 무력 충돌은 생각처럼 당장 벌어지지 않았다. 근위대는 여전히 수도를 장악하고 있었고 밤에는 야간 통금이 실시되었다. 국왕을 자처하며 나서는 귀족은 아무도 없었다. 시민들은 평상시와 다름없는 얼굴로 시내를 순찰하는 근위대원들을 보면서 서서히 안도하기 시작했다. 하지만 그들은 물밑에서 벌어지는 한층 끔찍한 전쟁을 모르고 있었다. 불행은 누구도 인식하지 못하는 가운데 착실하게 파멸을 향해 다가서고 있었다.

지방 영주로 있는 친인척들에게 군사를 요청했던 한 귀족은 이튿날 말 그대로 침대 위에서 난자당한 시체로 발견되었다. 실크로 만든 침대 시트는 검붉게 말라붙어 있었고 귀족은 내장이 침실 가득 여기저기 널린 끔찍한 모습으로 발견되었다.

시민들을 선동하여 레미와 튜멜 일행을 몰아내고 왕좌를 차지할 야심을 갖고 있었던 또 다른 귀족은 자신의 저택 정문에 산 채로 못 박힌 다음 불에 타 죽었다. 이틀 동안 연이어 벌어진 이 끔찍한 일련의 살인극에 대한 소식은 엄청난 속도로 수도로 퍼졌고, 귀족들은 인간의 상상력을 초월하는 잔혹함으로 벌어지는 보복이 두려워 일단 물밑으로 숨어버렸다.

귀족들은 외부인들인 레미와 그의 수행 기사들—귀족들의 눈에는 그렇게 보였다—이 현재 발트하임을 장악하고 있다는 사실에 강한 반감을 품었다. 그리고 그들을 몰아내기 위하여 의견을 모으기 시작했다. 일단은 레미 파를 국왕이 부재한 발트하임에서 몰아내는 것이 먼저라는 생각이 들었던 것이다.

그들은 어차피 레미 파를 발트하임에서 쫓아낸다면 다시 아델만의 뒤를 이어 발트하임의 국왕이 되기 위하여 서로와 싸워야 한다는 사실을 알고 있었다. 지금은 단지 임시 동맹이었다. 귀족들은 자신이야말로 새로운 발트하임을 이끌어갈 새로운 국왕이 될 수 있는 존재라고 믿었고 그것을 실현하기 위해서는 어떤 희생도 치를 수 있다고 믿었다.

그런 희생들은 자신이 국왕이 되는 대의를 실천하기 위한 사소한 희생이라고 생각했다. 비워진 왕좌에 대한 탐욕스러운 권력에의 집착은 그들에게 자신들의 시도가 새로운 정의를 위함이라는 생각으로 변질되었다.

수도에 거주하는 귀족들도 그렇지만 지방 귀족들의 상황은 더 심각했다. 그들은 수도에 거주하는 귀족들보다 훨씬 노골적으로 영지의 농민들을 징집하여 군사를 모으기 시작했다. 한창 농사를 지으며 일해야 하는 성인 남자들의 태반이 폴리안과 라이어른의 전쟁에 끌려갔고, 다시 태반이 시민전쟁과 그 와중에 전국 각지에서 벌어진 지방 귀족들 간의 알력 다툼에 휘말려 병사로 징집당했다. 그런데 다시 귀족들은 농민들을 병사들로 징집했고, 이 과정에서 부족한 숫자를 메우기 위하여 농사일도 힘든 노인들과 열두어 살의 어린애들까지 군인으로 끌려갔다.

이것을 참지 못한 농민들이 영주에게 쳐들어가 영주를 죽이는 사태가 벌어진 지방도 있었다. 그럼에도 불구하고 부유한 지방 영주들을 중심으로 광기에 가까운 군비 확장 움직임은 식을 줄 몰랐다.

지방에서 올라오는 이런 소문에 질세라 수도에서도 귀족들이 서로 임시 동맹을 결성하고는 레미 파를 일거에 몰아낼 방법을 생각하고 있었다. 몇몇 성급한 귀족들이 현재 근위대의 최고 지휘관인 근위대장을 찾아가 매수하려고 하다가 체포당했고, 다음날 곧바로 교수형을 당했다.

근위대 장교들의 상당수는 파일런의 지휘 방식에 매료되어 레미 파를 지지하는 세력이었다. 그들은 이번 전투가 어떤 이유로 벌어졌고 어떤 방식으로 전개되었는지 눈으로 목격한 자들이었다. 그들은 귀족들의 세력 다툼에 넌더리를 내고 있었고 파일런의 뛰어난 지휘 능력의 그늘에 스스로 머물기를 원하는 자들이었다. 그들의 상당수는 파일런의 뒤에 서서 이 악습으로 가득 찬 세상을 바꾸고 싶다는 열망을 갖고 있었다.

그 사실을 알게 된 귀족들은 근위대 장교들을 매국노라고 비방했다. 그리고 하급 장교들을 매수하기 시작했다. 조건은 물론 더 높은 계급과 명예, 부, 그리고 영토와 새로운 작위 따위였다. 몇몇 장교들이 이러한 매수 조건에 변심하기 시작했다. 근위대는 지휘부 내부에서 혼란의 씨앗이 발아되고 있었다. 근위대의 장교와 병사들은 표면적으로는 아무런 움직임도 없었지만 내부에서는 서서히 파벌이 갈리며 레미를 지지하는 파벌과 귀족들의 의견에 동조하는 파벌로 나뉘기 시작했다.

더 이상의 정치적 암살은 탄압으로 보일 위험이 있다는 레미의 의견이 나온 이후로 이언은 귀족들에 대한 암살에서 손을 뗀 상황이었다. 그저 속수무책으로 근위대 내부의 분열을 지켜봐야 했다.

살얼음판 밑으로 흐르는 물살이 얼음을 깨듯, 결정적인 사건은 아델만 국왕의 장례식이 끝난 지 2주일여가 지난 상황에서 벌어졌다. 모처럼 대규모 상단이 수도로 들어왔고 물자 부족에 시달리던 시민들이 시내에서 열린 시장으로 모여든 상황에서 불안의 씨앗이 일시에 폭발했다.

맨 처음 어떤 젊은 사내가 한쪽에 쌓여진 물품 상자 위로 기어 올라갔을 때 신경 쓰던 사람은 아무도 없었다. 하지만 그 사내는 이내 사람들의 주목을 끌기 시작했다.

"친애하는 나의 형제, 나의 동포 여러분! 나는 목숨을 걸고 이곳 수도로 식량을 갖고 들어왔습니다! 고작 일개 장사꾼인 내가 어째서 목숨을 걸어야 했는지 아십니까? 우리 조국 발트하임은 지금 대혼란에 빠져 있습니다! 폴리안의 미친개들은 우리의 땅을 범하려 하고 우리 발트하임은 외국인들이 좌우지하고 있습니다! 어째서 우리 라이어른 땅에서, 그것도 자랑스런 발트하임에서 외국인들 따위가 활개 치도록 방관해야 합니까? 혹자는 말합니다! 시민전쟁을 승리로 이끈 일등공신들이라고! 그 무슨 엿 같은 개소리란 말입니까?! 그들이 싸웠습니까? 시민전쟁을 승리로 이끈 것은 말 그대로 우리 시민들의 힘입니다! 우리의 이웃들, 우리의 형제들이 피 흘리며 싸웠을 때, 그들은 안전한 곳에서 우리 이웃들과 형제들에게 전장에 나가서 죽으라고 명령했습니다!! 그런 자들이 이제는 주인이 자리를 비운 왕좌를 노리고 있습니다! 우리가 싸웠고, 우리의 조국입니다! 그런데 외국인들이 그 열매를 가로채려 하고 있습니다! 나는 목숨을 걸고 도적들이 판치는 우리 조국의 영토를 가로질러 와 수도에 식량을 공급했습니다. 이곳 수도의 내 형제들이 굶주리고 있다는 소리를 듣고 목숨을 걸었던 것입니다! 그런데 수도에 와서 듣게 된 소리는… 오, 신이시여! 외국인들이 우리 발트하임의 귀족들을 도살하며 왕좌를 노리고 있다는 소리였습니다! 억장이 무너지는 것 같았습니다! 형제들이여! 이웃들이여! 왜 그대들은 분노하지 않습니까? 우리 발트하임이 정체도 모를 외국인 따위가 제멋대로 왕실을 주물러도 좋은 조국이란 말입니까?! 수치심이 하늘을 찌릅니다! 형제들이여! 이웃들이여! 우리의 힘을 보여줘야 합니다!!"

"맞소!! 나도 소문들 들었소!! 듣자 하니 아델만 국왕 폐하께서 서거하신 이유는 그 외국인들 때문이라고 합니다! 그들이 국왕 폐하를 죽였고 이제는 왕좌를 차지하려는 속셈을 숨기지 않고 있습니다!!"

단번에 시장터는 웅성거리는 군중들의 소음으로 가득 찼다. 맨 처음 군중들을 선동했던 사내는 발로 상자를 걷어차며 고함을 질렀다. 결정타였다.

"외국인들 따위를 먹이기 위해 나는 목숨을 걸고 식량을 가져온 것이 아닙니다! 외국인 따위에게 먹이느니 차라리 이 자리에서 이 식량들을 불태워 버리겠습니다!"

"옳소! 외국인들을 몰아내야 합니다!"

"발트하임을 라이어른 인들의 손에!!"

"왕실을 지키자!"

"이건 제2차 시민전쟁이다! 우리가 조국을 지킨다!"

훗날 공화정의 모태가 되는 '시민주의'는 아이러니컬하게도 가장 정치적으로 낙후된 발트하임의 수도에서 태동했다. 그렇게 태어난 시민주의가 대륙 전체로 퍼져 나가는 데는 이후로도 몇 세기가 필요했다. 귀족들의 사주를 받은 몇몇 선동가에 의하여 주창된 시민주의는 세기가 지나면서 많은 사상가들과 철학자들, 그리고 지식인들의 지지를 받으며 성장한다. 그리고 시민주의가 결정적으로 꽃 피운 나라는 아이러니컬하게 군사 문화적인 성격이 가장 강했던 폴리안과 아메린이었다. 그리고 가장 정치적으로 완성되어 있던 크림발츠는 오히려 시민운동의 불결 속에서도 입헌 군주제를 고집했다.

누구도 시민운동이 현실화되기까지 200년이 넘는 시간을 필요로

할 것이라고 짐작하지 못했다. 지식인들과 사상가들의 지지를 받으며 급류를 타고 대륙 전체로 퍼져 나간 시민운동의 도화선이 이 사건이 되리라고는 누구도 예상하지 못했고 의도하지도 않았다. 지금 현재로써는 단지 발트하임의 귀족들이 왕권을 차지하기 위하여 레미 일행을 제거하기 위한 음모였다.

시민들은 동요하기 시작했고 군중들 사이사이에 점점이 박혀 있던 선동자들은 주변 사람들을 선동했다. 일반 시민으로 가장하여 시장터의 군중들 사이에 숨어 있던 선동자들은 그 숫자가 100명을 넘었다.

시장터는 단번에 반외세, 시민운동의 거점으로 불타오르기 시작했다. 동요된 군중들은 소리 높여 외세 타도를 외쳤고, 중립적이거나 온건적이던, 혹은 무관심하던 시민들까지 집단 의식에 빠져들며 구호를 외치기 시작했다.

그러한 일이 수도의 주요 광장에서 일제히 동시다발적으로 벌어졌다. 구호가 외쳐지는 시기도 같았고 선동이 벌어지는 시기도 같았다. 사전에 치밀하게 짜여진 각본이라는 증거였다.

갑자기 날카로운 소음이 시장터의 성난 함성 사이로 들려왔다. 몇몇 사람들의 시선이 모아졌고, 이내 빠르게 입을 다무는 사람들이 많아졌다. 양동이를 두드리던 사내는 군중들의 시선이 어느 정도 모이자 커다란 마차의 지붕으로 뛰어 올라갔다. 그는 다시 한 번 양동이를 두드려 사람들의 주의를 모았다. 그리고 목청껏 고함을 지르기 시작했다.

"나는 일개 시민병으로 이번 시민전쟁에 참전했고, 이름없는 백인대장으로 싸웠던 남자입니다! 나의 부대 이름은 휴젠 거리! 마지막까지 검을 들고 적들과 맞서 싸웠던 시민병이었습니다!!"

일제히 사방에서 박수가 터져 나왔다. 맨 처음 선동했던 사내는 여전히 상자 더미 위에 서서 고개를 갸웃거렸지만 전직 시민병 백인대장이 자신들의 편이라는 사실을 믿어 의심치 않았다. 하지만 그것은 그의 착각이었다.

"우리 시민병들이 무엇을 위해서 싸웠다고 생각하십니까?! 내 가족, 내 형제, 내 이웃들을 위해 싸웠습니다! 그러면 이 전쟁이 어째서 벌어졌다고 생각하십니까? 페나 왕비가 남편인 국왕 폐하를 독살하려고 음모를 꾸몄으나 실패로 돌아가자 일으킨 전쟁이었습니다! 그런데 그 전쟁이 벌어지는 동안 우리의 귀족들은 무엇을 했습니까?! 그렇습니다!! 서로 패가 갈려 사병을 모으고 우리처럼 가난한 백성들을 병사로 끌고 가 전쟁을 했습니다!! 그들은 국왕 폐하를 위해 싸우지 않았습니다! 어째서?! 당연히 더 높은 지위를, 더 넓은 영지를 차지하기 위해서 그런 짓을 했던 것입니다!! 외국인이라고요?! 그 외국인들은 남의 나라인 우리 발트하임을 위해 싸웠습니다!!"

"무슨 소리야! 싸운 건 우리 시민병들이지 외국인들이 아니야!"

맨 처음 선동했던 남자가 맞받아쳤다. 전직 백인대장은 그를 노려보며 노골적으로 가래침을 뱉으며 비웃었다. 그 서슬에 선동했던 사내는 한 걸음 물러섰다.

"우리 시민병?! 그래, 말 잘했다! 넌 어느 부대 소속이야?! 어디에서 싸웠어?! 어떤 전투에서 싸웠지?! 나는 에펜도르프 공방전에서 30명이나 되는 부하들을 잃었다!! 그동안 너는 어떤 전장에서 누구를 위해 싸웠나?! 응?! 말 좀 해보시지! 내가 30명이나 되는 내 부하들의 죽음에 슬퍼할 때 네놈은 어디에서 무엇을 했지? 내 손이 내 전우, 내 부하들의 뜨거운 피에 젖어 눈물을 삼키는 동안 너는 무엇을 했는가?!"

선동했던 남자는 얼굴을 붉히며 잠시 동안 말을 더듬었다. 할 말이 없었다. 당연한 말이지만 그 선동가는 귀족가의 하인이었고 귀족들의 파벌 싸움에나 참가했을 뿐 시민전쟁에 참가한 경력이 없었다. 그렇다고 섣부른 거짓말을 할 수도 없었다.

"왕좌를 차지하기 위한 외국인들?! 그래, 외국인들이지만 난 그들을 존경한다! 그들은 남의 나라 전쟁을 위해 목숨을 걸었다!"

"하지만 그들은 아무것도 하지 않았다! 싸운 건 우리 시민병들이다!"

"개 같은 소리는 닥쳐, 이 썩을 놈의 새끼야! '우리 시민병' 들이라고 말하고 싶으면 소속 부대부터 먼저 밝혀! 아무것도 하지 않았다고?! 베일에서 온 하이 스카우터 한 명은 단신으로 왕비군 수천 명이 둘러싼 포위망을 뚫고 응원군을 부르러 갔다가 전사했다!! 너는 몇천이나 되는 적군의 포위망을 돌파하기 위해서 목숨을 걸 용기가 있는가?! 하지만 그는 시도했고, 응원군을 불렀고, 그 대가로 자신의 목숨을 바쳤다! 결국 그는 응원군이 오는 것도 보지 못한 채 전장 한구석에 버려진 채 죽었다! 누구도 그의 생명을 살리지 못했다! 그가 어째서 남의 나라 전쟁에서 목숨을 걸고 싸웠는가?! 그는 더 이상 외국인이 아니다! 우리 발트하임을 위해 항상 최전선에서 싸웠고, 한 명이라도 더 많은 내 동료들을 구하기 위하며 목숨을 걸었고, 국왕 폐하를 위해 전사했다! 그는 이미 우리 발트하임의 아들이고, 자랑스러운 발트하임의 전사다! 외국인인 그가 그렇게 목숨을 바쳐 싸울 때 너는 어떤 전투에 참가했는가?! 외국인들인 그들이 최전선에서 싸울 때 귀족들은 무엇을 했는가? 내 귀로 똑똑히 들었다! 안전한 후방에서 차를 마시며 전쟁이 끝나면 영토를 어떻게 분할할 것인지를 이야기했다!

나보다 검을 못 쓰는 귀족이 있었다! 하지만 그는 정말 용감했다! 너무 무서워 눈물을 흘리면서도 내 앞에서 싸웠다! 나는 그 모습이 너무 존경스러워서 아직도 이름을 기억한다! 케이시 튜멜 남작! 저기 남쪽의 테일부룩 영지의 영주라고 자신을 밝혔던 그 귀족 어르신은 두려워했지만 등을 돌리지 않고 내 앞에서 싸웠고, 나에게 날아오는 화살을 자신이 대신 막아주었다. 그리고 말했다. 자신은 검을 잘 쓰지 못해서 도움이 되지 못한다고. 하지만 자신보다 잘 싸우는 나와 부하들의 목숨을 위해 대신 화살에 맞아주겠노라고! 나는 그때 처음으로 그 귀족을 존경하게 되었다! 튜멜 남작님은 그런 귀족이었다! 그는 영지 분배에는 관심이 없었다! 하지만 자신보다 검을 잘 쓰는 일개 평민들을 한 사람이라도 더 살리기 위하여 대신 화살이 쏟아지는 선두에서 도망치지 않았다! 병신같이 잘난 척하는 너! 한 번이라도 화살이 날아오는 전장에 서본 적 있는가?! 피잉 하는 소리가 한 번 들리면 내 옆에서 동료 한 명이 죽는다. 그 속에서 너는 '내가 너희들의 방패가 될 테니 마지막까지 살아남아 싸워라! 전장에서는 나처럼 무능력한 귀족 한 명보다 너희처럼 숙달된 병사 한 명이 더 소중하다!' 너는 이렇게 외칠 용기가 있는가?! 대답해 보라!"

전직 백인대장은 분노를 숨기지 않으며 고함을 질렀다. 시민들은 웅성거리기 시작했다.

"거짓말이야! 외국인들에게 혼까지 팔아버린 파렴치한 놈이군! 그들이 네놈에게 더러운 영지라도 약속했더냐?! 외국인들이 우리 발트하임을 위해 싸워줬다는 거짓말은 코흘리개도 믿지 않을 거다!"

"그의 말은 사실이다!!"

또 다른 방향에서 누군가 소리쳤다. 사람들의 시선이 돌아갔다. 대여섯 명의 사내들이 전직 백인대장 쪽으로 걸어갔다. 사내들 중에는 한쪽 손목이 잘려 붕대를 감고 있는 사내도 있었다. 손목이 잘린 사내가 동료들의 도움을 받아 마차 위로 올라갔다. 그는 자신의 잘려진 손목을 들어 보였다.

"나는 이번 전쟁에서 나의 손목을 바쳤다! 나는 하메른 백인대의 마지막 생존자 중 한 명이다! 바로 그 미친 유격대의 일원이었다!"

하메른 백인대가 주는 무게감은 전혀 달랐다. 군중들은 전장에서 손목을 잃고 돌아온 사내를 바라보며 그의 말을 기다렸다.

"우리 부대의 최고 지휘관은 검은 머리의 외국인이었다. 나는 그가 어느 나라 출신인지 아직도 알지 못한다. 하지만 그를 외국인이라고 생각하지 않는다. 그는 내 목을 구해주었다. 우리 하메른 백인대는 마지막 전투에서 압도적인 왕비군 병사들과 싸우다 전사했다. 생존자는 몇 명 남아 있지 않다. 내가 손목이 잘리고 넘어졌을 때 그는 목숨을 걸고 나에게 떨어지는 검을 막아주었다. 그리고 자신이 대신 부상당했다. 그가 없었다면 나는 지금 이 자리에 없었다. 귀족들? 나는 최전선에 있었기 때문에 전쟁이 끝나도록 귀족들은 한 놈도 보지 못했다! 내가 전쟁터에서 너무 앞줄에 서 있던 탓인가!! 아니면 내가 눈이 나빠서 귀족이라는 쥐새끼들을 못 본 건가?"

군중들 사이에서 낄낄거리는 웃음이 터져 나왔다.

"하지만 내 곁에서 싸웠던 외국인들은 많이 기억한다! 베일의 하이 스카우터, 나도 그 사람과 전투를 치른 적 있다! 무서운 사람이었다! 남들보다 대여섯 걸음이나 앞서 나가며 혼자서 몇 명이나 되는 적들과 싸웠고, 전투가 끝날 때마다 만신창이 되었고, 후퇴할 때는 언제나 최후까지 우리의 등 뒤를 지켜주었다. 그것이 네놈이 말하는 안전한 후방인가?! 그가 죽었을 때 나는 내 형제가 죽는 슬픔을 느꼈다! 그동안 네놈이 말하는 우리 발트하임의 귀족들은 어디 있었는가? 네놈처럼 전쟁도 벌어지지 않는 곳에서 쓰레기 같은 한담이나 나누고 있었겠지!"

마침 시장터를 들렀던 전직 시민병들이 뜻밖에 레미 일행의 편을 들자 선동가들은 초조해지기 시작했다. 단번에 군중들의 반응이 달라지기 시작한 것이다. 귀족가의 하인으로 전쟁터는 근처도 가보지 못했던 그들은 전직 시민병들의 질문에 대답할 수 없었다.

"그들의 뛰어난 작전 지휘 능력이 없었다면 전쟁에 참가한 우리들은 다 죽었다! 그들이 우리 발트하임을 살린 것이다!!"

"그 외국인들이 당신을 전쟁터로 내몰고 당신은 한쪽 손을 잃었다. 그들에게 복수하고 싶지 않은가?!"

"전쟁을 일으킨 것은 귀족들이다. 내가 손목 하나만 잃고 살아 돌아온 것은 그 외국인들의 뛰어난 지휘 능력과 용기 덕분이다. 나는 그들을 존경하지 원망하지 않는다."

"거짓말! 만약에 그들이 당신에게 또다시 전쟁에 나가라고 한다면 나갈 수 있을까?"

선동가는 좁아지는 입지를 만회하기 위해서 반박했다. 그는 회심의 미소를 지었다. 갓 전장에서 돌아온 병사들이라면 누구나 전쟁에 대하여 넌더리를 낸다. 시민병들은 당연히 전쟁 자체에 넌더리를 낼 것이고, 그렇다면 자신은 또 다른 전쟁의 불씨가 되는 외국인들을 몰아내야 한다고 주장하면 되는 것이다. 그의 말이 떨어지기 무섭게 시민병들은 일제히 목소리를 높여 외쳤다.

"당연하다! 전쟁터라면 지긋지긋하지만 그들이 나에게 전장으로 나가라고 명령한다면 나는 나갈 것이다! 그들은 여전히 나의 지휘관이다!"

"만약 그들을 비방하는 자들이 있다면 내가 그들과 싸우겠다! 그것이 전쟁터에서 죽은 내 전우들의 명예를 지키는 길이라 믿는다!!"

"나도 마찬가지다!!"

"외국인들에게 혼을 팔아버린 반역자들!!"

군중 속에 있던 선동가 중에서 누군가 검을 뽑아 들었다. 하지만 막상 검을 뽑았던 그 선동가 자신도 일이 그렇게 크게 번질 것이라고 생각하지 못했다. 전직 시민병들은 당장 발끈하면서 검을 뽑아 들었다. 지겨운 전쟁을 거치면서 검을 몸에 지니는 것이 익숙해진 그들이었다. 이제 평범한 시민으로 되돌아갔지만 그들은 여전히 검을 버리지 못했다.

"전장에서 살아 돌아온 몸이다! 귀족의 엉덩이나 핥아주는 개들에게는 지지 않는다!"

시민병들은 고함을 지르며 선동가들에게 덤벼들기 시작했다. 홧김에 검을 뽑아 들었지만 싸울 의사가 없었던 선동가들은 창백해진 얼굴로 달아났다. 전투는 고사하고 싸움도 제대로 해보지 못했던 선동가들과 치열한 전장에서 살아남아 귀향하는 데 성공한 전직 시민병들과의 싸움은 결과가 뻔했다.

시장터에 모인 군중들이 비명을 지르며 사방으로 달아났고 그 속에서 전직 시민병들은 사람들 틈 속에서 선동하던 자들을 추격해 죽였다. 선혈이 시장터 바닥을 적셨고, 사태는 극단적으로 악화되었다. 동료들이 죽임을 당하자 도망치던 선동가들이 모여들기 시작했고 수적 우세를 앞세워 전직 시민병들과 대적했다.

갑자기 벌어진 무력 충돌은 삽시간에 사람들의 입을 타고 시내 전역으로 퍼져 나갔다. 수적 우세에도 불구하고 귀족 가문의 하인들로 구성된 선동가들은 시간이 지나면서 피해가 기하급수적으로 늘어났다.

머릿수로는 확실히 우세했지만 시민병들은 노련했고 전투 경험이 풍부했다. 전직 시민병들은 재빨리 어깨를 붙이고 밀집 대형을 짜면서 차근차근 선동가들을 도륙해 나갔다. 귀향했지만 쉽게 일상으로 되돌아가지 못하고 전쟁 후유증을 겪고 있던 시민병들은 귀족들이 주도하는 혼란에 분노했고 습관화된 전장의 긴장을 귀족들에 대한 적개심으로 해소하려 했다.

귀족들을 지지하는 세력과 레미 일행을 지지하는 세력들은 주변부에 머물던 시민들을 선동하여 자신의 편으로 끌어들였고, 수도는 급기야 전면적인 유혈 충돌의 광기에 휘말렸다. 귀족가의 사병들과 용병들, 하인들을 비롯한 고용인들, 그리고 귀족들과의 오랜 결탁으로 이익을 취하던 상인 계급과 그 상인 계급의 고용인들이 귀족 세력을 지지했고, 전직 군인들을 비롯한 군 세력과 귀족들에 대한 불만이 쌓였던 시민 계층들은 레미 파를 지지했다.

전자는 하얀색 천을 길게 잘라 팔에 감았고 후자는 붉은색 천을 팔에 감아 피아를 구분하기 시작했다. 오전에 벌어진 유혈 사태를 계기로 시작된 폭동은 해거름이 끝나고 밤으로 접어들었는데도 한층 격렬해졌다.

사태를 수습하기 위하여 근위대원들이 투입되었지만 근위대원들도 이미 내부에서 파벌이 형성되어 있었고 그 파벌에 따라 패가 나뉘어 전투가 벌어졌다. 귀족들에게 매수된 근위대원들은 귀족파 폭도들의 편에 가담했고 매수되지 않은 대다수 근위대원들은 붉은 띠를 두른 시민과 폭도들에게 가담했다.

반외세를 외치는 귀족파들이 귀족들의 저택이 집중된 지구를 중심 거점으로 전투를 벌였고 시민병들은 클로티스와 휴젠 거리를 중심으로 집결했다. 단순히 돌멩이 투척으로 시작된 충돌은 시간이 지나면서 화살과 쾨렐들이 날아갈 정도로 격렬하게 변질되었다.

"다들 미쳤어! 정말 미쳤어!"

레미는 감정을 이기지 못하고 탁자를 내려쳤다. 그녀는 어깨가 들썩거리도록 씩씩거리며 필사적으로 감정을 붙잡았다. 활짝 열려진 창 밖으로 시내에서 벌어지는 고함 소리와 비명 소리가 사자성까지 들려왔고 시내는 대화재라도 일어난 것처럼 밤하늘을 붉게 물들였다.

"폭력에, 전쟁의 광기에 너무 익숙했던 지난 전쟁의 경험 때문에 사람들은 피와 죽음에 너무 익숙해져 버린 것입니다. 예전에 우리 나라와 크림발츠의 국경선 지방에 사는 주민들의 성향을 눈으로 목격했던 기억이 있습니다. 그들은 잦은 무력 충돌 때문에 너무나 익숙하게 폭력을 행사합니다. 지금 수도에서 벌어지는 사건처럼 말입니다."

좀처럼 끼어들지 않는 성격을 가졌던 체스터 남작은 탄식하듯 중얼거렸다. 그는 불타오르듯 붉은빛이 넘실거리는 시가지 모습을 보면서 몇 번이고 탄식했다. 그는 발트하임이라는 나라에서 벌어지는 이 일련의 사건들을 보면서 수기를 쓰고 있었다. 그는 오늘의 탄식과 안쓰러움을 꼭 자신의 수기에 써넣기로 마음먹었다.

"그나마 우리를 편드는 시민병들 세력이 우세한 것은 다행입니다. 해체된 시민병들이 스스로 예전 부대를 재조직하여 귀족파와 싸우리라는 것은 예상하지 못했습니다. 의외로 우린 민심을 얻고 있었군요."

이언은 위스키를 마시며 심드렁하게 말했다. 레미는 당장 눈썹을 곤두세웠다.

"시끄러! 그 딴 식으로 비웃지 마! 그럴 시간이 있으면 이 사태를 해결할 수 있는 방법을 찾아! 페임가르트가 침공할 구실이 되어서는 곤란해!"

라이어른의 귀족들은 사실상 국가의 구분이 모호했다. 발트하임의 귀족 중에서 상당수는 페임가르트의 귀족들이었다. 또한 페임가르트의 귀족 중에서 혼자서 발트하임에 머물고 있는 귀족들도 많았다. 다시 말해서 지금처럼 귀족파가 궁지에 몰리는 것을 마냥 즐거워할 상황은 아니었다.

이 유혈 사태로 죽은 귀족 중에는 본가가 페임가르트에 있는 경우도 있을 수 있었고 그것은 페임가르트로 하여금 사태에 대한 책임을 묻는 차원에서 침공의 빌미를 제공할 위험도 있었다.

"그렇지만 일단은 시민병들에게 지지하는 성명을 발표할 필요는 있습니다. 그들마저 적으로 돌아서면 우리는 말 그대로 고립됩니다."

이언은 잔은 흔들면서 말했다. 레미는 못마땅한 눈으로 시선을 돌렸다. 시내는 여전히 불타고 있었다.

"일단은 사태를 진정시키는 방향으로 노력은 해보겠네."

파일런 디르거가 일어서면서 말했다. 부쩍 말수가 줄어든 에피는 딱딱하게 굳은 얼굴로 파일런을 바라보며 일어섰다. 파일런은 에피에게 가볍게 고개를 끄덕이며 회의실을 나섰다.

레미는 초조해진 얼굴로 발트하임 지도를 다시 들여다보았다. 그녀는 손끝으로 발트하임의 남쪽 국경선을 톡톡 두드리며 중얼거렸다.

"확실한 무력을 보유해야 해. 흔들리지 않을 절대적인 무력. 지금 내가 하려는 일에는 그런 절대적인 무력을 가진 군사 집단의 도움을 필요로 하고 있어."

"여, 여왕의 창기병단을 말씀하시는 겁니까?"

튜멜은 조심스럽게 입을 열었다. 레미는 힘없는 미소로 고개를 끄덕였다.

"정치가 무력에 의존해야 한다는 것은 그만큼 지지 기반이 부실하다는 증거죠. 그리고 나는 지금 이곳 라이어른 문제도, 혹은 내 조국 크림발츠의 문제도 절대적으로 무력에 의존해야 해요. 내가 지금껏 나의 지지 기반을 다지지 못한 무능력의 대가를 치르는 거예요."

"폐, 폐하께서는 무능력하지 않습니다."

레미는 튜멜의 말에 미소로 답례했다. 그녀는 어깨를 으쓱하며 지나가듯 말했다.

"크림발츠에서는 여왕의 창기병이라는 말이 '배신하지 않는 사람'이라는 관용어구로도 쓰이죠. 튜멜 남작님도 여왕의 창기병이 되어주실 수 있을까요?"

튜멜은 쉽게 대답하지 못했다. 자신이 과연 무엇을 하고 있는 것일까? 튜멜은 자신의 판단을 신뢰하지 않았다. 하지만 적어도 권력에 눈이 먼 귀족들의 편을 들고 싶지는 않았다. 권력을 원한다면 그 자신도 충분히 소유할 수 있었다. 북해의 상권 독점이라는 권력은 그 무게가 적지 않았다. 하지만 그는 권력을 거부했다. 앞으로도 권력을 탐하는 짓은 하고 싶지 않았다.

자신이 레미의 뜻을 추종하는 행동은 타인들의 눈에 권력의 정점에 아부하는 것으로 보일 것이다. 크림발츠의 여왕에게 복종하는 것보다 권력에 가까워지는 방법이 뭐가 있단 말인가? 극단적으로 말해서 레미가 튜멜을 발트하임의 국왕으로 등극시키는 것도 가능했다. 하지만 레미도 튜멜도 당사자들은 전혀 그런 가정을 고려하지 않았다.

튜멜은 지금껏 타인들의 시선을 의식하며 살아왔다. 하지만 이제는 서서히 타인들의 시선으로부터 초월하는 방법을 배워 나가고 있었다. 튜멜은 타인의 시선으로부터 완벽하게 초연하지는 못했지만, 자신이 올바르게 행동하면 훗날 타인들이 자신의 본심을 알아줄 것이라고 낙관했다. 나름대로 타인의 시선에 대한 자기 합리화였다.

"옳다고 믿는 길을 걸어갈 생각입니다."

튜멜의 대답을 들은 레미는 한결 가벼워진 얼굴로 빙긋 웃었다. 그녀는 심호흡을 하고는 다시 창밖으로 눈길을 돌렸다. 여전히 도시는 불타고 있었다.

〈 5 〉

　우발적인 충돌로 시작된 전직 시민군들과 귀족 세력 간의 무력 충돌은 꼬박 이틀 밤낮 동안 계속되었고 그 짧은 기간이라는 사실을 믿을 수 없을 만큼의 대량 사상자를 남겼다. 귀족 지구와 평민 지구의 경계가 되는 거리들은 전장이 되었고 그렇잖아도 전쟁으로 너덜거리던 수도는 하루가 다르게 악화일로로 치달았다. 귀족가의 사병들과 하인들은 장비의 질이 절대적으로 우수했지만, 지난 전쟁으로 잔뼈가 굵어진 시민병들의 노련함을 이기지는 못했다. 그렇다고 전직 시민병들이 귀족들을 몰아낼 정도로 압도적인 무력을 보유하고 있는 것은 아니었다. 쌍방의 비슷한 전력 균형은 유혈 충돌의 고착화를 불러왔고 그것은 현실적으로 더 많은 피를 요구했다.
　레미를 중심으로 왕실 측에서 중재에 나섰지만 아델만 국왕이 서거하여 공석으로 비워진 왕실의 영향력이라는 것은 무의미했다. 권위

또는 무력의 도움이 없는 왕실이라는 존재는 허무한 빈 껍질에 불과했다. 오히려 레미 일행들은 노골적으로 습격해 오는 괴한들과 싸우기도 벅찼다. 물론 그들 괴한들의 정체가 귀족들이 고용한 용병이나 암살자들이라는 사실은 논할 가치도 없었다.

"젠장, 내 몸의 회복 속도가 늦다고 생각하기는 처음이군."

이언은 가슴팍을 누르며 이를 갈았다. 얇은 셔츠 아래로 가슴을 감고 있는 두꺼운 붕대가 느껴졌다. 이언은 초조한 얼굴로 주먹을 쥐었다 펴는 동작을 반복했다. 검을 쥐기에는 아직도 충분한 근력이 돌아오지 못했다. 이언은 가늘게 떨리는 손을 내려다보면서 문득 자신이 두 번 다시 검을 쥐지 못하는 것은 아닌가 싶은 불안한 감정을 느꼈다.

지금껏 한 번도 그런 걱정은 하지 않았다. 하지만 지금은 아니었다. 이언은 과연 자신이 다시 검을 쥘 수 있을 것인가 걱정하며 고개를 들었다. 검을 쥐지 못하는 자신의 삶을 상상하기 싫었다.

"자기야, 너무 걱정할 필요 없어. 이런 너절한 녀석들은 나 혼자로도 충분하니까. 전투 장교는 아니었지만 나도 어엿한 카민의 국왕 친위대 장교니까."

카라는 섬뜩한 아름다움으로 미소 지었다. 그리고 천천히 허리에서 롱 소드를 뽑았다. 검은 드레스를 입고 검을 쥔 그녀의 모습은 이질적이었다.

"너무 설치지는 말아. 네가 뱀파이어라고 들통나면 널 매달고 화형시키고 싶어하는 인간들이 이 도시에 열 다스는 넘을 만큼 널려 있어."

"헤에? 지금까지 잘난 척 설치고 다니다가 죽을 만큼 상처 입은 사람은 누굴까?"

"앞이나 똑바로 쳐다봐."

고개를 완전히 돌리고 이언과 대화에 열중하던 빈틈을 노리고 용병 한 명이 덤벼들었다. 그리고 롱 소드가 허공을 날고 선명한 핏자국이 벽에 뿌려졌다. 카라는 실눈을 뜨며 고개를 돌려 송곳니를 드러내는 섬뜩한 미소를 지었다. 허스키한 목소리가 그녀의 선명하게 붉은 입술 사이로 흘러나왔다.

"내가 애인하고 이야기하는 중에는 끼어들지 말랬지."

"넌 그런 소리 한 적 없잖아?"

"지금 하고 있잖아."

카라는 자연스럽게 고개를 움직여 이언의 뺨에 키스를 했다. 그리고 뻗었던 롱 소드를 회수했다. 그때까지 카라의 롱 소드에 목이 꿴 채 부들거리던 시체가 힘없이 쓰러졌다. 무모했던 그 용병의 시체는 목이 절반이나 잘려 너덜거렸다.

카라가 손끝을 롱 소드로 가져가자 방금 전까지 생명을 품었던 뜨거운 피가 그녀의 손끝을 타고 흘렀다. 카라는 안광을 번뜩이는, 도저히 인간의 그것으로 보이지 않는 미소를 지으며 혀를 내밀었다. 선혈이 혀끝에 닿자 카라는 눈을 감으며 가만히 어깨를 떨었다. 뜨거운 흥분과 쾌감이—그녀 자신이 평생 동안 외면하려 노력했던—그녀의 신경을 타고 흘렀다.

카라는 자신의 창백한 피부를 타고 흐르는 선혈을 가만히 핥았다. 뜨거운 피가 목구멍으로 넘어가자 카라의 눈빛이 붉게 충혈되었고 더욱 번뜩이는 안광을 뿜어냈다. 카라는 성적 쾌감에 가까운 뜨거운 숨결을 뱉어내며 가늘게 신음했다. 그리고 자신의 어깨를 안으며 그 쾌감을 만끽했다.

사자성의 어두운 복도에 서 있던 용병들은 입을 벌린 채 움직이지 않았다. 돈을 받고 사람을 죽여오던 예민한 신경은 도망치라고 비명을 지르고 있었지만 그들의 무릎은 그대로 석화가 된 듯 움직이지 않았다. 용병들은 눈조차 깜박이지 못하고 카라를 바라보며 소리없는 비명을 질렀다.

카라는 롱 소드를 길게 늘어뜨린 자세로 천천히 용병들에게 걸어갔다. 아래로 늘어진 롱 소드가 바닥을 긁으며 키잉거리는 소리를 냈다. 그녀는 흐릿한 어둠 속에서 수의처럼 검은 실크 드레스를 입고 한 손에는 피가 흐르는 롱 소드를 든 모습으로 사자성에 강림했다. 그것은 진정 악마의 강림이었다.

잔뜩 헝클어진 곱슬머리가 그녀의 귀밑에서 찰랑거렸고 그녀의 피부는 야광 물질처럼 어둠 속에서 희게 빛을 내뿜었다. 그리고 흘러내린 앞머리칼에 가려진 얼굴 한가운데에는 루비처럼 붉은 눈동자가 박혀 있었다. 희게 빛을 뿜어내는 얼굴에는 피처럼 붉은 입술이 기묘하게 꺾여져 차가운 미소를 그렸다. 그녀는 웃고 있었다. 그녀는 버릇처럼 입술을 움직여 노래를 부르기 시작했다. 사이렌의 목소리처럼 듣는 이들의 의식을 흐려놓은 허스키한 미성은 아이러니컬하게도 성가를 부르고 있었다. 신의 사랑과 신의 영광됨을 찬미하는 노래가 뱀파이어 카라의 입술에서 흘러나왔다.

용병들은 등을 돌려 도망치려 했지만 발은 사자성 복도에 박혀 버린 듯 움직이지 않았다. 엉거주춤한 자세로 검을 든 용병들은 눈도 깜박이지 못한 채 검은 수의를 입은 사신이 다가오는 광경을 목도해야 했다. 카라는 움직이지 못하고 서 있는 용병들의 목에 롱 소드를 살며시 갖다 대었다. 그리고 한쪽 눈을 찡긋거리는 미소를 지으며 롱 소드를 힘껏 당겨 내렸다.

"촤악!

뜨거운 피가 사자성 복도를 적셨다.

"너무 설치지 말랬지."

이언은 불편한 손목을 주무르며 카라의 등 뒤에서 투덜거렸다. 카라는 붉게 충혈된 눈동자를 가늘게 뜨면서 웃었다. 그녀가 이언에게 보여주는 웃음은 마치 소녀처럼 수줍었다. 그녀에게 그런 표정이 있었는지 의심스러울 정도로 다른 미소였다.

"애인을 걱정시키지 않을 거예요. 사자성 한복판에서 시체를 일으켜 절망의 밤을 만들 생각은 없으니 걱정하지 말아요."

"믿을 수가 없어."

계단을 올라오던 용병들이 계단참에 서 있던 카라를 발견하고 얼어붙었다. 경악으로 치뜬 눈동자들은 카라에게서 벗어나지 못했다. 카라는 사악 웃으며 걸음을 내디뎠다. 하지만 그녀는 등 뒤에서 들려오는 목소리를 듣고 기겁하며 벽으로 몸을 붙였다.

"화염의 창!"

눈부신 화염이 채찍 가닥처럼 뻗어 나가 용병들의 육체를 태웠다. 인간의 육체를 일순간에 태워 버린 불꽃들은 채워지지 않은 식욕의 혓바닥을 널름거리며 사자성 계단에 들러붙었다. 카라는 얼어붙은 얼굴로 불꽃과 이언의 얼굴을 번갈아 쳐다보았다. 이언은 식은땀을 흘리며 벽에 기대서서 가쁜 호흡을 가졌다.

"내 앞에서 제발 그 불꽃 좀 쓰지 말아요!"

"역시 무리인가……."

"당신 카민의 기사잖아! 언제까지 그 이상한 기술 따위를 쓸 거야?! 당신은 검을 쓰는 기사지 마법사가 아니야!"

"알고 있어, 이 불꽃은 내 생명을 태우는 빌어먹을 존재라는 건. 그냥 확인해 본 거야, 궁지에 몰렸을 때 비장의 카드로 쓸 수 있을지. 한 가지는 확실해졌어."

"뭔데?"

카라는 사그라드는 불꽃을 힐끔거리며 물었다. 이언은 땀에 젖은 얼굴로 히죽 웃었다.

"이번 임무를 수행하면서 너무 남용했어. 앞으로 겁없이 두세 번만 더 쓰면 진짜로 죽어버릴지도 몰라. 자살 공격을 하고 싶을 때가 아니라면 쓰지 않는 게 좋겠어."

"당신이 자살 공격 따위를 하게 내버려 둘 것 같아?"

카라는 롱 소드를 들어 어깨 위에 걸쳐 두면서 미소 지었다. 그리고 희고 가는 손가락으로 가만히 이언의 뺨을 타고 흐르는 땀방울을 털어냈다.

"잡담은 그만 하고 사냥을 하러 가자. 아직도 성안은 사냥감들로 우글거려."

이언은 계단을 오르면서 가쁜 숨을 내뱉었다. 그는 다시 한 번 떨리는 손으로 주먹을 쥐었다. 검을 다시 쥘 만큼의 힘이 돌아오는 것, 지금 이언이 절실하게 바라는 소원이었다.

"컥!!"

모퉁이를 돌던 용병은 복도 저편에서 날아온 화살에 맞고 뻗어버렸다.

에피는 모퉁이를 향해 뛰면서 다시 화살을 시위에 걸었다. 또 다른 용병이 동료의 시체를 넘어 고개를 내밀었다. 에피는 달리던 자세 그대로 시위를 놓았다. 좁고 복잡한 사자성 복도에서 활을 쓰는 인간이 있을 거라고 상상도 하지 못했던 용병들은 화살을 막기 위한 충분한 대책이 없었다.

겹쳐 쓰러진 두 구의 시체를 밟고 넘어간 에피는 막 계단을 오르는 용병들을 향해 화살을 난사했다. 엄청난 속도로 쏘아진 화살들은 속도에 비해 상당히 정확한 조준을 자랑했고, 우르르 몰려오던 상황이라 눈 감고 쏴도 맞았다. 에피는 딱딱하게 굳은 얼굴로 입술을 꾹 다물고 있었고 잔뜩 시위를 당긴 자세로 층계참에서 한 걸음 물러섰다.

"죽엇!"

모퉁이에서 용병이 덤벼들었다. 에피는 가벼운 몸놀림으로 한 걸음 물러섰고, 2미터 앞에 있는 용병의 미간에 정확히 화살을 박아 넣었다. 그리고 몸을 돌리며 두 번째 화살을 당겨 활을 쐈았다. 바로 등 뒤에서 에피의 목을 향해 검을 내려치던 용병의 목에 명중한 화살이 부르르 떨었다. 에피는 근접 전투에서 활로 싸우는 엄청난 기술을 선보이고 있었지만 전혀 즐거워하지 않았다. 오히려 그녀의 모습은 죽음을 절실하게 요구하는 것처럼 보였다.

에피는 측면에서 덤벼드는 용병의 가슴에 숏 소드를 꽂아 넣었다. 생전에 쇼가 애용하던 숏 소드였다. 그녀는 용병의 가슴에 숏 소드를 박아 넣기 무섭게 다시 활시위를 당겼다. 그리고 가슴에 검이 박힌 채 넘어지는 그 용병의 얼굴에 화살을 쐈았다. 가슴에는 숏 소드를, 그리고 두개골이 관통할 정도의 위력을 가진 화살을 얼굴에 맞은 용병은 비명조차 지르지 못했다.

에피는 그 시체의 가슴에 박힌 숏 소드를 뽑아 허리춤에 찔러 넣었고 재빨리 다음 화살을 시위에 걸고 활을 쏘았다. 층계참에 널린 시체를 넘어오던 사내가 어깨를 움켜쥐며 쓰러졌다. 에피는 계단을 뛰어내려가며 다시 시위를 당겼다. 그리고 어깨에 화살을 맞고 넘어진 사내의 가슴을 발로 밟았다. 용병은 에피를 올려다보며 버둥거렸지만 힘은 없었다. 에피는 화살에 맞아 쓰러진 사내의 가슴을 발로 밟은 채 시위를 놓았다. 피가 에피의 뺨으로 튀었다. 에피는 얇고 작은 입술을 꾹 다문 채 다시 화살을 시위에 걸었다. 그리고 다시 계단을 내려가기 시작했다.

"이런 경험을 할 수 있을 거라고는 얼마 전까지 상상도 하지 못했습니다."

레미는 창가에 앉아서 쓴웃음을 지었다. 체스터 남작은 아메린 산 강철로 만들어진 롱 소드를 들고서 머쓱하게 웃었다. 아메린 산 롱 소드는 말로 표현할 수 없을 만큼 예리한 모습으로 반사광을 뿜어냈다.

"지금까지 크림발츠를 상대로 목숨을 걸고 싸워왔는데 이제는 크림발츠의 여왕 폐하를 위하여 싸워야 하는군요."

"미안해요. 어쩔 수 없이 남작님에게까지 이런 일을 부탁해야 했네요."

"아닙니다. 짧은 식견이지만 이 라이어른에서 벌어진 그간의 사건들을 눈으로 목격한 남자입니다. 한 사람의 기사로서 명예를 지키기 위해서라도 나는 검을 들고 싸워야 합니다. 그리고……."

체스터 남작은 잠시 동안 망설였다.

"아메린의 군인들은 강하고 충성스럽습니다."

"믿어요. 남작님께서 손수 증명해 보이고 계시니까요."

"그런데 앞으로 어쩔 생각이십니까?"

레미는 우울한 얼굴로 촛불을 바라보았다. 사자성 곳곳에서 비명 소리가 들려왔고 시내는 불타고 있었다. 누가 봐도 나라가 망해가는 증거로 보였다. 이 싸움이 끝나고 발트하임이 얼마나 더 쇠약해질지를 고민하는 인간들은 어디에도 없었다. 그저 주인 없는 왕좌를 차지하기 위해 자신들을 정당화시켰고 상대방을 매도했다.

일단 유혈 충돌이 시작되자 귀족들은 더 이상 자신들의 야망을 숨기지 않았다. 그들은 노골적으로 레미 일행을 공격하기 시작했고 힘으로 시민병들을 누르기 위해서 총력을 다했다. 귀족들은 이해 관계가 일치하는 귀족들끼리 몇 개의 파벌을 형성하며 공동 전선을 펼쳐 나갔다. 아직까지는 시민병들의 집요한 적대 감정을 누르는 것도 벅차기 때문에 귀족들 파벌 내부에서의 분규는 없었다. 하지만 시민병들이라는 공적이 사라지면 이제는 귀족들끼리의 왕위 쟁탈을 위한 투쟁이 시작될 것을 의심하는 귀족들은 아무도 없었다. 한 나라의 국왕이라는 자리는 단 하나만이 존재했고, 그것을 원하는 사람들은 수십 수백 명에 달했다. 결국 남은 방법은 싸워서 쟁취하는 것뿐이었다.

"그렇게 전령들을 보냈는데 남쪽에서 아무런 소식이 없다는 것이 의아해요. 분명히 내 서류는 크림발츠 병사들에게 전달되었을 것이고, 그렇다면 이미 이곳 사자성으로 진출되는 병력에 대한 보고가 있어야 해요. 그런데 그 보고가 없다는 것이 무엇을 의미하는지 알 수가 없어요."

레미는 걱정스러운 얼굴을 숨기지 않으며 말했다. 그는 분명히 몇 통의 밀서를 작성해 가장 믿을 수 있는 연락수를 통하여 크림발츠와 연락을 시도했다. 하지만 그녀가 기다리는 보고는 좀처럼 들어오지 않았다. 어느 정도 규모의 어떤 부대가 현재 어디 지점을 통과하여 북상 중이라는 정도의 보고가 있어야 했는데 그 보고가 없었다.

그녀는 이런 사태가 무엇을 의미하는지 좀처럼 감을 잡을 수 없었다. 그녀의 머리에서는 쉴 틈 없이 많은 가설들을 세우고 파기하는 악순환이 반복되었다. 그녀는 알고 싶었다. 차라리 크림발츠에서 현재 해외에서 운영 가능한 병력이 없다는 보고서라도 도착하기를 원했다. 크림발츠의 대내외적으로 어떤 문제 때문에 정치적 상황이 악화된 상태라 힘들다는 보고서라도 도착했어야 하는 시간이 흘렀다. 그런데도 여전히 크림발츠 병력에 대한 소식은 없었다.

그녀가 그런 식으로 현재 자신이 처한 상황을 설명하자 묵묵히 듣고 있던 체스터 남작은 좀 애매한 표정을 지었다. 그는 여전히 자신의 조국 아메린과 지금 현재 그의 상황 속에서 좀처럼 쉽게 결론을 내리지 못했다.

체스터 남작은 현재 조국 아메린의 관리는 아니었다. 때문에 그는 최소 한도의 조국에 대한 충성만으로도 충분했다. 그리고 그나마도 무시하고 자신의 사리사욕을 채우는 귀족들도 적지 않았다. 다만 체스터 남작은 전형적인 골수 아메린의 무골이었고, 그런 그로서는 조국의 이익에 위배되는 행동을 할 수 없었다.

현재 체스터 남작은 자신의 행동이 아메린에 충성하는 것과는 별개의 문제라고 생각하고 있었지만 현재 상황은 한 걸음만 잘못 내디뎌도 정치적 수렁으로 빠진 공산이 컸다. 아메린의 흔하디흔한 일개 남작이 크림발츠를 위해 일한다고 해도 아메린으로서는 별다른 문제가 없을 것이라고 해도 사실은 미묘한 문제였다.

크림발츠의 일개 귀족의 망명을 받아들였던 베일 칸토 연합이 크림발츠 군대에게 짓밟힌 전력이 있었다. 아메린이라고 그런 짓을 하지 말라는 법은 없었다. 그리고 크림발츠와 아메린의 충돌은 단순히 두 나라의 분쟁으로 끝나지 않는다. 체스터는 아메린의 병사들이 자신의 실수로 인하여 무의미하게 피를 흘리기를 원치 않았다. 무의미한 피는 자신이 흘린 것으로 충분했다.

자신의 생각에 빠져 있던 체스터 남작은 레미의 말을 알아듣지 못했다. 그는 고개를 숙여 보이며 사과를 했다. 레미는 손을 내저으며 조용히 웃었다. 그리고 가볍게 한숨을 쉬면서 고개를 끄덕였다. 그녀는 체스터 남작의 고민을 이해할 수 있었다. 그녀 자신도 이렇게 섣불리 아메린의 귀족을 끌어들여도 좋은지 확신할 수 없었다. 그가 아메린의 귀족이 아니라 스톨츠나 베일의 귀족이었다면 별다른 문제가 없었을 것이다. 그만큼 아메린과 크림발츠의 반목은 뿌리가 깊었다. 일개 남작의 개입으로 인하여 전쟁이 벌어져도 이상하지 않았다.

"민회를 맡아달라고 했어요."

체스터 남작은 순간 그녀가 제시한 단어의 의미를 잠시 동안 고민했다. 체스터 남작은 자신도 모르게 중앙어로 반문했다. 레미는 오랜만에 듣게 되는 중앙어의 어감에 미소를 지었다. 하지만 그녀는 다시 라이어른 어로 대꾸했다.

"맞아요. 그 민회를 말하는 거예요."

"제국 시대 말기에 이미 폐지되어 역사 속에 사라진 민회를 말입니까?"

체스터 남작은 스스로 대륙의 역사에 정통한 흔치 않는 귀족이라고 자부해 왔다. 그러나 그런 그에게도 민회라는 개념은 잊혀져 가는 구

시대의 유산이었다. 그는 고개를 롱 소드를 고쳐 잡으며 고개를 갸웃거렸다.

"설명이 필요한가요?"

"야, 약간은 필요한 것 같습니다. 상황이 좋지 못하지만 말입니다."

체스터 남작은 미덥잖은 눈으로 출입문을 바라보았다. 바깥에는 믿을 수 있다고 판단된 근위대 병사들이 지키고 있었지만 상황은 예측하기 힘들었다. 케이시 튜멜 남작과 파일런 디르거는 수도 상황을 수습하기 위하여 자리를 비웠고, 이언과 카라, 그리고 에피가 사자성에 침입한 용병들과 귀족들 편으로 변절한 근위대원들을 사냥하고 있었다. 체스터 남작은 오랫동안 검을 다루지 않았고 군대에서 얻은 상처 때문에 얼마나 오랫동안 적을 상대할 수 있을지 자신이 없었다.

"아실 테지만 민회라는 것은 제국 시대에 존재했던 기구예요. 지금의 귀족원과 비슷하지만 당시에는 귀족이 아니어도 투표로 민회 의원으로 선출될 수 있었고 사실상 많은 평민들과 군인들이 의원으로 선출되어 정치에 참여했죠. 단순히 법을 황제에게 제안하는 것으로 끝나지 않고 실제로 황제의 명을 받아 가결된 법안을 실행하는 행정 기구의 기능도 수행했었죠. 지금은 귀족원과 왕실 행정부로 나뉘어진 일을 당시에는 민회가 도맡아 처리했다고 봐도 그다지 틀리지 않아요. 물론 제국 말기에는 민회 의원으로 지낸 경력이 있던 귀족들이 모여서 귀족원을 결성하여 민회보다 상위 기관으로 자리 잡게 되면서 민회의 역할이 많이 축소되었지요."

"ㄱ 민회를 다시 부활시키려는 계획이십니까? 어째서?"

"아델만 국왕의 유언을 지키기 위한 방법이면서 동시에 크림발츠가 양보할 수 있는 최대한의 결정이라고 생각해요."

체스터 남작에게 바깥의 상황은 이제 무의미해졌다. 그는 레미의 계획을 들으며 나름대로 고민하기 시작했다. 레미는 자신의 계획을 차근차근 설명하기 시작했다.

우선 발트하임의 수도 각 지구에서 한 명씩 도합 22명의 민회 의원을 선출한다. 선출 방식은 지구별 투표로 선출하며 의원에 대한 신분 제한은 두지 않지만 의원 자격은 정치에 참여할 능력이 있다고 판단하기 위한 방법으로 30세 이상을 하한선으로 둔다. 즉, 신분에 관계없이 30세 이상의 성인 남자들은 의원 후보로 출마할 수 있다. 귀족들 또한 거주지별로 출마해야 하며 아무리 지위가 높은 귀족이라도 25세 이하는 정치를 수행할 능력이 부족하다고 판단하여 출마 자격이 없다. 결론적으로 귀족들은 25세 이상, 평민을 비롯한 시민 계층은 30세 이상의 성인 남자여야 한다. 투표는 세대별 직접 투표제를 취한다. 즉, 한 가구 내의 구성원 숫자에 상관없이 한 집안에서는 오직 한 표의 투표권을 행사할 수 있다.

"자, 잠깐만요. 말을 끊어서 죄송하지만… 귀족들의 반발이 무시할 수 없을 수준이겠는데요? 일단 민회 부활 문제는 논외로 쳐도 귀족들은 평민도 정치에 참여한다는 것은 수긍하지 않을 것입니다. 둘째, 25세의 제한선도 마찬가지 이유로 반발할 것입니다. 그리고 솔직히 우리를 지지하는 귀족 세력들은 대부분 30세 미만의 젊은 귀족들입니다. 그들을 반발은 어떻게 해소하실 생각입니까? 그리고 귀족들은 거주지가 밀집되어 있기 때문에 사실상 귀족들이 출마할 수 있는 숫자는 제한적이 됩니다. 과반수 이상 평민을 비롯한 시민 계급이 선출되겠지요. 그리고 세대별 직접 투표제 역시 정치에 참여할 능력을 가진 성인 남자가 밀집한 귀족 집안의 특성상 비현실적인 방식인 것 같습니다. 이 경우에도 가문의 젊은 귀족들이 나이 든 승계권자에게 반발하며 우리 측을 지지하는 경우도 있는데, 세대별 투표제를 적용하면 그런 귀족들의 지지가 힘을 얻지 못합니다. 가문의 승계권자가 가진 의견대로 투표권이 좌지우지될 테니까요. 문제가 한두 개가 아닙니다."

"선거구가 겹친다면 평민 지구에 집을 사서 출마를 하라고 하세요. 그 지구에 사는 평민들이 그 귀족을 지지하는 것은 그 자신의 정치적 능력에 달렸겠지요. 그리고 나는 이 제도를 통해서 기회를 주는 것입니다. 이 나라가 그렇게 원하던 자립을 행할 수 있는 마지막 기회라는 의미죠. 만약 그들이 민회를 구성하여 자신들의 힘으로 발트하임의 미래를 지켜 나갈 의사가 없다면……."

레미는 잠시 동안 말을 끊고 손끝으로 테이블을 똑똑 두드렸다. 그리고 냉랭한 얼굴로 짧게 말을 이었다.

"아델만 국왕의 유언은 폐기되는 겁니다. 발트하임은 크림발츠의 새로운 행정 구역에 편입될 겁니다."

체스터 남작은 마른침을 삼켰다. 어찌 보면 레미의 의견은 협박이었다. 민회를 선출해 발트하임이 자력 회생하는 방법을 택할 것인가, 왕조의 간판을 내리고 역사 속에서 지워진 나라가 될 것인가. 각자의 판단에 맡긴다는 의미였지만 사실상 검을 쥐고 양자택일을 강요하는 협박이었다.

그는 이것이 크림발츠의 전형적인 정치 방식이라는 것을 알고 있었다.

양자택일. 관대할 수 있으면서 가장 잔인할 수 있는 정치의 한 방법론. 독립을 유지하고 싶다면 누구도 왕위를 욕심 내지 말라. 그렇지 않다면 지도상에서 지워 버리겠다. 몇 세기 전 크림발츠는 똑같은 양자택일을 베일에게 제시했다. 반란 사건의 주모자를 크림발츠로 송환하라. 베일은 망명자가 이끌고 왔던 병력에 눈이 멀어 현실 감각을 잃었다. 그 결과 베일은 영토가 절반 가까이 초토화되었다. 크림발츠의 역사 속에서 이런 양자택일 방식의 정치를 찾는 것은 어렵지 않았다.

레미는 다시 설명을 시작했다. 체스터 남작은 아예 검을 집어넣고 의자를 끌고 와 레미의 맞은편에 앉아서 본격적으로 그녀의 의견을 경청하기 시작했다.

그렇게 하여 선출된 22명의 의원을 제외하고 다시 직업 또는 신분별로 의원을 선출한다. 이들 대표의원들은 각자가 귀족, 군인, 상인, 농민, 기술자, 의사, 교수, 관리 등 8개 직종 및 신분을 대표하며 이들 대표의원 8명과 22명의 의원을 합하여 30명으로 구성되는 민회를 구성한다. 여기에 다시 발트하임 내의 대영지별로 영주들이 의원으로 선출되어 민회에 참가할 수 있으나 이것은 영주 개개인의 선택에 맡긴다.

대영주들은 자신이 직접 민회의 장외의원으로 활동할 수 있으며, 자신의 영지에 속한 소영주들을 대리인으로 장외의원으로 추천할 수 있다. 또한 대영주의 판단 하에 민회 참여를 거부할 수 있으나 이 경우에도 물론 민회에서 승인한 법안을 준수할 의무가 있다.

의원과 대표의원, 장외의원 등 3분류로 나뉘어진 의원들로 구성된 민회가 향후 발트하임의 모든 입법과 행정, 사법을 집행하며 발트하임의 군대는 민회에서 과반수 이상의 지지를 얻은 의원이 통수권자가 된다. 또한 향후 발트하임의 모든 법안은 민회 출석 의원의 과반수 이상의 지지를 얻어야 하며 민회 의원들의 임기는 3년, 그리고 민회 의원들은 임기의 7할 이상 동안 민회에서 활동해야 한다.

"제가 해야 하는 일은 무엇입니까?"

"민회의 운영은 3명의 대표자들이 동시에 집행합니다. 첫 번째가 선출된 의원들 중에서 과반수의 지지를 받은 발트하임 대표, 그리고 아메린에서 파견된 귀족과 크림발츠에서 파견된 귀족. 이들 3인이 권력을 나누어 가지며 제안된 법안에 대하여 의원 대표 3인 중 2인이 거부권을 행사하면 해당 법안은 다시 재심의에 들어갑니다. 남작님은 일단 아메린 대표로 민회에 참가하여 주세요. 물론 남작님이 본국에 보고를 하는 것은 남작님의 판단에 맡깁니다. 그렇지만 이 방법이 아메린과 크림발츠가 발트하임의 패권을 놓고 전쟁을 벌이지 않는 방법이라는 것은 남작님이 최선을 다해 납득시켜야 합니다. 만약에 아메린이 거부를 하고 발트하임에 대한 지배권을 노린다면 우리 크림발츠로서도 현재 갖고 있는 기득권을 양보할 생각이 없습니다. 결론은 또 다른 전쟁이 되겠지요."

"언제 이 모든 것들을 생각하신 겁니까? 하루아침에 이 모든 생각들이 나왔을 리가 없는데… 대체 어느 시점부터?"

레미는 조금 쓸쓸해진 얼굴로 엷게 웃었다. 그리고 시선을 돌려 버렸다.

"잔인한 여자로 보이겠지만… 에펜도르프에서 국왕군에 대한 지휘권을 장악한 시점부터 고민하고 있었어요. 전쟁이 끝나도 아델만 국왕이 다시 왕권을 지킬 여력이 없다 판단하고 방법을 찾던 중에 생각했던 해결책입니다. 그리고 지금까지 돌아가는 정세를 지켜보면서 살을 덧붙이고 수정을 했지요. 사실은 아직도 수정하고 보완해야 하는 부분이 많아요. 그 부분들은 차차 보완해 나갈 생각입니다."

"발트하임의 귀족들이 호락호락하게 민회 구성에 찬성할까요?"

"네, 저는 그렇게 믿어요. 대륙에서 여왕의 창기병과의 전쟁을 불사할 집단은 청기사단과 진홍기사단밖에 없을 테니까요. 무력에 의한 정치 안정이라고 비난해도 좋아요. 사실 나 자신도 과연 이런 식으로 협박하지 않고 발트하임 문제를 해결할 방법은 없는 것인가 자문해 보곤 해요. 그리고 솔직히 이런 나라 따위는 신경 끄고 크림발츠로 돌아가도 상관없을 테죠. 하지만 나는 그렇게 하지 못하겠어요. 나란 여자는 비록 무능하고 자기 혐오에 빠져 있는 인간이지만, 그렇지만 이게 내가 살아가는 방식이라고 생각해요. 어쩔 수 없는 본성이라고 할까요? 이언은 이런 나를 항상 비난하곤 했죠. 책임지지도 못할 일들에 손대지 말라고. 그렇지만 나는 할 수 있는 데까지 최선을 다하는 것이 옳다고 생각해요."

"무서운 분이시군요. 그렇게 오래전부터 이런 문제를 고민하고 있었다니……."

"구체적인 계획서도 거의 완성되었으니까 이 사태가 진정 국면에 접어들면 보여드릴게요. 상당히 길고 지루한 서류가 되어버렸지만 한 번 읽어보시고 판단해 주세요. 내 머리로서는 크림발츠의 식민지 지배를 제외하고 발트하임 문제를 해결할 수 있는 유일한 대안은 이것뿐이라고 생각해요. 좀 전에 말은 쉽게 그냥 떠나서 크림발츠로 귀국하면 된다고 했지만 그것은 사실상 불가능해요. 이유는 짐작하실 수 있다고 생각해요."

체스터 남작은 물론 그 이유를 알고 있었다. 그는 무거운 한숨을 뱉어내며 한 손으로 이마를 짚었다. 대륙의 가장 뿌리 깊은 불씨이자 뜨거운 감자. 대륙에서 벌어지는 모든 혼란들의 원인. 그것은 한마디로 주도권 쟁탈이었다.

"후계자 없이 아델만 국왕 폐하가 서거한 문제는 심각하니까요. 일단 발트하임 국내 문제로 국한시켜도 지금처럼 공석으로 비워진 왕좌를 차지하기 위하여 귀족들끼리, 혹은 귀족들과 시민 계급들이 대립하고 유혈 충돌도 불사하고 있습니다. 지방에서는 노골적으로 영주들이 군사를 모아 수도로 진군할 준비를 하고 있습니다. 발트하임 전체가 잿더미가 되는 것을 걱정하는 인간은 없습니다. 다들 그저 권력을 차지하기 위하여 자신에게 정당성을 부여하기에 정신없죠. 그리고 대외적으로 발트하임의 이런 국내 문제는 권력 공백을 의미합니다. 페임가르트에서는 당장이라도 발트하임을 침공하여 라이어른 맹약 종주국이 되려고 하겠죠. 게일은 발트하임에 대한 복수를 주장할 테고. 폴리안은 당장이라도 라이어른 전체를 유린할 수 있을 테지만 카민의 중재를 받아 시늉만 하고 있고, 그리고 무엇보다 이해 당사국인 아메린과 크림발츠는 권력 누수가 생긴 발트하임을 속국으로 만들어 버리기 위해 충돌하겠죠. 발트하임을 차지한다면 아메린이나 크림발츠로서는 서로에게 침공하기 위한 새로운 교두보를 확보하는 셈이고 발트하임의 군대가 즉시 자국의 추가 병력이 되는 셈이겠죠. 발트하임을 차지하는 것으로 아메린과 크림발츠의 오랜 갈등은 새로운 국면으로 접어들 기회가 되는 것이라고 생각합니다. 발트하임을 차지하는 국가가 칼자루를 쥐는 셈이 되는 거죠. 여왕 폐하께서 이대로 발트하임을 떠나신다면 그런 문제가 일시에 터져 나오게 되는 결과를 가져오니까 이미 폐하께서 발트하임 문제로부터 손 떼실 기회는 지나가 버렸지요."

"맞아요. 나는 이 문제에 대하여 너무 깊숙하게 들어와 버렸어요.

우습죠? 한때나마 시골 영지에서 한가하게 살아가는 여자로 만족하고 있었는데 결국은 다시 정치의 한복판에 서 있게 되고 말았어요. 결국 이것이 내가 살아가야 하는 운명이었던 것이죠, 내가 피하려고 해도 피할 수 없는. 그렇지만 다행이라고 생각해요."

레미가 웃었을 때 체스터 남작은 고개를 갸웃거렸다. 그녀의 미소를 이해할 수 없었다. 레미는 조용한 얼굴로 웃었다.

"내가 그대로 여왕의 자리에 머물고 있었다면 나는 라이어른의 이런 현실들을 눈으로 보는 기회를 얻지 못했을 거예요. 나에게 라이어른이란 그저 조국 크림발츠 이북에 존재하는 지도의 일부분에 불과했을 거예요. 라이어른 인들의 고통이나 이곳에 사는 사람들이 꿈꾸는 이상, 예를 들면 강대국 라이어른 건설 같은 것들을 알지 못했을 테죠. 나는 주저없이 왕권이 부재한 발트하임에서의 주도권을 위하여 창기병단을 중앙산맥 이북으로 진군시켰을 것이고 남작님의 조국, 아메린과의 전쟁도 불사했을 거예요. 아니, 어쩌면 페나 왕비는 라이어른 통일이라는 대업을 달성했을 것이고 크림발츠와 아메린은 신흥 강대국으로 거듭난 라이어른을 견제하기 위한 모든 수단을 동원하고 있었을 거예요. 최악의 경우에 아메린과 동맹을 맺고 라이어른을 동서로 양분하여 식민지로 만들었을지도 몰라요."

"그 과정에서 세 나라의 더 많은 병사들이 무의미한 피를 흘리며 정치의 희생물이 되었을 테죠."

"나무가 모여 숲을 이룬다. 이제는 디르거 경이 나에게 예전에 해주었던 그 격언의 의미를 실감할 수 있을 것 같아요. 머리로 이해하던 것을 가슴으로 이해한다고나 할까요? 오빠도 오빠 혼자서 세상을 바꿀 수 있다고 믿지는 않았을 거예요. 단지 오빠는 오빠 자신에게 주어진 위치에서 보다 나은 미래를 위한 초석이 되려고 했던 거죠. 오빠의 삶과 오빠의 피로 다져진 도로가 뻗어 나가기를 원했던 거라고 믿어요. 그리고 이제는 내가 오빠처럼 내 삶과 내 피로써 도로를 굳게 다지는 마름돌이 되고 싶어요. 그 도로가 어디로 뻗어가는 것인지 알 수 없겠지만, 보다 좋은 곳으로 이어지도록 노력하고 나를 밟고 지나가는 사람들이 보다 편안한 여행이 될 수 있도록 땅을 굳게 다지는 마름돌이 되어야 하는 거죠. 그것은 누구 한 사람의 역할이 아니에요. 체스터 남작님, 그리고 이 도시에서 이 밤에 피를 흘리며 싸우는 우리 모두가 짊어져야 하는 의미이죠."

레미는 두 손을 마주 잡고서 확신에 찬 어조로 말했다. 그녀는 이미 깊숙이 들어온 라이어른 문제를 간과할 생각이 없었다. 그리고 예전처럼 견디지 못한다는 핑계로 도망칠 생각이 없었다. 민회 따위가 발트하임 땅에서 뿌리내리지 못해도 상관없었다. 단지 민회—솔직히 그녀는 자신이 선택한 그 방식이 옳은 것인지 확신하지 못했지만—를 뿌리내리기 위한 모든 노력을 하고 싶었다. 그것이 자신이 해야 할 일이라고 믿었다.

레미 아낙스, 발트하임의 시골 영지 테일부룩에서 차를 음미하며 이름없는 아낙네로 지내던 시절의 모습은 이제 찾아보기 힘들었다. 비록 오랜 여행과 거듭된 전쟁으로 초췌해진 모습이었지만 눈빛만은 예전보다 맑았다. 자신에 대한 혐오와 자신에 대한 질책으로 고민하던 모습은 이제 없었다. 이제 그녀는 길을 찾았다. 그녀 자신이 걸어가야 하고 기반을 다져야 하는 길을 찾았다. 그녀는 이것보다 더 나은 길이 있을지 고민하지 않았다. 스스로가 선택한 길이 옳은 길이라고 믿으며 그 길을 걷기 위하여 기꺼이 뜨거운 열사와 피부를 저미는 혹한을 견뎌낼 생각이었다.

"나는 비겁한 여자예요. 그래서 남작님에게 내 짐을 나누어 짊어지도록 강요하는 셈이죠. 내 짐을 함께 들어줄 생각이 있으신가요?"

레미는 체스터의 눈을 똑바로 쳐다보면서 말했다. 체스터는 그 순간 숨 막히는 싸움을 했다. 물리적인 싸움이라면 그녀는 체스터의 상대가 되지 못한다. 하지만 이런 종류의 싸움에서 체스터는 숨 막히는 압박감을 느꼈다. 자신의 앞에 앉은 그녀의 머리 속에 또 어떤 생각들이 들어 있을지 감도 잡히지 않았다. 사고의 레벨이 다르다는 말이 지금처럼 실감나게 다가온 적이 없었다. 그녀가 가진 시야의 폭과 길이는 체스터 남작의 그것과는 단위 수부터가 달랐다.

체스터는 자신의 결정이 조국 아메린에게 위해 요소가 되는 점은 없는지 잠시 고민했다. 하지만 그것은 전혀 소용없는 일이었다. 그의 시야로는 행여 있을지도 모르는 문제점을 발견할 수 없었다. 그녀는 어쩌면 자신의 결정으로 아메린에 불리해지는 요소가 무엇이 있을지 알고 있을지도 몰랐다. 물론 그것을 말해 주지는 않을 터였다. 결정은 스스로가 하는 것이고 그것에 대한 책임은 스스로가 진다. 체스터 남작은 인생을 살아가면서 가장 중요한 이 진리가 너무 잔인하다고 생각했다. 인식의 폭을 최대한 넓혀보려고 시도해도 아무것도 인식의 그물에 걸리지 않았다.

"생각해 봐야 하는 문제라고 봅니다만… 일단은 긍정적인 답변을 드리는 것으로 하겠습니다. 그리고 지금까지 간과하고 있는 문제가 있는데……."

체스터 남작은 잠시 머뭇거렸다. 쓸데없이 피곤하게 만드는 자존심이라고 생각하면서. 레미는 그런 그의 심정을 읽은 듯이 웃었다.

"만약에 제가 민회를 맡는다고 해도, 저에게 그런 정치적 역량이 없는 경우엔 어쩌실 생각입니까?"

"민회가 알아서 당신을 탄핵하겠죠. 이 경우에는 그래도 민회가 제 기능을 발휘한다는 증거가 되니까 사실 문제는 없어요. 반면에 민회 자체가 자멸하는 방법도 있겠죠. 그 경우라면 발트하임은 아메린과 크림발츠의 대리 전쟁을 치르는 전쟁터가 되겠죠."

"내 실수로 이 땅에 또 다른 전쟁이 벌어지는 경우는 사양하고 싶습니다만……."

말은 그렇게 했지만 체스터 남작은 웃었다. 그는 언젠가는 정치에 참여해야 한다는 것은 알고 있었다. 하지만 그것이 조국 아메린이 아닌 뜬금없이 발트하임 땅에서 실현될 줄은 상상도 하지 못했다. 체스터 남작은 한결 가벼워진 얼굴로 어깨를 으쓱했다.

"그렇지만 만약에 제가 민회의 의장 중 한 명이 된다면 저는 저의 조국 아메린 편을 들 겁니다. 아무래도 아메린이 이익을 보는 방향으로 정책에 관여하게 되리라고 생각합니다. 지금 폐하께서 저를 민회에 추천하셨어도 제가 크림발츠의 이익을 위해 일하는 경우는 없을 겁니다. 그것만은 확실하게 해두고 싶습니다. 다른 나라에서 정치를 하는 것은 상관없지만 변절자가 되기는 싫습니다."

"그 정도는 예상하고 있어요. 설마 그것조차 예상하지 못했으리라고 생각하시나요?"

"그것을 계산에 넣어도 크림발츠가 이익을 보는 데는 변함이 없을 거라는 말씀이십니까? 저의 정치적 역량을 과소평가하는 것인지, 그만큼 자신이 있으신 건지 쉽게 판단하기 힘들군요. 어쨌거나 폐하 같은 분과 정치적 대결을 펼치는 스타일은 사양하겠습니다."

체스터 남작은 농담 속에 뼈있는 진심을 담아서 말했다. 레미는 그저 조용히 고개를 끄덕여 주는 것으로 대답을 대신했다.

바깥에서는 여전히 시민병들과 귀족들의 사병들이 유혈 충돌을 벌이고 있었고 사자성 내부에서는 귀족들이 보낸 용병들과 자객들을 사냥하는 전투가 벌어지고 있었다. 그 속에서 아메린에서도 정치로 잔뼈가 굵은 가문 출신의 젊은 귀족과 크림발츠의 여왕은 발트하임의 미래를 민회에 맡겨보기로 결정하고 세부적인 사항들을 의논하고 있었다. 마치 그곳만큼은 바깥 세상과 동떨어진 또 다른 차원의 세상이라고 생각하는 것처럼 보였다. 그들은 동료들을 믿었고 목숨을 걸고 싸워주는 동료들을 위하여 지금 문제점을 해결할 수 있는 방법을 제시해 줘야 했다.

횃불에 비친 얼굴들은 기괴한 악몽처럼 일그러져 있었다. 헐떡이는 숨결이 뱉어지는 가운데 누구도 쉽게 입을 열지 못했다. 그저 핏발 선 눈으로 상대를 노려보았다. 시큼한 땀 냄새는 축축한 밤을 적셨고 비릿한 피 냄새는 딱딱한 돌 바닥을 적셨다. 사방에서 횃불들이 타닥거리는 소리를 내면서 타올랐고 누군가 잡동사니를 쌓아 올려 태운 불길이 파도처럼 일렁거리며 거리를 비췄다.

케이시 파온 튜멜 남작은 눈가로 흘러내리는 땀방울 때문에 한쪽 눈을 찡그렸다. 검날처럼 위태롭고 예리한 긴장감 속에서 두 집단이 기회를 노리고 있었고, 그는 그 한가운데 서 있었다. 사방에서 타오른 횃불과 모닥불 때문에 뜨거워진 공기가 바람이 되어 불어왔다.

튜멜은 펄럭거리는 코트 자락을 무시하며 이를 으득 깨물었다. 그는 갑옷을 걸치지 않은 채 허리에 롱 소드만 매달고 있었다. 튜멜은 문득 길어진 머리칼이 굉장히 귀찮다는 사소한 불만에 사로잡혔다. 흘러내리는 머리칼도 귀찮았지만 허리춤에 매달린 롱 소드가 무거워 거추장스러웠다. 셔츠의 옷깃을 너무 깊숙이 조여 갑갑했다. 튜멜은 지금 현재 상황이 짜증스러웠고, 그래서 아주 사소한 문제까지 짜증스럽고 화가 났다. 길어진 머리도 짜증스럽고, 펄럭이는 옷자락도 짜증스럽고, 무거운 롱 소드도 짜증스럽고, 뜨겁고 축축하고 비릿한 밤도 짜증스러웠다.

튜멜은 핏대가 솟아오른 얼굴로 씩씩거렸다.

"마음에 안 들어… 정말 마음에 안 들어……."

튜멜은 왼손으로 롱 소드 손잡이를 꾸욱 누른 채 으르렁거렸다. 얼굴을 가로지르는 칼자국 흉터가 이번만큼은 그에게 도움을 주었다. 횃불에 비쳐 명암이 극명하게 교차하는 그의 가늘고 부드러운 얼굴에 새겨진 칼자국은 인상을 달라 보이게 만들었다. 아니, 사실로 말하자면 케이시 튜멜 남작은 이제 변해 있었다. 더 이상 시골 영지에 숨어 지내던 소심하고 유약한 남자가 아니었다. 거친 여행과 그동안의 어려움들, 그리고 전쟁터 한복판에서 지낸 시간들은 그라는 남자를 빠르게 변화시켰다.

그가 흘러내린 머리칼을 긁어 올렸을 때 횃불에 드러난 얼굴은 긴 여행을 건너온 사내의 그것이었다. 비바람과 피 냄새에 길들여진 사내의 얼굴은 횃불 속에서 묘한 대조를 이루었다. 워낙 개성이 강하고 성질머리가 사나운 동료들 사이에서 지냈기 때문에 여전히 유약해 보였지만 실상 가장 많이 변화한 사람은 케이시 튜멜이었다. 단지 동료들의 거칠고 난폭함이 보통 사람들의 수준을 한참 넘어섰기 때문에 상대적으로 그가 나약하고 우유부단해 보였던 것이다.

이제 그는 한 사람의 몫을 해내기에 부족함이 없는 남자였다. 여행은 사람을 변하게 만든다.

"크벤호프!"

잔뜩 털을 곤두세우고 대치한 귀족 측 용병들과 전직 시민병들 사이에 난입한 튜멜이 고개를 돌리며 으르렁거리자 이름을 지목당한 시민병이 어깨를 움츠렸다. 그는 마른침을 삼키며 저 남자가 자신이 알고 있던 그 남자인가 의심했다. 두려움에 떨며 쏟아지는 화살을 알량한 갑옷과 방패로 버텨내던 남자.

크벤호프는 다시 한 번 시선을 털어냈다. 틀릴 리가 없다. 전쟁터에서는 누구나 두렵다. 그 자신도 두려움을 이기지 못하고 객기를 부리며 자신이 용감한 남자라는 환상에 의존했다. 하지만 저 남자는 전장의 두려움을 숨기지 않았다. 타인에게 어떤 모습으로 보일는지 두려워하지 않았다. 크벤호프는 가장 용기있는 남자는 눈물을 흘리는 남자라는 격언을 떠올리며 한 걸음 물러섰다.

"나를 기억하나?"

"물론입니다, 대, 대장… 아니, 튜멜 남작님."

"내가 너희들의 선두에서 화살을 막아줬을 때 내가 뭐라고 했는지 기억하는가?"

튜멜은 목을 죄는 옷깃을 풀려고 손을 들었다가 멈추었다. 답답하고 짜증스러웠지만 이제 와서 새삼 이언의 흉내를 낼 필요는 없다고 생각했다. 자신은 케이시 튜멜이지 하 이언이 아니다. 답답하다는 이유만으로 사람들 앞에서 셔츠를 풀어헤치고 다니는 모습은 이언에게나 어울릴 뿐이다. 더 이상 그의 흉내는 필요없다. 튜멜은 펄럭거리는 옷자락을 누르며 자신의 감정도 눌렀다.

"내가 그때 뭐라고 했지? 이 나라를 재건하는 것은 너희들의 몫이라고 말했다. 한 명이라도 더 많이 살아 돌아가 검을 버리고 망치와 삽을 들어야 한다고 말했다. 그래, 이 나라는 힘이 없다. 강대국들이 마음대로 짓밟고 좌지우지해도 목소리 높여 항변하지 못한다. 그래서 죽은 페나 왕비는 분노했던 것이고 군대를 일으켰다. 귀족들이 똑바로 서지 못하고 욕심에 눈이 멀어 그 전쟁을 부채질했다. 그래서 이 땅이 전장의 피로 물들고 도시는 이렇게 부서졌다. 누가 잘못했고 누가 잘했냐를 따지자는 것이 아니다. 세상이 똑바를 수는 없다. 잘못을 저지르는 것도 있을 수 있다. 이 땅이 피로 젖어버릴 만큼 씻을 수 없는 죄가 될 수도 있다. 그렇지만 인간이라면 그 잘못을, 스스로가 저지른 잘못을 짊어지고 가야 하는 것이다. 누가 잘못했고 누가 잘했는지가 그렇게 중요한가? 그런다고 그 잘못이 되돌려지는가? 무엇이 변하지? 죽은 자들에 대한 명예 회복? 그래서? 죽은 자들이 무덤 속에서 기어 나와 돌아오나? 만약에 그런다면 나는 필사적으로 매달리겠어. 내 친구, 내 전우들이 살아 돌아오기 위해서. 서로 상대가 잘못했다고 비난할 시간에… 그래, 상대방의 잘못으로 내가 피해를 입었다고 해도 먼저 해야 하는 것은 그것이 아니다. 무엇을 먼저 해야 하는지 고민하라! 무엇이 이 잘못된 현실을 고쳐 나갈 수 있는지 고민하라. 너희들은 정녕 잘잘못을 가리는 것이 현실 재건보다 중요하다고 믿는가? 무너진 거리와 오갈 데 없이 버려진 아이들을 돌보는 일보다 죽은 이들의 명예 회복이 중요한가? 아니면 그들에 대한 복수가 중요한가? 너희들 손에 들려진 그 검들! 삽과 망치가 들려 있어야 하는 그 손에 왜 아직까지 검이 들려 있는가? 전쟁과 피 냄새, 그리고 죽음이 아직도 부족한가? 더 많은 전쟁에 참가하고 싶어서 근질거리나? 응? 그런 건가? 네놈들이 전장을 헤매는 동안에 걱정과 두려움으로 밤을 지새던 가족들에게 돌아가 그들을 포용해 줘야 하는 네놈들의 손에 왜 피가 젖어 있는 거냐? 이 젠장맞게 멍청한 놈들아! 정신 좀 차려!! 이제는 손에 묻은 피를 씻어야 하는 시대가 왔다. 또 다른 피로 손을 적시지 말란 말이다!"

"하지만 남작님! 귀족들이……."

"시끄러! 귀족들의 과오는 우리가 해결한다! 우리가 그 죄에 대한 책임을 진다. 너희들이 아니란 말이야! 이 나라를 이끄는 것은 소수의 배부른 귀족들이 아니라 너희들이다! 배고프고 집이 부서진 너희들이 이 나라를 다시 세워야 한다! 그것을 명심하라!"

"아무런 힘도 없는 우리가 무슨……."

"나무가 모여 숲을 이루고 빗방울이 모여 강물을 이룬다! 지금 당장 너희들은 아무런 힘도 없을지 모른다! 하지만 노력하라! 각자의 자리에서 망치를 들고 부서진 집을 수리하라! 장사를 하던 이들은 물건을 들고 거리로 나가 장사를 하고, 농사를 짓던 이들은 낫을 들고 벌판으로 나가라! 화덕에 불을 붙여 빵을 구워라! 망치를 들고 가죽을 무두질해라! 검으로 나라를 세우던 시절은 예전에 지나갔다! 이제 이 나라는 너희들 손에 달렸다!"

케이시 튜멜이 레미 아낙스의 사상을 이어받았는지는 확실하지 않다. 그가 토해낸 웅변이 그 자신의 생각인지, 혹은 레미 아낙스가 생각했던 것인지 누구도 알지 못했다. 하지만 본격적인 시민주의 사상이 시골 영지의 귀족에게서 시작되어 시민들에게 전파된 것은 확실한 사실이었다. 그것도 귀족 세력과 시민 세력이 충돌하여 유혈 사태를 벌이는 한복판에서 시작된 것도 사실이었다.

"아무런 힘도 없는 남작 나부랭이 주제에 뭐라고 떠드는 거야?"

튜멜이 고개를 돌렸을 때 용병 부대를 이끌던 사내가 한 걸음 나섰다. 음각으로 금박 장식이 들어간 화려한 갑옷과 보석으로 치장된 검을 든 사내였다. 벨벳으로 만든 망토까지 두른 귀족 사내는 코웃음을 치며 튜멜을 비웃었다. 튜멜은 어금니를 깨물며 돌아섰다.

"외국인들 밑에서 굽신거리더니 그들이 너에게 아무것도 약속하지 않은 모양이지? 그래서 이번에는 저런 무식하고 가난한 병신들의 편을 드는 건가? 차라리 우리 쪽으로 오지 그랬나? 그랬다면 영토 한 귀퉁이쯤은 떼어줬을 텐데."

사자성을 드나들며 레미 주변에 머물던 튜멜을 본 기억이 있는 사내는 피식거리며 튜멜을 비웃었다. 튜멜은 천천히 그에게 다가갔다. 귀족 사내는 팔짱을 끼고 등 뒤에 서 있는 용병들을 힐끔거리며 도도하게 고개를 쳐들었다. 그에게 다가선 튜멜은 다짜고짜 사내의 뺨을 거세게 후려쳤다.

퍽! 소리가 나면서 귀족 사내는 힘없이 무릎을 꺾으며 넘어졌다. 단번에 코피가 터져 버린 귀족 사내는 사자 문양으로 장식된 건틀렛을 낀 손으로 고개를 들었다.

"북해에 대한 지배권도 포기한 몸이다. 내가 그까짓 땅 조각에 흥미를 가질 것 같나? 테일부룩의 남작 케이시 파온 튜멜의 이름을 걸고 너에게 결투를 신청한다!"

"고작 남작 따위가!!"

귀족 사내는 코피가 흐르는 얼굴을 잔뜩 일그러뜨리며 일어나 검을 뽑았다. 계속 코피가 흐르고 있었지만 묵직한 건틀렛을 낀 손으로는 별 도움이 되지 못했다.

튜멜은 두어 걸음 물러서면서 검을 뽑아 들었다. 솔직히 무릎이 후들거리며 자신이 상대방과 싸울 수 있을지 의심이 들었지만 튜멜은 검을 고쳐 잡았다. 시가전 한복판에서 병사들을 지휘하면서도 살아남았다. 이길 수 없을지는 몰라도 패하지는 않는다. 상처투성이가 되어 버린 튜멜의 롱 소드가 상대방을 겨눴다.

"아델만 국왕 폐하께서 네놈들이 이러기를 바라면서 서거하셨다고 생각하나? 그분께서는 최후까지 이 나라를 걱정하셨다. 그런데 네놈들은 지금 뭐 하는 짓이냐?!"

"웃기지 마! 이 나라를 위해서다! 이 나라를 재건하기 위해서는 강력한 지도자가 필요하다! 군주로서의 합당한 기품과 능력을 가진 사람이 이 나라를 이끌어야 한다!"

"누가 그걸 정하지? 저마다 자신이 차기 국왕이라고 주장하는 이 마당에?"

"무력이 모든 것을 증명한다!"

"그으래? 무우력?"

튜멜은 말꼬리를 길게 끌면서 상대를 비웃었다. 그는 어금니를 으득 깨물며 잔뜩 미간을 찡그렸다. 무력. 이제는 지긋지긋한 전투. 이들은 또 다른 전투를 기대하고 있었다. 케이시 튜멜은 화를 삭이며 검을 고쳐 잡았다.

보석으로 장식된 롱 소드는 화려하기도 했지만 특별히 세심한 장인이 만들어 유난히 예리했다. 갑옷도 걸치지 않은 상태로 싸우기에는 지나치게 위험했다. 하지만 튜멜은 자신이 움직이는 성채라는 별명을 가진 파일런 디르거에게 검을 배웠다는 사실을 일깨우며 스스로를 위로했다.

"무골 집안으로 이름 높은 빌레프레드 가문의 검술을 보여주마. 공격 제1식이닷!"

"……."

튜멜은 수다를 떨면서 덤벼드는 귀족 사내의 움직임을 주시하며 측면으로 몸을 이동시켰다. 어금니를 깨물고 발걸음에 맞춰 호흡을 내뱉는다. 검은 최대한 몸 쪽으로 붙이고 무게 중심은 허리 아래로. 튜멜은 파일런의 가르침을 상기하며 스쳐 지나가는 상대의 어깻죽지를 향해 검을 짧고 빠르게 내려쳤다. 노란 불꽃이 튕기며 어깨 보호대가 단번에 우그러들어 고철로 변했다. 파일런이나 레이드였다면 이번 일격으로 갑옷을 찢어 상대방의 어깨를 날려 버렸을 것이고 이언이나 쇼였다면 갑옷 틈새로 검을 쑤셔 넣어 상대방을 일격에 즉사시켰을 것이다.

튜멜에게 어깨를 맞은 귀족 사내는 고통을 이기지 못하고 널브러져 버둥거리며 비명을 질렀다. 튜멜은 긴장을 풀지 않고 검을 고쳐 잡았다. 검을 쥔 손바닥이 축축하게 젖어왔다.

"제법이군! 빌레프레드 공격 제5식이닷!!"

아래쪽에서 위쪽으로 검을 뻗어 올려 상대방의 검끝을 몸 바깥쪽으로 걷어내면서 조건 반사적으로 부츠를 신은 발이 앞으로 나갔다. 튜멜에게 사타구니를 얻어맞은 귀족 사내는 검까지 던져 버리고 바닥에 널브러져 고래고래 비명을 질렀다.

튜멜은 한숨을 쉬면서 한 걸음 물러서 검끝을 내렸다. 귀족 사내는 튜멜의 검끝이 자신의 목덜미를 누르자 입을 다물었다. 그는 비굴하게 웃으며 튜멜을 올려다보았다.

"이대로 죽여줄까?"

"제발!! 나는 가문의 계승자입니다! 제가 죽으면 가문의 대가 끊깁니다! 제말 죽이지는 말아주세요!"

여전히 코피가 흐르는 사내는 두 손으로 자신의 사타구니를 누르며 눈물을 흘렸다. 튜멜은 그를 죽이는 편이 여러모로 도움이 된다는 사실을 알고 있었다. 하지만 그는 귀족 사내를 죽이지 않았다. 그는 천천히 검을 거두며 고개를 들어 용병들을 노려보았다.

자신들을 고용한 남자가 피투성이로 애원하는 모습을 목격한 용병들은 우물쭈물거렸다. 수적으로는 튜멜 남작 한 명이 어찌지 못할 정도로 우세했지만 남작의 뒤에는 시퍼런 살기를 내뿜는 시민병들이 있었다. 더욱 기세가 오른 시민병들은 당장이라도 돌격을 시작할 것처럼 보였다.

가장 심각하던 유혈 충돌 지점을 진정시키는 데 성공한 튜멜은 안도의 한숨을 쉬었다. 하지만 그가 미처 이마를 타고 흐르는 땀을 훔치기도 전에 거리 저편에서 누군가 말을 타고 달려왔다. 거리를 메우고 있던 시민병들은 좌우로 갈라지며 기마병에게 공간을 터주었다.

횃불 속에 비친 사람들의 얼굴에는 의아함이 머물렀다. 케이시 튜멜 남작은 들고 있던 롱 소드를 높이 치켜들었다. 사람들 사이로 만들어진 통로를 달려오던 기마수는 횃불에 번쩍이는 롱 소드를 발견하고는 곧바로 말의 속도를 줄였다. 그리고 안전한 거리를 두고 튜멜 앞에 정지하는 데 성공했다.

튜멜은 고개를 갸웃거리며 생전 처음 보는 깃발을 올려다보았다.

횃불에 비친 그 깃발은 선혈처럼 붉었다. 사슬에 몸이 감긴 독수리가 허공을 향해 검은 화염을 토하며 날갯짓을 하는 문장이 수놓아진 붉은 깃발이었다. 기수는 왼손에 들고 있던 깃발을 높이 치켜들면서 고함을 질렀다.

"전령입니다! 크림발츠 국왕 친위대 여왕의 창기병 소속 전령입니다!"

〈 6 〉

　　비에 젖은 사자성은 칙칙한 암녹색으로 보이며 물안개 저편에 유령처럼 떠 있었다. 아침부터 쏟아지기 시작한 빗줄기는 계절에 맞지 않게 세찬 빗줄기로 변해 있었다. 간밤에 귀족파 용병들이 저지른 방화 때문에 집들을 태우던 화염은 아침부터 쏟아지는 빗속에 사그라들었고 불탄 서까래에서 희미한 연기가 빗속에 흔들거렸다. 졸지에 터전을 잃은 아낙네들은 이웃집 처마에 주저앉아 잿더미로 변한 집터를 망연자실하게 바라보았고, 아이들은 배가 고파 칭얼거렸다. 상심이 가득한 이웃 사내들이 주름진 얼굴로 집터를 뒤지며 쓸 만한 세간살이가 남아 있는지 찾아다녔다. 일상의 고단함과 서러움이 그들의 주름을 한층 깊어지게 만들었다.
　　수도에 거주하는 시민들과 귀족들 모두에게 크림발츠 여왕의 창기병단의 진군은 그야말로 하늘에서 뚝 떨어진 날벼락이었다. 그들은 만 명이 넘는 대부대가 밑도 끝도 없이 불쑥 나타났다는 사실도 놀라웠지만 어째서 크림발츠가 난데없이 라이어른 문제에 개입했는지도 이해할 수 없었다. 시민들의 반응은 그저 놀랍다는 사실에 머물렀지만 귀족들은 대경실색했으며 충격을 이기지 못하고 실신한 자도 많았다.

귀족들은 발트하임의 왕좌가 철저하게 부서져 버렸다는 사실에 경악하고 주체하지 못하는 분노를 삭이기 위해 끙끙거렸다. 개중에는 발 빠르게 가문의 친인척들 중에서 크림발츠에 적을 두고 있는 귀족들이 있는지 찾기 위해 가계도를 뒤지는 귀족들도 부지기수였다. 그러는 동안에 주변 정세는 빠르게 휘몰아치고 있었다.

친위대장 루퍼스 에드메이드는 고삐를 쥔 채 묵묵히 주변을 둘러보았다. 갑옷 위에 두른 두꺼운 망토는 비에 젖어 무겁게 달라붙었고 물을 먹어 뻣뻣해진 머리칼은 신경에 거슬렸다. 하지만 그는 그런 것에 연연하지 않은 채 묵묵히 입을 꾹 다물고 주변을 둘러보았다. 여러 가지 서면으로 보고받은 것과 실제로 본 발트하임 수도의 모습은 천지 차이였다. 수도의 3할 이상이 폐허로 변해 있었고, 무엇보다 울분과 절망을 삭이지 못한 엇갈린 감정에 젖은 시민들은 망연자실하게 비를 맞으며 그들을 맞이했다.

멋모르고 창기병단으로 접근하던 호기심 어린 꼬마를 아이의 엄마가 화들짝 놀라며 끌어당겼다. 자칫하면 아무것도 모르는 꼬마를 전투마로 밟아버릴 뻔한 친위대의 젊은 장교는 아이의 엄마만큼이나 놀란 가슴을 쓸어 내리며 한숨을 쉬었다. 아이의 엄마는 아이를 필사적으로 끌어안으며 눈을 질끈 감았다. 하지만 각오하고 있던 롱 소드는 날아오지 않았다. 아이의 엄마가 서서히 눈을 떴을 때 전투마의 안장에 앉아 있던 젊은 장교는 싱긋 웃으며 말을 걸었다.

"Moi Adur? Mutta?"

아이의 엄마는 이국의 젊은 장교가 외국어로 말을 걸어오자 당황하며 고개를 황급히 저었다. 젊은 장교는 의아한 얼굴로 아이를 물끄러미 바라보며 걱정스럽게 재차 질문했다.

"Na? Filich dass junge tuta wehe? Elles klauch?"

아이의 엄마 주변에 모여 있던 시민들은 슬금슬금 한 걸음 물러섰고 홀로 남겨진 아이의 엄마는 불안한 얼굴로 다시 고개를 세차게 흔들었다. 젊은 장교는 당황한 얼굴로 주변을 둘러보았다. 대열을 유지하며 지나가던 동료 장교가 킥킥거리더니 자신의 얼굴 앞에 손바닥을 펴고서 좌우로 흔들어 보이는 제스처를 보이며 스쳐 갔다. 대륙 공통어라고 할 수 있는 그 제스처의 의미는 '너, 바보지?' 정도의 의미였다. 그제야 자신의 실수를 깨달은 젊은 장교는 자신의 이마를 때렸다. 이곳은 라이어른이지 크림발츠가 아니었다.

"Na… Wum… 그러니까… 그 Junge… 아니, 그 소년… 괜찮은가요? 내 말 이해해요?"

"에……?"

아이의 엄마는 더듬거리는 라이어른 어로 말하는 젊은 장교를 올려다보았다. 젊은 장교는 말에서 뛰어내려 아이 엄마에게 다가섰다. 그리고 다시 말을 걸었다.

"Wie hassen adur? Na?! Idott! 그러니까… 신발(Nader)이? 아니, 이름(Namer)인가? 신발이 뭐죠? 이름이 뭐죠? Na! Idott!!"

젊은 장교는 라이어른 어를 제대로 공부하지 않은 자신을 한심하게 여기며 말끝마다 자신을 머저리(Idott)라고 투덜거렸다.

"아, 안네."
"안네?"
 젊은 장교는 손가락으로 아이의 엄마와 아이를 번갈아 가리키며 질문했다. 아이의 엄마는 다소 얼이 빠진 얼굴로 자신을 가리키며 '안네'라고 말했고, 아이를 가리키며 '리누스'라고 대답했다. 젊은 장교는 엄마의 품에 안겨서 눈치를 살피는 아이의 머리칼을 쓰다듬으며 리누스라고 불러보았다. 아이는 동그래진 눈으로 고개를 끄덕거렸다.
 "뭐, 알아듣지는 못하겠지만 고향에 계신 내 누님의 아이가 리누스 또래겠군요. 얼굴 못 본 지 2년도 넘었지만 말입니다. 그냥 그렇다는 말입니다."
 젊은 장교는 웃으면서 중앙어로 말했지만 아이의 엄마는 그의 말속에 나온 리누스라는 이름을 알아들었고 불안한 눈으로 아이를 와락 끌어안았다.
 "히스파니!! 히스파니 소위!!"
 젊은 장교는 화들짝 놀라서 벌떡 일어섰다. 그리고는 후닥닥 자신의 전투마 위에 올라탔다. 그리고는 유령에 홀린 듯이 지금까지의 상황을 이해하지 못하는 모자에게 싱긋 웃음을 던졌다. 그리고는 재빨리 말을 몰아 대열에 합류했다. 그를 불렀던 장교는 눈을 부라리며 히스파니 소위를 노려보았다.
 "넌 언제쯤 그 멍청한 짓을 관둘 거냐?"
 "시정하겠습니다! 단지 아이를 놀래켜서 좀 달래줘야겠다는 생각에……."
 "저들의 눈에 우리는 점령군이다, 이 정신 나간 멍청아! 섣불리 시민과 접촉하려고 하지 마라! 시민들이 집단적인 반감을 가질 수도 있고, 우리와 접촉한 시민들이 다른 이들에게 집단 린치를 당할 수도 있다. 제발 생각 좀 하고 살아라, 이 철없는 머저리 같은 녀석아!"

"시정하겠습니다, 소령님!"

그제야 새삼 자신들이 발트하임의 수도 안으로 진군해 들어온 것이 생각보다 심각한 문제임을 자각한 히스파니 소위는 마른침을 삼켰다. 그들은 시민들의 눈에 타국에서 넘어온 점령군이었다. 그리고 사실 그것이 틀린 말도 아니었다. 발트하임의 수도로 진군하던 도중에 실수로 조우한 발트하임의 군대와 전투가 벌어졌을 때 여왕의 창기병단은 가차없이 그들을 전멸시켰다. 왕좌에 눈이 멀어 조직한 1,000여 명의 사병들을 데리고 수도로 진군하던 지방 영주는 난데없이 튀어나온 크림발츠의 군대를 보고 경악했다. 그리고 그 귀족은 중앙어를 알아들을 만큼 소양이 높지 않아서 창기병단이 제시한 무장 해제 권고를 본의 아니게 묵살해 버렸다.

중앙어를 알아듣지 못했던 그 귀족은 3차례나 반복된 무장 해제 권고가 끝나고 창기병단의 자랑인 중장 기병들이 랜스를 앞세우고 돌격했을 때 너무 놀라서 말에서 굴러 떨어졌다. 그리고 경악하며 도망치기 시작한 부하들의 말발굽에 짓밟혀 죽었다. 뭐라고 변명해도 그들이 점령군임은 부인할 수 없는 사실이었다.

풋내기 소위에게 주의를 준 중년 장교는 코웃음을 치며 등을 돌렸다. 잘 다듬은 콧수염 아래로 얇은 입술이 비웃음을 그리며 낮게 중얼거렸다.

"당신의 신발이 무엇입니까? 그것도 라이어른 어냐? 공부 좀 해라, 신발소위."

히스파니 소위는 부끄러움에 얼굴을 붉히며 새삼 자신의 무모함에 혀를 찼다. 제대로 배우지도 못했던 라이어른 어 단어 몇 개 가지고 대화를 시도했다는 사실 자체가 한심했다. 젊고 의욕이 앞서는 신참 소위는 기가 죽은 얼굴로 대열을 따라 진군했다.

"이거 함정은 아닐까요? 뭐, 함정이라도 나름대로 즐겁긴 하겠습니다만."

한창 나이의 젊은 사내는 어깨를 으쓱하면서 태연하게 말했다. 20대 후반에서 30대 초반으로 나이를 쉽게 가늠하기 힘든 사내는 정신 사납게 발끝을 톡톡 흔들었다.

핏빛 제복을 걸친 그는 여왕의 창기병 제2인자인 다니엘 키올스 중령이었다. 친위대장이자 창기병단장인 루퍼스 에드메이드의 부관으로 창기병단 병력의 절반을 책임지는 사내였다. 그들은 모두 사자성의 중앙 홀로 안내되어졌고 잠시 동안 기다려야 했다. 창기병단장 에드메이드는 진중하게 서서 묵묵히 기다리고 있었지만 부관 키올스는 정신 사납게 수다를 떨고 온몸을 움직이지 못해 근질거려했다. 지독히 놀기 좋아하고 자신의 고속 승진을 저주하는 특이한 성격을 가진 키올스는 지루함을 이기지 못하고 하품을 했다.

파멸의 이름으로 악명을 떨치는 창기병단에게 사람들은 성당 기사 수준의 경건함과 자기 절제를 기대한다. 하지만 그런 기대에 부응하는 인물은 창기병단을 통틀어서 에드메이드 창기병단장 한 사람뿐이었다. 총지휘관과 부관 뒤에 대기하고 있던 40여 명의 창기병 정예 대원들은 하품을 하거나 잡담을 하면서 시간을 보내고 있었다. 그들에게는 대륙 최강국의 정예병으로서 보여줘야 하는 모습은 어디에도 없었다. 단지 겉모습만 본다면 세상에서 가장 문란한 부대처럼 보였다.

"어?"

하품을 하던 키올스 중령은 눈물을 손끝으로 문지르며 입을 닫았다. 그는 빠르게 미간을 좁히며 신경을 곤두세웠다. 두런두런 잡담을 하던 병사들도 일제히 입을 다물었다. 병사들은 슬그머니 왼손으로 검집을 꾹 눌러 여차하면 검을 뽑을 준비를 했다. 고참 병사들은 턱짓으로 부하들의 주의를 끌었고 40여 명의 병사들은 일사불란하게 중앙 홀 사방으로 연결된 출입구 쪽으로 돌아서며 경계 자세를 취했다. 고참 병사가 출입문을 검지로 가리키더니 부하들에게 검지와 중지로 자신의 눈을 찌르는 시늉을 하며 손가락 4개를 펴 보였다. 그 수신호는 빠르게 창기병단 병사들 사이로 전달되었다.

"이쪽에서 먼저 치고 들어갈까요? 사자성 베일리에는 엑스터 예비대 200명이 대기 중입니다만."

"아니, 일단은 두고 본다. 경계 대형은 그대로 유지."

"네, 알겠습니다."

창기병단은 창설 당시 사정에 의하여 1개 연대 800명 내외의 3개 연대로 창설되었다. 통상적인 1개 연대가 8,000명 규모인 것을 감안하면 확실히 적은 숫자였다. 이후 현재 시점에서 여왕의 창기병단은 3개 연대 24,000명 규모로 확충되었는데 이 과정에서 기존 편제와 부대 호칭에 대한 문제가 있었다. 즉, 기존의 연대라고 부르던 부대와 크림발츠 중앙 기사단의 전통적 편제에 의한 연대가 그 의미가 다른 문제였다. 이것은 크림발츠 정부 쪽에서도 상당히 골칫거리인 문제였고 창기병단을 쉽게 설득하지 못했던 문제였다. 하지만 결국 창설 당시 존재했던 제1연대 칼레 연대와 제2연대 디페이스 연대, 그리고 제3연대 벼락연대는 새롭게 재편된 3개 연대—크림발츠 중앙 기사단 기준에 맞춘―로 편입되었고, 각 연대의 지휘 부대가 되었다. 현재로써 칼레 연대라는 말은 재편된 제1연대를 의미하게 되었다. 이번에 라이어른에 파병된 여왕의 창기병은 칼레 연대였다.

"이거 흑돼지들이 왔어야 하는 거 아닐까요?"

키올스 중령은 머리를 긁적거리며 투덜거렸다. 흑돼지란 처음 창설된 여왕의 창기병 초기 편제에서 벼락연대 제2중장 보병대의 지휘관인 흑돼지 팜마스라는 남자가 이끌던 부대의 이름이었다. 어째서 흑돼지라는 이상한 별명을 얻었는지 기록에 남아 있지 않은 팜마스는 남겨진 초상화를 봐도 그 별명이 좀 엉뚱하다는 생각을 지울 수 없었다.

초상화에 남겨진 흑돼지 팜마스는 피부가 유난히 희고 호리호리한 장신의 사내였다. 정확한 본명과 작위도 알려지지 않은, 창기병단 창설 멤버 중에서 가장 밝혀진 바가 적은 의문의 사내였다. 팜마스라는 이름도 따지고 보면 남쪽 대륙의 사막 언어로 '돼지'를 의미했다. 결국 이 사내에 대하여 알려진 사실은 전혀 없었다. 사생활에 대하여는 아무것도 알려지지 않았지만 그가 이끄는 중장 보병 380명이 갖는 돌파력과 파괴력은 지금껏 크림발츠의 어떤 부대도 달성하지 못한 전무후무한 기록이라고 전해진다. 지금도 제3연대 벼락연대에는 흑돼지 부대가 남겨져 있었고 그들은 방패와 제복, 그리고 부대 깃발에 검은 돼지를 그려놓고 있었다.

그렇지만 다른 부대들 역시 스스로 최강이라는 자부심은 뒤지지 않았고, 그 증거로 많은 창기병 부대들은 각자 창설자의 이름을 부대 이름으로 사용하고 있었다. 총기사단장 직할 부대이면서 동시에 총기사단장의 경호를 위해 차출된 40명의 병사들은 모두 엑스터 예비대라는 이름으로 불리웠다. 당연히 이 부대는 초대 창기병단의 예비대를 이끌던 엑스터 준남작의 이름을 따온 부대였다.

이번 라이어른 작전에 투입된 칼레 연대 안에는 라뜨앙 돌격대, 제1중장 기병대인 시펠 남작 기병대, 제2중장 기병대인 보클뤼즈 중장 기병대가 있었고, 중장 보병대는 신설된 부대였기에 그저 제1, 제2중장 보병대로 불리웠다.

사방에서 출입문이 열리고 중무장한 병사들이 뛰어 들어왔다. 엑스터 예비대 병사들은 일제히 검을 뽑아 들었다. 기병전과 보병전 양쪽 모두를 훈련받은 병사들, 전선의 어떤 상황에도 투입이 가능한 부대이기에 엑스터 예비대라는 이름을 계승할 수 있었다. 방금 전까지 농담을 지껄이고 투덜거리던 병사들은 딱딱하게 굳어진 얼굴로 검을 세웠다.

"농담이지, 이거?"

"농담일걸? 40명을 상대로 100명이 넘잖아? 이거 어느 나라 계산법이야?"

"화끈한 싸움 같은 건 흑돼지 놈들이나 하는 건데. 우린 콩가루 부대란 말이야."

말은 그런 식으로 했지만 그들은 엄연히 크림발츠에서도 자랑하는 정예병들이었고, 절대 문란함을 지칭하는 콩가루라는 비어가 어울리지 않았다. 아니, 스스로가 일당백 수준의 정예병들이라고 믿기에 스스로를 그렇게 쉽게 콩가루라고 비하할 수 있었다. 그 증거로 고작 40명에 불과한 엑스터 예비대 병사들은 침착하게 대열을 짜고 방어자세를 취했다. 인원수가 압도적으로 차이 나기 때문에 공세적인 전투는 불가능하다고 판단했기 때문이다. 엑스터 예비대 병사들은 공포에 질리거나 당황하지 않은 얼굴로 밀착 대형으로 수세적인 입장을 고수하며 상대방을 노려보았다.

"장비와 복장을 보니 용병들입니다. 최소한 100명에서 120명 내외의 규모군요. 훈련 상태는 우수해 보입니다. 그냥 너절한 떠돌이들은 아닌데요?"

키올스 중령은 고개를 좌우로 기울여 목에서 우둑거리는 소리를 내면서 말했다. 뼈마디가 우둑거리자 한결 개운해진 키올스는 히죽 웃었다. 마음속으로는 요즘 전투가 부족해서 운동 부족인 것 같다고 생각했지만 입 밖에 낼 만큼 경망스럽지는 않았다. 자신은 그저 놀기 좋아하는 호탕한 사내였지 경망스러운 사내는 아니라고 자부했다.

여왕의 창기병단을 포위한 병력은 레미의 경호를 맡고 있던 회색남풍 용병대였다. 회색남풍도 따지고 보면 용병 업계에서 알아주는 정예들인지라 그들은 도전적인 눈으로 창기병단을 상대했다.

소위 잘 나가는 부대끼리의 자존심 대결과 비슷했다. 그들은 서로가 녹록치 않은 상대라고 판단했고 그 판단은 정확했다. 창기병들은 스스로가 정규 병력이기 때문에 훈련의 질과 양에서, 그리고 집단 전투에 대한 숙련도에서 앞선다고 자부했지만 회색남풍들의 숫자를 능가할 만큼 절대적인 요소는 아니었다. 반면에 회색남풍들은 일단 숫자에서 압도적이었고 실전 경험에 있어서도 절대적으로 앞서는 우위를 보였지만 그것이 손쉽게 창기병단 40여 명의 병사들을 제압할 상황은 아니라고 실감하고 있었다.

대치 상태는 서로 아무런 말도 주고받지 않는 상황에서 생각보다 길게 흘러갔다. 지루함을 참지 못한 몇몇 창기병단 병사들은 밀착한 동료의 옆구리를 팔꿈치로 찌르거나 손가락으로 눈꺼풀을 잡아당겨 잠자는 제스처를 취해 보였다.
 레미 아낙스는 잠시 동안 그들의 대치 상태를 지켜보다가 중앙 홀 안으로 들어갔다. 그녀가 나타나자 회색남풍 용병들은 일제히 무기를 거두며 그녀에게 좁은 통로를 만들어주었다. 그때까지 검을 겨누고 있던 창기병단은 경계를 풀지 않은 채 홀 안으로 들어오는 젊은 여자를 주시했다.
 "어랏? 어? 어?"
 하품을 하던 키올스 중령은 턱을 추스르지 못하고 더듬거렸다. 그는 당황을 넘어서 절반쯤 혼백이 날아간 얼굴로 마땅한 단어를 찾지 못해서 어어거리는 묘한 소리만 내야 했다. 반면에 한층 진중하고 침착한 루퍼스 에드메이드는 가슴 깊이 탄식하며 무거운 숨을 토했다. 모여 있던 창기병단 병사들도 그제야 레미의 얼굴을 똑똑히 보았고 한층 다양한 반응들을 선보였지만 레미가 나타난 것에 비하면 그 파장은 보잘것없었다.
 회색 원피스를 입은 레미 아낙스는 천천히 회색남풍 용병들 사이를 걸어와 에드메이드와 키올스와는 두어 걸음 떨어진 지점에서 멈춰 섰다. 레미는 고단한 여정 때문에 뺨이 수척해져 전체적으로 선이 가늘어진 느낌의 얼굴로 변해 있었다. 하지만 그녀의 눈빛은 흔들림없이 단호함을 머금고 있었다. 그녀는 수줍게 웃으며 흘러내린 앞머리를 손끝으로 비볐다. 그 순간만큼은 그녀의 얼굴에서 소녀처럼 보이는 웃음이 머물렀다. 레미는 잠시 동안 그런 모습을 보이며 반가움을 표시했을 뿐 곧바로 무표정한 얼굴로 돌아갔다.
 "내가 누군지 알겠어요?"
 "......"

레미는 손끝으로 자신의 턱을 톡톡 두드렸다. 탁자든 뭐든 두드리는 버릇을 쉽게 고치지 못한 점도 똑같았다.

루퍼스 에드메이드는 탄식을 했다. 레미는 자신의 턱을 가늘고 긴 손끝으로 톡톡 두드리며 좀 어색한 얼굴로 웃었다. 예상과는 다른 반응 때문에 당황한 기색이 그녀의 얼굴을 희미하게 스쳤다.

"혹시 제 얼굴이 기억나지 않는가요?"

"……."

"저기… 그러니까… 혹시… 여왕 폐하 아니십니까?"

키올스 중령은 이 수습할 길 없는 황당한 상황 속에서 어지러움을 느끼며 나섰다가 직속 상관의 주먹에 두개골 함몰의 중상을 입을 뻔했다. 결과적으로 보면 키올스 중령의 한마디는 난감할 정도로 혼란스러워진 상황을 수습하는 데 도움이 되었다.

레미 아낙스는 에드메이드 곁에 서 있는 사내를 보면서 풋 하고 웃었다. 곧 이어 웃음을 참지 못하고 허리에 양손을 얹은 채 킥킥거리기 시작했다. 킥킥거리던 웃음은 점점 크게 변했고 급기야 레미는 마음껏 웃기 시작했다.

키올스 중령은 한쪽 얼굴에 경련을 일으키며 레미와 에드메이드의 눈치를 살폈다. 등 뒤에서는 병사들이 지금 상황을 이해하기 위해서 부지런히 노력했다. 그들은 감히 이런 상황에서 잡담할 객기나 만용이 없었고, 그래서 왼손을 등 뒤로 돌려 뒤에 서 있는 동료에게 다급한 수신호를 보냈다. 바늘 하나만 떨어져도 깜짝 놀라서 서너 명은 죽어버릴 듯한 살벌한 분위기 속에서 레미는 배를 잡고 웃었다.

"오랜만이에요, 키올스 경. 예전에는 다니엘 오빠라고 불렀다가 많이 혼났죠? 요즘도 여전히 맨날 지는 주제에 카드 게임을 하나요? 너무 오랜만에 만나니 반가워서 눈물이 나네요."
"저기… 그러니까 여왕 폐하 맞으시군요……."
레미 루엘라이 아낙스 파반트, 크림발츠 여왕은 갑자기 키올스 중령을 와락 끌어안아 버렸다. 다 큰 여자가, 그것도 결혼까지 했고 하나의 군주인 여자가 목을 끌어안자 아무리 시원스런 성격의 키올스 중령이라도 심장이 멎을 뻔했다. 키올스는 레미에게 목을 저당잡힌 채 입을 딱 벌리고 뻐끔거리며 에드메이드의 눈치를 살폈다. 키올스는 자신이 모시는 군주에게 포옹을 허락한 대가로 직속 상관에게 칼 맞아 죽는 식으로 인생을 마감하기 싫었다. 키올스는 숨도 쉬지 못한 채 '이건 제 잘못이 아닙니다' 라고 항변하는 눈빛을 보냈다.
놀란 것은 회색남풍 용병들도 마찬가지였다. 병사들은 맨 처음 그녀가 창기병단 장교들을 포위하라고 명령했을 때 고개를 내저으며 투덜거렸다. 이 짓을 해 먹고 살아가야 하는 인생인데 창기병단과 원한을 쌓고 싶지 않다는 것이 이유였다. 그럼에도 명령이 떨어졌고, 용병들은 '그래, 죽자' 싶은 마음으로 창기병단을 포위했었다. 그런데 정작 그런 명령을 내렸던 레미가 창기병단 고급 장교를 와락 끌어안아 버리자 혀를 빼물고 배신감에 치를 떨었다.
"반가워요… 반가워요… 정말 반가워요……. 보고 싶었어요… 당신들을……."
레미는 키올스 중령의 어깨에 고개를 파묻고 그의 목을 거세게 끌어안으며 주문을 읊듯 중얼거렸다. 키올스 중령의 두 손은 허공에서 버둥거리며 자신이 모시는 군주의 어깨를 토닥거리는 무례를 저질러도 좋은지 갈피를 잡지 못했다. 그는 서코트 아래로 체인메일을 입었지만 자신의 어깨에 얼굴을 파묻은 그녀가 울고 있음을 알 수 있었다.

키올스 중령은 까짓거 교수형당하고 말자는 심정으로 레미의 어깨를 안아버렸다.
 "무서웠어요. 정말 무섭고 외로웠어요. 강한 척하려고 노력했는데 너무 힘들었어요."
 레미는 키올스 중령의 목을 끌어안은 채 흐느끼듯 말했다. 그동안 참고 있던 감정들, 혹은 잊고 있던 감정들이 일시에 북받쳐 올라왔다. 누구보다 창기병단 앞에서 여왕의 위엄을 보여야 한다는 생각 따윈 집어던져 버렸다.
 생전 처음 왕성의 안락함으로부터 도망치고 여기까지 왔다. 배고픔이 무언지 배우며 대륙을 헤매다 라이어른까지 흘러 들어왔고, 오빠에 대한 이야기라는 것만 믿고 무작정 여행을 떠났다. 낯선 동료들과 친해지고 신뢰를 배워 나가며 많은 고생을 했었다. 전쟁에 휘말려 전장의 참혹함을 배웠고, 부상병들을 치료하면서 병사들의 고통을 목격했다. 그리고 정치의 이면에 숨겨진 비열함과 잔혹함을 실감했고, 오빠의 원수를 갚겠다는 복수심에 치를 떨었다.
 그동안 동료들에게 의연한 모습을 보이고자 노력했다. 보통 여자들보다 더 섬세한 감수성을 가졌다는 사실을 드러내기 싫었다. 강한 척하고자 부단히 노력했다. 눈물이 날 만큼 슬프고 다리가 떨릴 만큼 무서웠어도 이를 악물고 참았다. 그녀는 자신을 지켜주던 병사들을 목격하는 순간, 북받치는 감정을 주체하지 못하고 눈물 흘리며 흐느꼈다.
 한참 동안 레미가 눈물을 그치지 못하고 울고 있자 그녀의 어깨를 안아주고 있던 키올스 중령은 고개를 힘겹게 돌려 부하들에게 눈을 부라렸다. 그 눈빛은 간단명료했다. '눈 깔고 귀 닫아!'.

창기병단 병사들은 그 눈빛에 담긴 명령 하나만으로 일제히 귀머거리에다 장님이 되어버렸다. 그들은 각자 자신은 듣지도 못하고 보지도 못하는 존재라고 설득시키며 눈앞에서 벌어지는 일들에 대한 관심을 끊었다.

"루엘라이 공주님……."

키올스 중령은 자신의 군주에게 여왕 폐하라는 경칭 대신에 좀 오래전에 쓰던 호칭을 끄집어냈다. 정확히 말하자면 아주 오래전 호칭이었다. 동시에 그는 여왕의 창기병 신참 소위가 되어버렸다. 키올스는 자신의 품 안에 안긴 레미를 끌어안은 채 고개를 들어 허공을 바라보았다. 그리고 전혀 그답지 않은 담담한 어투로 입을 열었다.

"생각나세요? 굉장히 오래전 일인데… 그때 공주님은 꽤나 짓궂은 분이셨습니다."

침대 안에서 슬그머니 내려온 루엘라이 공주는 소리 죽여 조심스럽게 가운을 걸쳤다. 오후에 개인 교사였던 르뺄 소 생 마리와 대판 싸운 일이 분해서 잠도 오질 않는 밤이었다. 그녀는 잔뜩 심통이 나서 누군가에게 화풀이를 하고 싶었다. 처음에는 그저 하녀들에게 얼토당토않은 이유로 떼를 쓰려고 했지만 막상 가운 자락을 여미다 보니 그것도 시들했다. 낮의 기억이 두고두고 분해서 혼자 씩씩거리던 그녀는 일단 살그머니 창가로 다가갔다. 누군가에게는 심통스러운 기분을 떠넘기고 싶었다.

그녀는 익숙하게 창문을 열고 바깥으로 나갔다. 보기보다 균형 감각이 좋은 루엘라이 공주는 한밤중에 겁도 없이 3층 높이에서 왕성의 외벽을 타는 묘기를 시도했다. 가운 자락과 안에 입고 있던 속치마를 펄럭거리며 왕성 외벽에 납작 붙어서 고생한 끝에 그녀는 3층 구석방에 도달할 수 있었다. 무작정 나오고 보자는 생각이었는데 외벽을 타고 있다 보니 문득 여왕의 창기병에게 심통을 부려보고 싶었다.

맨발로 살그머니 아래층으로 내려간 루엘라이 공주는 처음 마주치는 친위대 병사에게 심술맞게 굴어보자 마음을 먹었다. 그녀는 마침 순찰을 돌고 있던 젊은 장교를 발견했다. 그녀는 재빨리 어두운 복도 구석에 놓여진 조각상 뒤에 숨었다. 그리고 거친 호흡을 누르며 기다렸다. 젊은 장교는 나지막하게 콧노래를 흥얼거리며 복도를 가로질러 걸어왔다.

야간 당직을 서면서 병사들의 불침번 근무 상태를 점검하던 젊은 신참 소위는 복도 저편에서 살그머니 움직이는 인기척을 느꼈다. 그는 일단 휘파람을 불기 시작했다. 태연함을 가장하며 지극히 일상적인 동작인 것처럼 잠긴 문고리들을 확인하면서 그는 자연스럽게 조각상 쪽으로 접근했다. 여기까지 들어온 외부인이라면 상당한 실력자일 것이다. 젊은 장교는 빳빳하게 긴장하며 슬그머니 조각상 쪽으로 접근했다. 그리고 무심코 지나치는 듯 스치기 무섭게 홱 돌아서며 대뜸 롱 소드를 날렸다. 마침 등 뒤에서 그를 놀래키려고 엉거주춤 일어서던 루엘라이 공주는 머리 위로 무언가 한기를 내뿜으면서 스치자 기겁하며 주저앉았다. 공주의 절박한 비명 소리가 잠들어 있던 왕성을 단숨에 깨웠다.

사방에서 일제히 여왕의 창기병 병사들이 쏟아져 나왔다. 그런 그들이 목격한 것은 경악스러운 사실이었다. 침실에서 자고 있어야 하는 공주는 잠옷 차림으로 바락바락 악을 쓰며 비명을 지르고 있었고, 그 앞에는 멍한 얼굴로 여왕의 창기병 신참 장교가 롱 소드를 빼 든

Chapter 16 Within living Memory 147

채 서 있었다. 그리고 그들의 발치에는 한 움큼이나 잘려 나간 공주의 머리칼이 흩어져 있었다. 누가 봐도 친위대 장교가 공주를 유괴하여 살해하려는 현장으로 보였다.

"그때 정말 죽는 줄 알았습니다. 크림발츠 건국 이래 친위대원으로서는 최초로 왕족 살해 미수 사건을 일으킨 주모자가 될 뻔했습니다. 덕분에 한동안 공주님을 볼 때마다 이를 부득부득 갈아야 했죠. 임관한 지 두 달 만에 공주 시해 미수라는 얼토당토않은 누명을 쓰고 비명횡사할 뻔한 기억은 아무나 경험하지 못하죠."

키올스 중령과 레미가 처음 만났던 밤에 벌어진 그 소란은 잊을래야 잊을 수가 없었다. 그 이야기를 꺼낸 덕분에 레미는 겨우 진정했고 그제야 울음을 그치고 한 걸음 물러섰다. 키올스 중령은 괜히 아쉽다는 표정을 지어 보였지만 속으로는 놀란 가슴을 쓸어 내리고 있었다. 레미는 눈물의 흔적을 지우며 어색하게 웃었다.

"치사하게 그런 오래전 일을 들먹여 사람 무안하게 만들어요?"

"그냥 갑자기 생각나서 말해 봤습니다. 생각해 보면 참 억울한 사건이었죠. 감옥 속에 보름이나 갇혀 있었으니까요. 생각해 보면 그나마 그런 상황에서 발견된 즉시 죽지 않은 건 다행이지요. 말 그대로 죽다 살아난 셈이니까."

"첫 만남치고는 정말 악연이었네요."

레미는 구겨진 옷자락을 펴면서 웃었다. 키올스 중령은 그제야 정말로 안도의 한숨을 내쉴 수 있었다. 레미는 자신을 가다듬고 나서야 다시 에드메이드를 돌아보면서 살짝 웃었다.

"내가 누군지 아시겠어요? 왕관과 옥새를 갖고 있지 못해서 공식적으로 나 자신을 증명할 방법은 없어요. 하지만 내가 그 누군가와는 지나치게 닮았죠? 부탁이니까 내가 여왕임을 증명하라고 요구하지는 말아주세요. 나 그러면 방법이 없어요."

레미는 솔직하게 자신의 곤란함을 이야기했다. 루퍼스 에드메이드는 그제야 예를 갖춰 무릎을 꿇었다. 일단 그가 무릎을 꿇자 키올스 중령도 신참 소위에서 중령이자 부단장으로 돌아와 무릎을 꿇었다.

그 뒤에서 경계 자세를 취하고 있던 엑스터 예비대 병사들은 재빨리 4열 횡대로 모였고 엄격하게 줄을 정렬하더니 검을 받들어 사열했다. 병사들의 얼굴에서 장난기는 씻은 듯이 사라졌고 더없이 엄격하고 절도있는 자세로 서서 군주에게 병사로서의 예를 취했다. 개개인으로서의 병사들은 군주에게 무릎을 꿇어야 하지만, 국왕의 무력으로서의 병사, 즉 집단으로서의 병사들은 군주에게 무릎을 꿇지 않는다. 대신에 검을 받들어 최대한의 예를 표현한다. 받들어진 검끝을 주욱 연결하면 하나의 완전한 직선이 될 정도로 일사불란하게 예를 취한 병사들은 그대로 부동 자세로 들어갔다.

"크림발츠 국왕 친위대 여왕의 창기병단장 루퍼스 에드메이드, 하이나 11세 폐하를 뵙습니다."

"여왕의 창기병 부단장 다니엘 키올스 중령, 하이나 11세 폐하를 뵙습니다. 소관의 무례를 용서해 주십시오."

레미는 잠시 동안 그들 모두를 하나하나 살펴보았다. 그리고 마침내 웃으면서 고개를 끄덕였다. 그녀는 크림발츠 여왕으로 되돌아가 있었다.

"모두 일어서세요. 만나서 정말 반가워요. 나에게 힘이 되어주세요."

사자성 대회의실에서 튜멜 일행은 레미를 통하여 정식으로 창기병단 단장과 부단장에게 소개되었다. 잠시 동안 서로 통성명이 끝나고 일제히 자리에 앉을 때까지 레미는 그저 담담히 미소 지었다.

케이시 튜멜 남작은 에드메이드와 키올스를 번갈아 바라보면서 깊은 감명을 받았다. 그가 생각했던, 그리고 그가 살아가고자 했던 모습을 가진 두 남자가 마주 앉아 있었다. 튜멜은 마음속으로 그들에게 부러움과 질투심이 섞인 묘한 감정을 느꼈다. 당당하면서 그 당당함을 지킬 수 있을 만큼 힘을 가진 사내들. 튜멜이 정말 살아가고 싶어했던 모습으로 살아가는 남자들이 거기에 있었다. 스스로에 대한 자부심을 가지고 그 자부심을 증명할 수 있는 능력을 가진 사내들이었다. 남자로서의 위엄을 가진 모습이 어떤 모습인지 실감한 튜멜은 괜히 자조적인 감정에 빠졌다. 자신은 그런 남자가 되지 못함이 못내 서운했다. 하지만 최소한 그 자신이 원하는 모습이 어떤 모습인지 눈으로 확인하는 데 성공한 튜멜은 한결 가벼운 표정을 지을 수 있었다. 일단 눈으로 목격했으니 이제 남은 것은 자신이 그런 존재가 되는 것이다. 튜멜은 다시 한 번 스스로에게 다짐했다. 몇 년 후에는 내가 저 모습으로 서 있겠다고.

"일단 어째서 폐하께서 이곳에 이런 모습으로 있는지, 그리고 슬픔의 탑에서 폐하의 행세를 하는 여자가 누군지의 문제에 관한 얘긴 나중에 시간을 내주셨으면 합니다. 우선은 제가 크림발츠의 상황을 설명하는 것이 중요하다고 생각합니다. 결론부터 말하자면 크림발츠의 내부 사정은 상당히 불안정합니다. 제가 라이어른 상황을 속속들이 아는 것은 아닙니다만… 적어도 이곳보다 한층 심각하다고 말씀드릴 수 있습니다."

"대충은 짐작하고 있어요."

"우선 수도가 파벌 싸움으로 휘청이고 있습니다. 단순히 파벌 싸움이 아니라 내전 직전까지 치닫고 있습니다. 첫 번째 세력은 칙명관 각하의 세력입니다. 칙명관 각하께서 비밀리에 크림발츠 헌병대라는 무력 조직을 창설했습니다. 대외적으로는 단순한 지방 치안 유지군이지만 제가 조사한 바에 의하면 정규군으로 승격하기 충분한 무력 조직입니다. 전투 경험자들만으로 구성된 탓인지 숙련도가 아주 뛰어났습니다. 귀족들은 아직 헌병대의 존재를 대수롭지 않게 생각하고 있지만 창기병단 일부를 운용하여 탐색한 결과 상당히 심각한 수준의 군대입니다. 물론 칙명관께서는 제가 이 정도로 파악했다는 사실을 모르고 계십니다. 두 번째 세력은 르뺄 소 생 마리 백작을 중심으로 하는 귀족원 세력입니다. 노골적으로 칙명관 세력과 대립하고 있습니다."

"잠깐만요. 소 생 마리 백작이요? 카시안 오빠와 나의 개인 교사였던 그 소 생 마리 백작이요? 그 사람이 케언과 대립해요? 카시안 오빠나 케언의 사상적 기틀을 만들어준 사람이 그 사람이라구요. 그런 사람이 어째서?"

"저희들은 그런 내부적인 사항은 알지 못합니다. 그저 표면적인 사실만 보고해 드릴 수 있습니다. 그들 두 세력 사이에서 요즘 급격하게 성장하는 세력은 바로 에피온 후작파입니다. 그가 다시 정치에 복귀하고 있습니다."

루퍼스 에드메이드는 수도에서 벌어졌던 일련의 사건들을 열거하면서 레미가 부재중이던 기간 동안에 크림발츠 왕실에서 전개된 사건을 설명해 주었다. 그 설명은 한참 동안 계속되었고 그동안 키올스 중령은 몇 번이나 하품을 하다가 에드메이드의 살벌한 눈초리를 받고는 찔끔 입을 다물었다. 창밖으로 쏟아지는 빗소리를 배경으로 루퍼스 에드메이드는 담담하고 침착한 어투로 차근차근 곧바로 이해할 수 있을 만큼 일목요연하게 정황 보고를 했다.

레미는 고개를 끄덕이고 이따금 몇 가지 사항들을 펜으로 메모하면서 설명을 들었고, 튜멜 일행은 갑자기 듣게 된 크림발츠 내부 사정을 묵묵히 들으며 라이어른 문제보다 심각하고 파장이 큰 것은 크림발츠 문제라는 것을 실감했다. 경거망동하는 성격을 가진 인물은 없었기에—레이드가 죽은 이후로 에피는 확실하게 변해 있었다—아무도 두 사람의 대화에 끼어들지 않았다. 심지어는 이해 당사자인 키올스 중령도 하품만 할 뿐 대화에 참여하지 않았다. 겉보기에는 그저 평범한 티타임이었지만 그것은 겉모습일 뿐이고 실상은 국정 보고였다. 그 증거로 두 사람의 대화는 대회의실로 점심 식사가 들어오는 동안에도 멈추지 않았다.

크림발츠에 대한 모든 이야기가 끝난 것은 식사를 마치고 식후로 차를 마시는 시점에서였다. 튜멜 일행은 갑자기 듣게 된 무겁고 복잡한 이야기의 무게를 실감하며 안도의 한숨을 내쉬었다. 하지만 대화는 그것으로 끝나는 것이 아니었다.

이번에는 레미가 왕성을 빠져나간 이후부터의 사건을 설명하기 시작했다. 레미의 이야기가 시작되자 곁에서 하품만 하던 키올스도 진중한 친위대 장교로 돌아가 주의 깊게 경청하기 시작했다. 레미는 마치 다른 사람의 이야기를 하듯 차분하게 지나간 일들을 설명해 주었다.

루퍼스 에드메이드는 레미의 설명 속에서 튜멜 일행의 이름이 등장할 때마다—예를 들어 '여기 튜멜 남작님이 실신한 저를 발견했지요' 따위의—당사자의 얼굴을 꼼꼼히 바라보며 상대방을 자신에게 각인시켰다. 덕분에 튜멜은 자신의 이름이 거론될 때마다 부담스러운 시선을 받으며 머쓱한 기분을 어쩌지 못했다. 그에 비하여 파일런은 남의 이야기인 양 무관심했고 이언은 입술을 찡그리며 피식거리는 비웃음을 날렸다.

옆에서 옛날이야기를 듣는 소년처럼 온몸으로 감정을 표현하며 듣는 키올스의 정신없는 모습과는 달리 에드메이드는 그저 덤덤하게 레미의 이야기에 귀를 기울였다. 레미가 죽을 뻔했던 순간에 대한 언급이 나오는 순간에도 에드메이드의 표정은 변하지 않았다.

레미의 이야기가 후반부에 이르자 서서히 크림발츠 상황과 엇물려 짜 맞춰지는 부분들이 생겨나기 시작했다. 동시에 한쪽이 덤덤하게 설명해 주던 대화 방식은 서로가 자신의 의견을 펼치며 진행되는 회의로 변해갔다.

"그러니까 그때 라이어른에서 파견된 특사가 죽었단 말인가요?"

"라이어른 쪽 설명을 듣고 보니 크림발츠 내부에서 누군가 기밀을 이곳 라이어른으로 팔았군요. 그것도 아주 상층부의 고급 정보를 말입니다. 왕성 내부에 샹들리에의 박쥐가 머물고 있다니. 모든 일들이 해결되면 박쥐 청소부터 하겠습니다."

이런 대화가 오가는가 하면,

"결국 이 모든 것의 배후에는 중앙 대교국이 있어요."

"아직 확실한 증거가 없습니다. 이언 경이 말하는 것은 카민 측 입장에서의 추측이 많습니다. 가능한 한 가장 정확한 정보를 수집하겠습니다. 만약에 이언 경의 말처럼 그런 배후가 있었다면 중앙 대교국으로 진군하는 크림발츠 군의 선두에는 여왕의 창기병단이 있을 것입니다."

이런 대화가 오가기도 했다. 오후에 시작된 회의는 창밖으로 빗줄기가 가늘어지면서 사위가 어두워지는 시간까지 계속되었다.

그동안 키올스 중령은 모두에게 양해를 얻어 회의실을 이탈했고 무한정 대기하고 있던 여왕의 창기병단으로 돌아가 야영 준비를 지시하며 병력에 대한 통제권을 확보하기 시작했다. 여왕의 창기병단은 수도의 성벽 아래 야영지를 구축하기 시작했고 고된 행군에 지친 몸을 알량한 천막이나마 세워 쉬게 만들 수 있었다. 물론 창기병단이라는 명성이 거저 얻어지는 것이 아니기에 주변에 대한 방비 태세는 굳게 갖추어져 있었다.

지금은 폐허로 변한 채 비워진 우사자 성채에는 100명 규모의 매복조가 나가 있었고 수도 평야 전체에 대한 정찰조와 평원의 요소요소마다 다시 매복조들이 파견되었다. 이런 굳건한 3중 경계망이 완성되자 여왕의 창기병단은 그제야 모닥불 위에 솥을 올리고 저녁을 준비했다. 가늘어지는 빗줄기 때문에 불을 피우는 것은 그다지 어렵지 않았고 흐릿한 빗속에서 여기저기 연기가 피어올랐다.

"결국 여왕 폐하께서 조국으로 되돌아가시기 위해서는 일단 이곳 발트하임의 문제를 해결해야 하는 데 동의합니다. 국왕이 부재한 발트하임을 이대로 방치하는 것은 확실히 위험 요소가 너무 큽니다. 하지만 폐하께서도 아시겠지만 이곳을 크림발츠의 식민지로 만드는 것은 불가능합니다. 이미 크림발츠는 식민지가 포화 상태입니다. 파견할 인적 자원도 없고 치안이 불안한 식민지는 모국에 대한 독 묻은 비수가 됩니다."

에드메이드는 탄식하듯 중얼거렸다. 이언은 위스키를 홀짝이며 무언가를 메모하는 데 정신이 팔려 있었다. 에드메이드의 앞에 놓여진 와인 잔은 한 방울도 줄지 않았다. 여왕 폐하의 존재를 확인한 에드메이드는 창기병단에게 전시 체제를 하달했다. 여왕 폐하를 크림발츠의 왕성까지 무사히 귀환시키는 작전이 완료되기 전까지 유효한 이 전시 체제는 한 치의 느슨함도 허락하지 않았다. 최고 사령관부터 말단 병사는 물론이거니와 보급대를 구성하는 군속들인 노역부, 의사, 마부, 대장장이, 무두질장이, 요리사들에게까지 적용되었다. 에드메이드는 철저한 무골이었고 그 자신부터가 가장 엄격하게 군율을 준수했다.

"끼어들어 죄송합니다만, 크림발츠가 이곳을 식민지로 삼는 것을 우리 조국에서도 호락호락 넘어가지 않을 것입니다. 물론 저는 아무런 직위도 없는 그저 평범한 귀족에 불과하지만 제가 생각하는 것이 보편적인 아메린 귀족들의 생각과 비슷할 것이라고 장담합니다. 당연히 조국의 왕실에서도 같은 생각을 품겠지요. 아메린 인인 제가 여왕 폐하께 조력을 바치기로 한 것은 폐하의 심중이 발트하임의 존속을 염두에 두고 있었고 저 또한 발트하임이 존속하는 것이 대륙을 위해 옳다고 생각하기에 약속한 것입니다. 만약에 여왕 폐하께서 발트하임 존속 노력을 포기하신다면 저도 약속을 지키지 않을 것입니다. 거듭 말씀드리지만 이곳 발트하임의 독립 존속이 아니라면 아메린은 크림발츠에 협력하지 않을 것입니다."

아메린 인 특유의 백금발 머리를 가진 체스터 남작은 못 박듯이 말했다. 사실 일개 남작의 정치적 영향력이란 미미하다. 하지만 체스터 남작은 발트하임 문제에 직접 개입했고, 이런 특수한 경우에는 해당 귀족에 대한 발언권이 강해진다. 그가 본국에 보내는 보고서에 따라서 향후 아메린의 대응이 달라질 가능성도 있었다. 물론 그의 노력에도 불구하고 아메린의 대응은 또 다를 수도 있었다. 단지 이런 경우에는 암묵적으로 대외 문제에 개입된 귀족이 개인적인 목적에 의한 개입인지, 혹은 우연히, 혹은 체스터 남작의 경우처럼 기사로서의 정의 때문에 개입된 건지를 판단하여 각각의 경우에 따라 다른 대응을 하는 것이 관례였다. 게다가 아메린은 여전히 기사들의 국가임을 공언하는 국가였다. 군대 지상주의인 크림발츠와는 또 다른 문화를 갖고 있기 때문에 개개인의 책임을 중요하게 여기며 기사로서의 명예와 긍지, 그리고 판단을 존중한다.

크림발츠 귀족이 해외에서 비슷한 경우에 직면했을 때, 크림발츠는 전통적으로 해당 귀족에게 귀환 명령을 내리고 왕실 측에서 합당하다고 판단한 인물을 투입한다. 여의치 않으면 해당 귀족을 보좌하기 위한 관리를 파견한다. 이런 관례에 따라 레미와 에드메이드는 체스터 남작의 의견을 아메린의 의견으로 여기고 있었다. 벌써 체스터 남작은 전령을 시켜 본국 왕실 앞으로 두꺼운 보고서를 제출한 상황이었다. 아메린이 군대를 이끌고 올 것인지, 관리를 파견할지, 혹은 체스터 남작에게 관직을 내려 현장 대응을 명령할 것인지 확답이 올 것이다.

레미는 에드메이드의 발언을 손을 들어 저지했다. 그리고 자연스럽게 양손을 마주 잡으며 확신에 찬 얼굴로 말했다.

"약속드려요. 남작님께서 들었던 고 아델만 국왕의 유언은 단어 하나 틀리지 않고 그대로 집행될 거예요. 아시다시피 이곳 발트하임은 나에게 있어서 제2의 조국이라고 해도 틀리지 않아요. 나는 이곳에서 많은 것들을 배웠어요. 그리고 어떤 것이 이 나라를 위한 최상인가를 조금쯤 짐작할 수 있어요. 물론 체스터 남작님도 예전에 제가 아델만 국왕에게 했던 말들을 기억하시겠죠. 그래요. 우리 크림발츠로서는 그저 무료 봉사로 이 발트하임 문제에 개입하지는 않아요. 발트하임은 독립을 존속시키는 데 합당한 대가를 지불해야 합니다. 하지만 일단 발트하임의 독립은 확고부동한 사실이에요."

"문제는 쓸데없이 욕심에 눈이 멀어 앞뒤 가리지 못하는 쥐새끼들이지. 창기병단 병사 100명만 빌려주면 내가 다 해결하겠다니까."

이언은 위스키를 비우며 짜증스럽게 말했다. 에드메이드는 절대 불가라는 단어가 고스란히 드러나는 얼굴로 고개를 저었다. 표정만으로도 이미 거부 의사를 드러내는 데 충분했기 때문에 고개를 흔드는 제스처는 필요도 없을 정도였다.

"크림발츠 역사상 창기병단 병사에 대한 지휘권이 외부인에게 넘어간 적은 한 번도 없었소. 하물며 외국인에게는 있을 수 없는 일이오. 무엇보다 병사들이 그대의 명령을 따르지 않을 것이오. 그리고 나 개인적으로 그런 학살에 창기병단을 동원하고 싶지는 않소. 창기병단은 발트하임 문제 해결을 위해 파견된 것이지 학살극을 벌이기 위해 파견된 것은 아니오. 우리 창기병단의 무력은 평화적 해결이 불가능한 최악의 상황에서만 사용될 것이오. 그것이 여왕의 창기병이라는 이름이 갖는 의미요. 무력이란 최후까지 사용되어지지 않아야 하고 불가항력적인 상황에서도 무력은 최소한의 규모로 최소한의 피해가 발생하는 범위 내에서 사용되어져야 하오. 여왕의 창기병은 전장에서 물러서지 않으며 불패의 전력을 자랑하지만 그 무력은 철저하게 전장에 한정되어 사용되오. 그것이 우리들의 긍지이자 명예요."

"바로 이곳이 전장이고 귀족들과 시민들이 유혈 충돌이 벌이는 이 상황이 전쟁이오! 최소한의 피해? 바로 그 최소한의 피해를 위해서 나는 무력 사용을 주장하는 거요. 우리가 쓸모없는 논쟁을 벌이는 동안에 죽어간 시민들의 피는 무엇으로 갚을 거요? 죽어간 시민들의 피보다 값비싼 희생은 무엇이오?"

이언은 벌떡 일어나 주먹으로 책상을 내려치며 고함을 질렀다.

"내 조국 카민에서는 끼니를 굶어 병든 아이들로 넘쳐 나! 하지만 이곳 귀족들처럼 배가 불러 미친 생각 따위에 몰두하는 귀족들은 없어! 귀족들은 전부 외국으로 나가서 이국 땅에서 목숨을 걸고 싸워 그 대가로 조국에 남겨진 영지의 백성들을 먹여 살린다! 이곳을 봐!! 전쟁으로 수도는 박살났다. 시민들은 불탄 집터를 배회하며 세간살이를 뒤지고 아이들은 배가 고파 처마 밑에서 비를 맞으며 병들고 있어! 그런데 귀족들은 뭐 하고 있지? 전쟁이 벌어졌을 때 일제히 지방으로 도망친 귀족들이 전쟁이 끝나기 무섭게 수도로 돌아와 왕위 쟁탈전을 벌이고 있어! 그들이 도망치지 않고 사병과 용병들을 전쟁에 투입시켰다면 전쟁은 벌써 예전에 끝났고 발트하임은 잿더미가 되지 않았다! 발트하임의 귀족들에게 미래는 없다! 그리고 그 가망없는 미래를 확실하게 밟아버리는 것이 우리가 해야 할 의무이다! 그렇기 때문에 군대를 요구하는 거야! 그걸 모르겠나?!"

"그 단죄는 누구의 기준이지? 누가 심판하지? 그리고 생명은 공평해! 죽어 마땅한 미래란 없어!"

튜멜이 발끈하여 이언의 말꼬리를 잘랐다. 항상 이언에게 주눅이 들었던 튜멜이었지만 이제는 조금씩 자신감을 회복하고 있었다. 이언은 반사적으로 들고 있던 위스키 잔을 튜멜에게 던지려 했다. 하지만 그의 단호한 눈빛을 보자 얌전히 손을 내렸다. 튜멜은 마주 서서 이언을 노려보며 확고한 말투로 말했다.

"물론 같은 발트하임의 귀족으로서 지금 다른 귀족들이 보여준 추태는 인정한다. 하지만 그것만으로 산 채로 정문에 못 박혀 타 죽어도 좋은 것은 아니야."

"죄없는 어린아이 100명의 목숨과 약간 덜 선량한 귀족 한 명의 목숨 중 무엇이 중요하지? 내 가치관으로는 죄없는 어린아이 100명의 목숨이 중요하다! 그것이 우리 카민의 정신이다! 네놈들이 악마 제국이라고 비난하는 우리 카민의 건국 이념이다! 아이들은 한 국가의 미래다! 그리고 그 미래를 지키기 위해서 싸우는 것은 우리 어른들의 의무다! 아이들의 미래에 그늘을 드리우는 병든 싹은 태워 버리는 것이 옳아!! 발트하임의 독립을 존속시키고 싶다면, 고단한 식민지 신세를 면하게 하고 싶다면 병든 싹들을 모두 정문에 매달아 태워 버려야 한다!"

"세상은 한두 사람의 힘으로 바뀌지 않아! 그리고 무력으로는 절대로 바꿀 수 없어! 무력에 의존하지 않는 방법을 찾아야 하는 것이 우리의 의무야!"

"어느 세월에? 얼마나 더 많은 아이들이 굶어 죽고 병들어 죽은 이후에? 반항하는 귀족들은 말살하고 동의하는 귀족들을 흡수하여 최단 시간에 발트하임에 민회를 구성하고 공화정을 선포한다! 그것이 최선의 길이야!"

"공화정 따위가 하루아침에 생겨나는 것이 아니잖아?! 지금의 발트하임은 그럴 자생력이 없어! 그리고 공화정은 자생하는 것이지 포고령 하나 선포한다고 세워지는 것이 아니야!"

"웃기지 마! 헛소리할 놈들을 전부 못 박아 죽여 버리면 생겨나! 그것이 이 나라의 존속을 위한 방법이고 대안이 없다면 머리를 싸매고 배우고 유지시켜 나갈 테지. 그것도 실행할 능력이 없는 국가 따위는 망해도 상관없어!"

"말이 다르잖아! 그렇게 망해 버리면 네가 말하던 아이들은 어디로 가나?!"

"그러니까 다른 대안이 없다고 했잖아?!"

"시끄러! 두 사람 다 입 다물어요!"

레미가 참지 못하고 벌떡 일어서며 책상을 두드렸다. 한참 동안 핏대를 세우며 고함을 지르며 싸우던 이언과 튜멜은 동시에 입을 다물었다. 하지만 두 사람은 땀에 젖은 얼굴로 씩씩거리며 흥분을 쉽게 삭이지 못했다. 그나마 검을 뽑아 들고 결투를 벌이지 않은 것만으로도 다행이었다.

구석에서 묵묵히 이야기를 듣고 있던 에피가 조용히 자리에서 일어났다. 서 있던 레미와 이언, 튜멜은 이번에는 에피가 어떤 말을 할지 의아한 눈으로 고개를 돌렸다. 레이드가 죽은 이후로 좀처럼 의견을 제시하지도 않고 타인들 앞에 나서지 않던 에피였다.

"나… 정말 배운 거 없고 평생 동안 전장만 굴러다닌 계집이라 무식해. 그래서 민회가 뭐 하는 곳인지도 모르겠고 이언 오빠랑 튜멜 오빠가 싸우는 이유도 잘 몰라. 무식한 계집이라고 욕해도 상관없어. 난 무식하니까."

에피는 담담하고 무표정한 인형 같은 얼굴로 말했다. 여행을 하는 동안 항상 밝은 웃음으로 모두를 대하며 골렘을 가져다 놔도 친해지는 것 아닌가 싶을 정도로 붙임성이 좋던 그녀였다. 고단했던 지난 과거사에 비하여 그녀는 명랑했고 시원시원한 성격을 가졌었다. 그래서 모두들 은연중에 그녀를 여동생쯤으로 생각하고 있었다. 그렇게 밝은 웃음을 잃지 않던 그녀였지만 연이은 전투로 사랑했던 애인―쇼 본인의 생각은 어떨지 모르지만―이었던 쇼와 유일한 혈육인 레이드를 잃고 나선 더 이상 웃지 않았다. 아니, 웃지 못했다.

본래 그녀는 누구보다 여린 성격을 갖고 있었고 그 여린 성격을 수다스럽고 과장된 밝음으로 감추며 살아왔다. 삶을 지탱하는 마지막 구심점을 잃었을 때 그녀에게는 아무것도 남지 않았다. 그녀에게는 어린 시절에 강간당할 뻔하다가 첫 살인을 했던 기억과 그 때문에 두 번 다시 머리를 기르지 않은 상처, 그리고 어느 곳에도 머물지 못하고 떠돌며 고단하게 살아왔던 과거, 어머니가 누구였고 어떤 여자였는지, 그녀가 태어났을 때 어떤 표정을 짓고 있었을지에 대한 의문만이 남겨졌다.

레미는 레이드에게서 에피의 과거를 들었지만 아직도 어머니에 관한 부분만큼은 이야기하지 못했다. 아니, 할 수 없었다. 그녀는 에피가 상처받고 지쳐 버린 모습을 보며 가슴이 아팠지만 아무것도 도울 수 없었다. 에피는 고개를 숙이고 잠시 동안 우물쭈물거렸다. 그녀에게서는 좀처럼 볼 수 없던 모습이다.

"두 사람이 싸우는 이유를 나는 알지 못해, 바보니까. 애인이랑 멍청한 아빠가 죽는데도 아무것도 하지 못한 바보니까. 하지만……."

"에피……."

"하지만… 한 가지는 약속해 줄 수 있어?"

에피는 고개를 들었다. 등불에 비친 얼굴을 타고 흐르는 눈물은 애잔했다. 에피는 어린아이처럼 주먹으로 눈물을 쓱쓱 훔쳤다. 하지만 눈물은 멈추지 않았고 에피는 실룩실룩 얼굴을 일그러뜨렸다. 검게 그을린 피부를 타고 흐르는 눈물은 슬픔만큼 투명했다. 누가 무슨 말을 그녀에게 해줄 수 있을까?

무거운 마음으로 눈물을 바라보던 사람들은 시선을 내리깔았다. 위선자라도 지금 그녀의 앞에서 무슨 말을 할 수 있을까? 에피는 울먹거리는 얼굴로 흐느낌을 삼켰다. 목소리가 파르르 떨려왔다.

"더 이상 아무도 죽지 말아줘. 나 정말 잘 견뎠어. 하지만 이젠 더 못 견뎌. 그러니까 아무도 죽지 말아줘. 싫단 말이야. 민회인가 뭔가가 얼마나 중요한지는 모르겠지만 그것 때문에 여기서 또 누군가 죽어버린다면… 나도 그냥 죽어버릴 거야. 그리고 제발 이제는 나 같은 계집애가 막 굴러먹으며 살아가야 하는 세상은 만들지 말아줘. 전쟁이라면… 나 정말 지긋지긋해. 씨이! 20년 동안 살아오면서 인생의 절반이나 전쟁터에서 보냈단 말이야……. 많이 배우고 높은 자리에 있는 귀족들이 무슨 생각을 하는지 난 이해하지도 못하지만 알고 싶지도 않아. 그저 이렇게 살아가야 하는 세상을 만든다면 그건… 그런 세상은 살아갈 가치도 없단 말이야. 내 소원이 뭔지 알아?"

숙연해진 사람들은 말없이 고개만 좌우로 흔들었다. 에피는 다시 한 번 주먹으로 눈물을 스윽 훔쳐 냈다. 그리고 웃었다. 레이드가 죽은 이후로 처음으로 보여주는 미소였다. 에피는 울다 말고 웃는 어색한 얼굴로 말했다.

"내 소원은 사랑해 보는 거란 말이야. 나도 근사한 '사랑 이야기의 여주인공이 되고 싶어. 씨이!"

누구도 그 말에 웃지 못했다. 그저 한결 무거워진 얼굴로 시선을 돌렸다. 이언은 내려놓았던 위스키 잔을 들었다. 호박색 위스키는 노란 불빛을 받아 찰랑거리며 보석처럼 광채를 쏟아놓았다.

　맥아와 옥수수에 의해 만들어진 신들의 유일한 축복. 생명의 물이라는 어원을 가진 뜨거운 열기가 식도를 타고 넘어갔다. 이언은 잔을 내려놓으며 가슴을 부여잡고 신음했다. 단숨에 한 잔 가득한 위스키를 마시자 가슴의 상처가 아팠다. 이언은 의자에 주저앉으며 신음했다. 하지만 그 고통이 검에 맞은 상처 때문인지 혹은 에피가 말했던 현실 때문인지 알 수 없었다.

〈 7 〉

 창기병단이 수도에 주둔을 시작했다는 소식과 지금까지 발트하임을 이끌던 인물이 여자였으며, 그녀가 크림발츠의 여왕이었다는 사실이 정식으로 수도에 공표되었을 때의 파장은 예상을 넘어섰다.
 시내 도처에 포고령이 게시되었고 광장과 시장마다 왕실에서 파견된 관리와 병사들이 게시물을 낭독했다. 수도의 시민들은 삼삼오오 모여서 그 사실을 새삼 몇 번이고 재확인했지만 앞으로 벌어질 일들은 누구도 쉽게 이야기하지 못했다. 발트하임이 크림발츠의 속주가 될 것이라는 이야기도 나왔고 크림발츠 여왕이 그냥 발트하임을 이대로 버리고 떠날 것이라는 이야기도 나돌았지만 누구도 소문의 진원지를 알지 못했고 소문의 진위 여부를 판단하지 못했다.
 이따금 몇몇 귀족 가문들의 배후 조종을 받은 선동가들이 크림발츠를 성토하며 발트하임의 대동단결을 주창했지만 이번만큼은 시민들의 호응을 얻지 못했다. 그럴 것이 크림발츠라는 국가가 가진 이름의 무게는 지금까지 발트하임 인들이 싸워왔던 내부의 적들과 그 무게가 달랐던 것이다. 폴리안과 크림발츠라는 양대 강국이 노리는 이상 발트하임은 물론 라이어른 전체의 미래는 이제 없다는 절망론마저 불거져 나왔다. 수군거림과 불안의 수위는 높아졌지만 누구도 시의 적절한 대안을 제시하지 못했고 앞으로 벌어질 일들을 예측하는 자도 없었다. 수도의 시민들은 그저 불안한 마음을 추스르지 못해 이웃들을 붙잡고 새삼 누구나 다 아는 이야기들을 반복하며 불안감을 털어내려 했다.

반면에 귀족들은 시민들보다 다양하고 복잡한 반응을 보였다. 가장 먼저 움직인 것은 크림발츠에 한 가닥이라도 연줄이 있는 귀족들이었다. 그들은 아득하게 먼 친척이 크림발츠의 귀족임을 필사적으로 증명하며 노골적으로 투항해 왔다. 투항으로 머물지 않고 자존심을 접고 아첨하면서 조금이라도 잘 보이려고 굽신거리는 귀족들도 태반이었다.

개중에는 일개 평민 병사인 창기병단 병사에게까지 자신의 6촌 친척의 사돈의 사촌의 며느리가 크림발츠 귀족 가문에서 시집온 귀부인임을 강조하는 귀족까지 있을 정도였다. 물론 전시 체제에 돌입한 창기병단 병사들에게 섣불리 접근하면 어떤 화를 입는지 배웠을 뿐 수확은 없었다.

레미 아낙스는 칙령 선포 이후 사자성으로 몰려드는 값비싼 비단과 파니온 산 가구, 아피아노 산 레이스와 유리 세공품, 스톨츠 산 보석, 가장 먼 남쪽 대륙에서 수입된 금세공품 따위를 발견하고는 대경실색했다. 국고가 바닥나고 경제 흐름이 정지된 수도에서 쏟아져 나온 그 많은 사치품들은 레미 아낙스라고 해도 웃음을 멈추게 만들었다. 레미는 뇌물의 의미로 사자성으로 쏟아져 들어오는 사치품들에 대한 마땅한 처리 방법을 찾아내지 못해 고민했다.

짜악!

뺨을 때리는 소리에 실내는 싸늘하게 죽었다. 뺨을 맞은 귀족은 얼빠진 얼굴로 머뭇거리다가 일단 바닥에 머리를 박으며 자비를 빌었다. 어지간한 성격을 가진 레미로서도 울컥 화가 나게 만든 뇌물은 다름 아닌 어리고 예쁜 사내아이와 여자 아이들이었다. 그 뇌물들은 잔뜩 겁먹은 눈을 이리저리 굴리며 당장이라도 비명을 지르거나 울 것만 같았다.

레미는 욱신거리는 손목을 쥔 채 파르르 떨었다. 튜멜만큼이나 비폭력을 지향하는 레미였지만 이번만큼은 목구멍을 넘어오는 욕지기와 분노를 잠재울 자제력이 없었다. 레미는 부어오른 손목을 쥐고 주변을 두리번거렸다. 마침 중앙 홀로 들어서던 동료를 발견한 레미는 한결 밝아진 얼굴로 그에게 손짓을 했다.

한 움큼의 서류를 쥐고 들어왔던 키올스 중령은 고개를 갸웃거리며 다가와 일단 군주에 대한 예의부터 차렸다. 놀기 좋아하고 자신의 고속 승진을 저주하는 묘한 사내였지만 심심해서 창기병단 부관 자리에 앉아 있는 사내는 아니었다.

키올스 중령은 분노 때문에 입술을 깨물고 씩씩거리는 자신의 군주와 발갛게 달아오른 뺨을 누르며 굽신거리는 귀족을 번갈아 쳐다보았다. 그는 속으로 이 늙은이가 미쳐서 레미에게 청혼한 것은 아닌가 하고 생각했다. 그러나 레미는 손을 털면서 중앙 홀 한 켠에 서 있는 아이들을 가리켰다.

"뭐라고 생각해요?"

"아이들이군요. 예쁘고 귀여운 아이들이군요, 여왕 폐하."

"틀렸어요."

"네?"

"뇌물이에요. 내가 저런 아이들에게 손댈 정도로 성에 굶주린 여자로 보이나요?"

"뇌물이요? 그러니까……."

키올스 중령은 아이들과 귀족을 번갈아 바라보았고 다시 레미를 바라보았다. 레미는 고개를 끄덕거렸다.

"네, 그런 뇌물이요."

"아, 그렇군요……. 야이, 개자식아! 너, 죽을래?!"

키올스 중령은 레미보다 열 배쯤 더 발끈했다. 그는 대뜸 롱 소드부터 뽑아 들었고 일단 전투용 부츠로 벌벌 떠는 귀족의 머리를 걷어찼다. 늙은 귀족은 비명을 지르며 나동그라졌다. 키올스 중령은 비명을 지르며 허우적거리는 귀족의 목줄을 발로 밟았다. 목울대를 억센 부츠에 밟힌 늙은 귀족은 숨을 쉬지 못해 컥컥거렸다. 키올스는 잔뜩 붉어진 얼굴로 씩씩거렸다. 군주에 대한 모욕은 그 군주를 섬기는 기사에 대한 모욕이며 또한 그것은 선전 포고였다. 키올스는 눈이 돌아갈 정도로 흥분해서 곁에 군주가 있음도 잊은 채 악담을 퍼부었다. 그가 뱉어내는 악담은 듣는 것만으로도 섬뜩했다.

"이 개새끼야! 그래, 오늘 네놈 가죽을 벗겨서 내 구두 밑창으로 써주마! 살이 뒤룩뒤룩 쪘으니 가죽도 많이 나오겠다! 내가 기필코 네놈 가죽으로 구두를 만들어 평생 동안 신고 다녀주마! 이리 와, 일단 가

죽부터 벗겨놓고 이야기하자!"

"키올스 중령!"

롱 소드를 내던지고 단검을 꺼내 귀족의 이마에서부터 진짜로 가죽을 벗기려던 키올스는 고개를 돌렸다. 이미 단검으로 늙은 귀족의 머리 가죽을 벗길 준비를 마친 상태였다. 붉은 선혈이 사색이 된 귀족의 이마를 타고 흘러내렸다. 키올스는 진심으로 사람 가죽을 벗길 심산이었다.

레미는 팔짱을 끼고 서서 입술을 깨물었다. 키올스는 분하고 안타까운 얼굴로, 늙은 귀족은 레미가 아량을 베풀어 용서해 주기로 했음을 확신하는 얼굴로 시선을 던졌다. 레미는 곁눈질로 중앙 홀 한 켠을 가리켰다. 그리고 싸늘한 어조로 말했다.

"몽둥이는 저기 많아요. 죽지 않을 만큼만… 알겠죠?"

"네, 여왕 폐하. 죽지만 않으면 되겠습니까?"

"집으로 실려 가서 죽는 건 상관없어요."

레미는 갈수록 상상을 초월하는 뇌물들이 쏟아져 들어오는 현실에 두통을 느끼며 돌아섰다. 그녀는 시종을 불러 아이들에게 무언가를 먹이고 일단 사자성에 머물게 돌봐주도록 지시했다.

"아! 잠깐만요."

누구에게나 존칭을 사용하는 레미는 시종을 불러 세웠다. 그동안 키올스는 방해가 되지 않도록 늙은 귀족을 중앙 홀 구석으로 끌고 가 모질게 패기 시작했다. 늙은 노인네에 가까운 귀족은 죽는 소리를 내면서 자비를 빌었다. 시종은 살벌한 상황에 겁을 집어먹은 채 고개를 조아렸다.

"당장 대장장이든 아무나 불러서 저 아이들 목에 채워진 쇠사슬부터 끊어버려요. 꿈자리에 나올까 두려워요."

레미는 그래도 분을 이기지 못하고 의자를 걷어차며 씩씩거렸다.

현재 국고는 완벽하게 바닥난 상태였다. 내전으로 인해 생겨난 국고 손실은 둘째 치고 레미가 군대를 이끌고 수도로 돌아왔을 때 국고를 관리하던 관리가 가족과 부하들을 데리고 국고금을 훔쳐 달아나 버렸다. 발트하임의 왕실은 그 정도로 파탄에 이르렀고 간신히 병든 몸으로 하루하루를 연명하고 있었다. 빈민 구제를 위해 비축했어야 하는 왕실 곡창은 이미 군량으로 소모해 밀 한 톨 찾아보기 힘들었고, 집을 잃은 시민들을 위해 구호소를 지을 건축 자재가 없어서 오래전 수도 탈출 작전 때 허물어 버린 북쪽 성벽에서 성벽용 자재를 가져와야 했지만 그것으로도 부족해서 많은 시민들이 가족들을 데리고 허름한 천막에서 비를 피해야 했다.

그런데 그녀가 크림발츠 여왕이라는 사실이 알려지자 연일 하루도 거르지 않고 사방에서 레미에게 바치는 뇌물들이 줄을 이었다. 그 사치품들은 당연히 귀족들의 비밀 창고에서 끄집어내진 것들이었다.

그냥 일반적인 사치품은 그래도 애교가 넘치는 편에 속했다. 지금처럼 어린아이들을 진상하여 레미를 기겁하게 만드는 경우도 있었고 발 빠르게 북해에서 가져온 해산물까지 보게 되자 레미는 기어이 잉크 통을 바닥에 내던져 버렸다. 하지만 레미는 귀족들이 가져온 뇌물을 고스란히 받았고 뇌물을 주었던 귀족들을 잊지 않고 명단에 적었다. 귀족들은 레미의 명단에 자신의 이름이 오르자 만족한 얼굴로 돌아서며 역시 뇌물에 넘어가지 않는 인간이 어디 있냐고 자신의 현명한 판단을 자축했다.

그러나 레미가 작성한 것은 살생부였다. 귀족들은 레미가 석공에게 제작을 명령할 묘비 리스트를 착실하게 작성하고 있다는 것도 모른 채 그녀도 역시 뇌물에 혹하는 군주라고 섣부른 판단을 내렸다.

레미는 곱게 받은 뇌물들 중에서 당장 변용이 가능한 보석과 금붙이들의 일부는 최우선적으로 시내의 상인 길드로 보냈다. 그녀는 상인 길드에게 모든 수단을 동원하여 최단기간 내에 수도로 식량을 반입시킬 수 있도록 지시했다. 그리고 그렇게 수입된 식량은 군대의 감시 하에 시민들에게 무상 분배하도록 꼼꼼한 명령서까지 작성했다. 그러고도 남는 사치품들은 모두 국고로 귀속시키고 발트하임 재건과 민회 구성에 필요한 자금으로 삼았다. 그러고도 남는다면 그것은 민회의 운용 자금으로 변용하도록 문서로 못 박아두는 것도 잊지 않았다.

"크림발츠의 귀족들도 이런 수준으로 축재를 했다면 절망해 버리겠어."

레미는 깃털 펜을 손 안에서 부러뜨리며 이를 갈았다. 국고가 바닥났는데도 사병을 키우고 차기 왕권을 노리기에 바빠 정신없던 귀족들은 그녀가 여왕임이 밝혀지자 당분간 수도를 부양하는 데 부족함이 없을 정도로 많은 재산들을 뇌물로 헌납했다. 그 액수는 레미로서도 혀를 내두르며 손을 들어버릴 금액이었다. 이런 추세로 나간다면 국고가 다시 채워지는 것도 시간문제라는 낙관적인 관측까지 가능할 정도였다.

"과연 이 나라를 존속시킬 가치가 있는 걸까?"

물론 레미는 그저 푸념 삼아 농담으로 한 말이었다. 키올스 중령은 손수 흐트러진 서류를 정리하던 손길을 멈추지 않고 대꾸했다.

"전 군인이기에 정치적인 목적은 잘 모릅니다. 다만 군인으로서 군사적인 입장을 말씀드리자면, 발트하임은 존속해야 합니다. 그것도 친 크림발츠 성향을 가진 국가로서 말입니다. 허수아비 정권에 의한 괴뢰 정부여도 상관없습니다. 아니, 어쩌면 괴뢰 정부가 더 다루기 손쉬울 테지요, 여왕 폐하."

"그럼 힘들게 민회를 구성할 필요는 없는 거군요?"

"그렇지는 않습니다. 고작 검 들고 뛰어다니는 군인이 정치를 알겠습니까마는 괴뢰 정부는 백성들의 지지를 얻지 못하는 경우가 대부분입니다. 정당성이 결여된 자를 이곳의 군주로 앉혀봐야 반 크림발츠 독립 운동가들을 양산하는 악순환이 계속될 뿐입니다. 그들이 크림발츠에 대한 무장 봉기를 일으킨다면 이곳에서 손을 떼는 것보다 더 나쁜 결과를 가져오겠죠. 그리고 괴뢰 정부는 정당성이 없는 만큼 철권 통치를 선택해야 합니다. 그러기 위해서는 우리 크림발츠에서 지속적인 무력 지원이 필요해집니다. 크림발츠는 남쪽 식민지만으로도 이미 충분한 대외 무력 행사를 지속하고 있습니다. 더 이상은 군인의 입장에서 곤란합니다. 아시겠지만 군인이란 자원은 10만 명, 100만 명이고 언제나 필요하면 끌어 모을 수 있는 무한 자원이 아닙니다. 어린애들이나 즐거워하는 어설픈 옛날이야기에서나 이웃 나라와 전쟁하기 위하여 수십 수백만의 군대를 동원하죠. 현실적으로 한 명의 군인을 만드는 데는 최소한 1년의 시간이 필요하고 전투에 쓸 만한 정예병 한 명을 만드는 데는 최소한 5년 이상이 걸립니다. 게다가 정예병들은 필연적으로 실전 경험이 필요한데 매 전투에서 최소한 절반은 죽거나 다친다고 가정한다면 100만 정예병을 만드는 데는 최소 10번의 실전 경험이 필요하고, 단순한 산수 계산으로도 그것은 1,000만 명의 병사들을 전쟁터로 내보내야 100만 명의 정예병을 만들 수 있습니다. 우리 크림발츠의 인구는 대략 1,320만 명입니다. 여기에 절반이 남자라고 가정하면 얼추 700만 명이 남자입니다. 그중에서 동원 가능한 성인 남자라면 그중의 3분의 1인 대략 300만 명이라는 계산이 나옵니다. 하지만 이들은 또한 식량 생산을 비롯하여 크림발츠에서 필요로 하는 노동력의 9할 이상을 차지하고 있습니다. 그렇다면 현재 6만 명을 상회하는 크림발츠의 군대는 크림발츠가 존속하는 데 필요한 한계 수치입니다. 성인 남자의 2%가 군인이라는 소리니까요. 물론 현재 크림발츠의 국력으로는 최대 10만 명까지 동원 가능하지만 그럴 경우 국력 소모는 피할 수 없습니다. 10만 명이나 동원하는 상황에서 전쟁이 장기간으로 접어들면 크림발츠라는 국가 자체가 몰락할 것입니다. 정예 100만 군대란 인구가 1억 명이 된다면 모를까 현실적으로 불가능합니다. 아무것도 모르는 어린애들이나 100만 군대에 열광하죠. 여기에 비하면 전략 자원인 철과 유황, 석탄, 밀 따위는 인간보다 무한 자원이라고 볼 수 있습니다. 모자라면 군대를 파견해서 이웃 나라의 생산지를 점거하면 되니까요. 한 명의 군인을 만드는 시간보다 한 자루의 검을 만드는 시간이 짧습니다. 비용도 비교할 수 없을 만큼 저렴합니다. 유한 자원인 군인을 운용하는 데는 지금의 크림발츠 국력으로도 포화 상태입니다. 한 명의 성인 남자를 군인으로 만들면 그 한 명분의 밀 생산량이 줄어듭니다. 군대는 생산 활동이 없는 소비 집단입니다. 군대는 그저 나라 안의 식량과 자원을 무한정 소비할 뿐 아무것도 만들어내지 못합니다. 군대가 많아지는 것은 그만큼 식량 생산량이 줄어들고 식량 소비량이 늘어간다는 의미죠. 능력 이상의 과도한 군대를 양산하는 짓은 국가가 굶어 죽는 지름길입니다. 바로 이곳 라이어른처럼 말입니다. 그리고 괴뢰 정부를 만들었을 때 그 괴뢰 정부가 크림발츠를 배신하고 아메린에 붙는다면 대재앙이 닥쳐오겠죠."

무심코 길게 떠들던 키올스 중령은 아차 싶은 기분으로 입을 다물었다. 레미는 고개를 한쪽으로 기울인 채 살짝 미소 지었다.

키올스 중령은 여왕의 입에서 어떤 이야기가 나올지 예측할 수 없어서 조금 초조함을 느꼈다. 무심코 주제넘게 나서 버린 자신의 부주의함을 탓해보았지만 이미 늦은 일이었다.

"의외였어요, 당신 입에서 그런 소리를 듣게 될 줄은."

"죄송합니다, 여왕 폐하."

"군인, 그것도 크림발츠 최정예이자 대륙에서도 이름 높은 군대의 2인자라면 좀 더 군대 지상주의자일 거라고 생각했어요. 강하고 거대한 군대를 양성하는 것이 강대국을 유지하는 유일한 대안이다. 뭐, 이런 주장을 펼 거라고 생각했는데 오히려 군비 증강에 회의적인 입장이라니. 의외의 모습이네요."

"군대는 골수 현실주의자들로 구성된 집단입니다. 그 군대가 썩은 토마토 같은 집단이 아니라면 말입니다. 현실 인식이 결여된 군대란 국가를 지키는 근간이 아닌 국가를 좀먹는 기생충에 불과합니다. 그렇기 때문에 이런 말씀을 드리는 것입니다. 세상은 무한정 군인의 숫자를 늘린다고 해결될 만큼 동화적이고 목가적이지 못합니다."

"두 번째 의외의 모습은 무언지 알아요?"

"잘 모르겠습니다, 여왕 폐하."

"당신, 그렇게 산수 계산을 잘하는데 어째서 도박은 그렇게 못해요?"

레미는 피식 웃으며 키올스 중령을 놀렸다. 키올스 중령은 벌게진 얼굴로 잔뜩 더듬거리며 항변했다.

귀족들의 두 번째 대응 방식은 야반도주였다. 포고령이 내려진 첫날부터 야반도주하는 귀족들이 생겨났는데 그 소식을 보고받은 레미 일행들은 그 귀족들이 미리 사전에 짐을 싸놓고 대기하고 있었던 것은 아닌가 의문을 가졌다. 가진 것 없는 평민도 아니고 세간살이도 많은 귀족들이 어떻게 그렇게 신속하게 신변을 정리하고 도주하는지 의아스러울 정도였다. 이들의 문제는 그냥 몸만 빠져나가는 경우 별문제가 없었지만 그렇지 않다는 데 있었다. 상당수의 귀족들은 자신의 저택에 방화를 하고 도망쳤다.

레미가 앞서서 야반도주한 귀족의 저택을 빈민들을 위한 구호소로 활용하기 시작한 것에 대한 반발과 보복 심리에서 나온 행동이었다. 그들은 저택을 태우는 한이 있어도 레미가 득을 보는 것을 용납하지 않았고 평민들이 자신의 거처를 사용하는 것을 허락하지 않았다. 돌아올 터전을 아예 불 질러 잿더미로 만드는 한이 있어도 레미나 평민들에게 도움을 주지 않겠다는 현실감이 결여된 이기심의 결과였다.

전소해 버린 어떤 귀족의 저택에서는 어지간한 3층 건물 한 채 크기의 식량 창고 잔해가 발굴되었다. 그곳에서는 두어 개 거리의 빈민들 전부를 한 달 이상 먹일 수 있을 만큼의 식량들이 불탄 쓰레기로 발견되었다. 폐허로 변한 저택에서 무언가 건질 물건이 없는지 모여들었던 빈민들은 말 그대로 집채만큼 쌓인 식량의 잿더미를 보고 피눈물을 흘리며 분노했다.

그 귀족은 확실히 태우기 위해 식량을 쌓아두고 기름을 부어 불을 지른 후 식량이 완벽하게 전소한 것을 확인하고 떠났던 것이다. 불태울망정 빈민들에게 넘겨주지 않겠다는 오만한 사고방식에서 나온 결과였다. 불탄 잿더미에서 찾아낸 감자를 가져다 아이들에게 삶아주던 어머니는 서러움에 북받쳐 울었다.

　게다가 더 나쁜 경우는 저택을 태우는 것으로 그치지 않고 정원을 이루는 숲까지 깡그리 불 질러 버린 경우까지 있다는 점이었다. 몰래 귀족들의 정원으로 숨어 들어가 버섯과 나무 열매 따위를 가져다 연명하던 빈민들에게는 절망스러운 일이었다. 게다가 왕실 측에서도 귀족들 정원에 심어진 나무들은 귀중한 목재 자원이었다. 구호소를 위한 자재이기도 하지만 당장 땔감이 없는 현실에서는 더욱 그러했다. 그리고 최악의 경우는 그렇게 지른 방화가 수도의 평민 지구까지 번지는 경우도 많다는 점이었다.

　그러잖아도 반복된 전투로 많은 집들이 부서진 상황에서 이런 방화에 의한 화재가 가져오는 피해는 심각했다. 한 번의 대화재는 수도 재건 비용을 천문학적인 액수로 불려놓았고 야반도주하는 귀족들은 여기에 재미를 붙였다. 그들에게는 더 이상 발트하임에 미련이 없었다.

　라이어른 안에서 각국의 귀족들은 대부분 타국에서도 동등한 귀족 대우를 받았다. 그렇기 때문에 귀족들 간의 교류도 활발한 편이었다. 그런데도 각국이 서로 원수지간처럼 내전을 일삼는다는 것은 다소 앞뒤가 맞지 않는 아이러니였다.

　야반도주하는 귀족들 대부분은 라이어른 내의 타국에 친인척을 갖고 있거나 혹은 영지라고 해도 부족함이 없을 정도의 부동산을 소유한 경우가 많았다. 그들은 곧바로 전쟁의 피해가 미미한 페임가르트나 브레나로 넘어가 망명 신청을 하고 그대로 그곳의 귀족으로 옷을 갈아입었다. 개중에는 크림발츠가 발트하임을 침략해서 저택과 영지를 몰수당하고 몸만 도망쳐 왔다는 식으로 사태를 악화시키기에 충분한 거짓말을 하는 귀족들도 많았다. 아니, 망명한 귀족들의 대부분은 그러했다고 하는 편이 옳았다.

가장 충격적인 사건은 배신을 두려워한 어느 귀족이 단순히 저택에 불을 지르는 것으로 부족해서 용병들을 시켜 고용인들을 전부 살해하고 도망친 사건이었다. 어린아이까지 전부 죽이고 도망친 이 사건은 다음날 경악한 사람들의 입에서 입으로 전해졌다. 그러잖아도 수도에서는 귀족들에 대한 반감이 날로 커져 가는 시점에서 이 사건은 결정적으로 불씨를 당기는 계기가 되었다.

튜멜과 파일런이 나서서 간신히 진정시켜 놓은 데다 창기병단의 진주로 인해서 소강 국면에 접어들던 수도는 다시 불타오르기 시작했다. 시민들은 귀족들의 저택으로 몰려들었다. 성난 군중들은 담과 정문을 부수고 들어갔고 닥치는 대로 부수기 시작했다. 귀족들의 사병으로 고용되어 있던 용병들은 궁지에 몰려 당황한 나머지 군중을 겨냥하고 콰렐들을 발사하는 실수를 저질렀다.

지금까지의 유혈 사태는 작은 생채기에 불과할 정도로 극단적인 혼란으로 치닫기 시작한 사태를 수습하기 위하여 결국 레미는 창기병단의 투입을 승인했다. 그리고 수도로 완전 무장한 창기병단 병사들이 투입되어 진압에 나섰다.

시민들은 볼멘소리로 항의했지만 창기병단은 귀족 지구 전체에 병력을 파견하여 귀족 지구 내 시민들을 소개시켰고 귀족 지구로 진입하는 거리를 폐쇄했다. 밖에서 안으로 들어가는 것을 저지하는 저지선이지만 그것은 동시에 내부에서 바깥으로 나가는 것도 저지하는 구실도 했다.

대륙에서 이름 높은 크림발츠 산 체인메일과 롱 소드로 무장한 창기병단 병사들이 구역 폐쇄 작전에 돌입하자 귀족들에게 높은 보수를 받으며 사병으로 머물던 일단의 용병들이 이탈을 시도했다. 그들은 자정이 넘은 시간에 귀족 집 안에서 재화를 훔쳐 도망쳤다.
"뭐, 뭐야? 이, 이건?! 이 미친 자식들… 이 자식들 미친 전쟁광들이 잖아?!"
"시, 시내 한복판에서 이런 매복은 뭐야?"
20여 명의 용병들은 텅 빈 거리라고 생각해서 탈출로로 삼았던 거리가 사실은 창기병단의 매복 장소라는 것을 발견하고는 경악했다. 솜씨가 시원찮아 귀족들의 사병으로 전전하는 신세였지만 나름대로 용병들이었다. 그들은 자신들의 앞쪽에 깔린 쿼렐들의 사선을 발견하고 몸이 굳었다. 좌우로 배치된 쿼렐 사수들에 의한 사선은 서로 직각으로 교차하는 완벽한 십자 포화를 구축하고 있었다. 그리고 정면에는 창기병단의 주력 중장 기병 1개 편대(기병 4기)가 대기하고 있었다. 랜스 등 대보병 중장갑 무장은 하지 않았지만 달빛 아래 서 있는 그들의 모습은 인상적이었다.
지휘관인 듯한 젊은 장교가 하얀 이를 비죽 드러내며 말을 건넸다. 하지만 중앙어를 이해하지 못하는 용병들은 딱딱하게 굳은 채 움직이지 않았다. 몇 번 더 말을 건네던 장교는 한숨을 쉬더니 수신호를 보냈다. 휘파람 소리가 나면서 쿼렐이 날아와 용병들의 발치에 맞고 팅겨 올랐다. 만국 공통어가 사용된 협박을 받은 용병들은 일제히 무기를 버리고 두 손을 들었다.
창기병단을 투입한 레미의 조치는 시민들의 폭동을 저지하기 위함이기도 했지만 더 이상 저택을 불태우고 도주하는 귀족들을 좌시하지 않겠다는 최후통첩이기도 했다. 그리고 이언은 그 최후통첩을 협박으로 만들기에 충분한 쐐기를 박았다. 저택의 고용인들을 학살하고 달아난 귀족을 잡아온 것이다.

이언은 창기병단을 동원하는 것을 포기했고 카라만을 데려갔다. 생포되어 송환된 그 귀족은 '악마다! 악마를 보았다!' 라고 헛소리를 하며 실성한 상태였다. 수도 평야에는 찢겨진 용병들의 시체들이 버려졌다. 한계를 넘어선 공포를 경험하고 실성한 그 귀족은 시민들이 지켜보는 앞에서 수도의 광장에서 산 채로 화형을 당했다. 공포 정치 속에서나 나올 법한 끔찍한 보복이었다. 하지만 그 방법은 효과가 있어 폭동은 더 이상 벌어지지 않았다.

레미는 수도를 떠나고자 하는 귀족들에게 조건을 내걸었다. 첫 번째는 모든 재산과 토지에 대한 몰수권 행사, 귀족들은 몸에 지닐 수 있는 한도 내에서의 재산을 갖고 떠나는 것만 허용되었다. 두 번째, 사병들을 해체하거나 무장 해제된 상황에서만 저지선을 떠나는 것을 허락받았다. 단 한 자루의 검을 휴대하고 떠나는 것도 허락받지 못했다. 그 조건을 무시하고 야음을 틈타 탈출을 시도하던 용병들과 귀족들은 요소요소에 매복하고 있던 창기병단에게 적발되었고, 3차례의 경고―물론 중앙어로 적혀진 경고가 통하지 않는 경우가 많았다―가 끝나면 신분 고하를 가리지 않고 콰렐의 집중 사격으로 사살되었다. 덕분에 이제는 무기를 버리라는 중앙어 경고는 일반 평민들도 알아들을 수 있을 정도가 되었다.

귀족들의 마지막 대응 방식은 무장 농성이었다. 소수의 귀족들은 사병들을 동원하여 저택을 폐쇄했고 크림발츠 군대에 대한 원색적인 비난을 퍼부으며 농성에 들어갔다. 이들 귀족들은 서로 간에 긴밀한 협조 체제를 구축하고 있었고 위치상으로도 귀족 지구 깊숙한 곳에 있었기 때문에 본격적인 토벌 작전이라도 벌이지 않는 한 어쩔 수 없었다. 충분한 식량과 무력을 보유한 귀족들이 강경책으로 나서자 많은 귀족들이 결사 항전 분위기로 돌아섰다.

그들은 발트하임의 왕좌는 발트하임 인에게라는 것을 구호로 삼았고 외세 배척에 의한 조국 재건을 그 기치로 삼았다. 성급한 귀족들 중에는 자신들이 수도에서 농성과 독립 전쟁─그들은 자신들의 항전이 독립 전쟁이라고 믿었다─을 벌이며 레미 여왕과 창기병단의 발을 묶어 두면 지방에서 독립을 위한 깃발을 앞세운 지방 영주들이 군사를 이끌고 수도로 진군해 들어올 것이라고 믿었다. 수도에 남겨진 자신들에게 주의를 빼앗긴 창기병단이라면 지방 영주들의 독립군 군대가 허를 찔러 일거에 몰아낼 수 있다는 환상을 품었다. 심지어 그것에 그치지 않고 크림발츠 여왕의 신병을 확보하면 발트하임의 독립은 물론 대륙에 대한 패권을 쥐게 될 것이라고 믿는 귀족들까지 생겨났다. 크림발츠가 가진 군사력과 부, 그리고 자원이 있다면 원하는 것은 뭐든지 이룰 수 있다. 실로 장밋빛 환상이었다.

결론적으로 말하자면 그런 사고방식은 실로 낭만적인 희망에 불과했지만 수도에 머물고 있는 많은 수의 귀족들이 그 달콤한 유혹을 거부하지 못했다. 성급하고 백일몽에 취해 있는 일부 귀족들은 농성으로 만족하지 못하고 사자성을 상대로 기습 작전을 벌여 레미 여왕의 신병을 확보하자는 의견까지 주장했다. 그것으로도 부족해 차라리 레미를 이대로 암살하자는 의견까지 나왔다. 타국에 대한 침략과 내정 간섭을 일삼은 크림발츠의 군주를 죽이면 그동안 크림발츠에게 피해를 받은 국가들이 발트하임을 반 크림발츠 연합의 지도자로 추대할 것이라는 생각이었다. 그리고 그대로 크림발츠라는 거인을 쓰러뜨린 양치기 소년 다바드가 되어 대륙의 새로운 주도권을 장악할 수 있다는 희망으로 발전했다.

이런 망상은 두 가지 문제점을 야기시켰다. 첫 번째는 레미에 대한 노골적인 암살 계획이 공공연하게 논의되기 시작했다는 점이었다. 레미를 암살하면 지도자를 잃은 크림발츠는 자멸한다. 그리고 그동안 크림발츠의 영향력 아래에 있던 국가들이 레미를 암살한 발트하임과 손을 잡고 반 크림발츠 동맹을 결성하고 그대로 대륙의 주도권을 장악한다. 이것이 과격파 귀족들의 생각이었다. 그리고 두 번째 문제는 귀족들 내부의 불화가 심화되었다는 것이다. 계획대로 레미를 암살하는 데 성공하면 발트하임의 국왕은 자동으로 반 크림발츠 동맹국의 지도자가 된다. 그것은 한 나라의 국왕보다 훨씬 매력적인 자리였다. 욕심과 현실 감각은 이면이자 동면, 동전의 양면처럼 서로 유리될 수 없는 존재다. 욕심이 크면 현실 감각을 잃고, 현실 감각을 잃으면 다시 욕심이 커진다. 자멸을 위한 이 무한한 반복은 많은 인간 군상들을 파멸로 이끌었고 시대가 변해도 그 성능은 전혀 녹슬지 않는다.

그나마 기존의 근위대와 회색남풍 용병대, 그리고 창기병단까지 무력으로 보유한 레미로서는 그렇게 쉽게 암살자의 마수가 닿을 위치가 아닌 것이 다행이었다. 사자성은 사자성이 건축된 이래 전례가 없을 만큼 철저한 방비 체제를 갖추게 되었다.

그냥 대책없이 농성에 들어간 귀족들과 레미의 신병을 장악하고 협상하려는 귀족파, 그리고 레미를 암살하고 대륙의 지배자가 되겠다는 귀족파로 사분오열된 귀족들은 창기병단이 설정하고 격리시킨 귀족 지구 안에서 피비린내 나는 항쟁을 계속했다. 귀족 지구에서는 연일 밤마다 비명 소리와 울음소리가 그치지 않았다.

"……."

케이시 튜멜은 고개를 들었다. 어둠 저편에서 검과 검이 부딪치는 소리와 비명 소리가 들려왔다. 튜멜은 마치 전장으로 되돌아온 착각 속에서 흠칫 몸을 떨었다. 두 번 다시 전장으로 되돌아가고 싶지 않다는 것이 솔직한 심정이었다. 튜멜은 심호흡을 하면서 다시 가슴을 폈다.

일몰 시간이 지나면서 도시에는 어둠이 깔리고 있었다. 튜멜은 근위대 병사 4명을 데리고 순찰 중이었다. 갑옷을 벗고 롱 소드만 허리에 매달고 있던 그는 옷깃을 여미며 밤이면 부쩍 추워지기 시작한 계절을 걱정했다. 한번 추워지면 빠르게 겨울이 찾아올 것이다. 그 겨울이 찾아오기 전에 구호소 건설에도 박차를 가해야 하고 어지러운 발트하임 정세도 수습해야 했다.

케이시 튜멜은 시름이 깊어지는 느낌 속에서 결국 한숨을 쉬었다. 노력은 하고 있지만 무력한 자신이 무슨 도움이 되는지 알 수 없었다. 그는 새삼 수도에서 자멸하기 위해 발버둥 치는 귀족들에 대한 증오심으로 불타올랐다.

"잠깐! 너희들 어디 가니?"

어둠에 의지해 골목길을 살금살금 지나가려던 아이들을 발견한 튜멜은 깜짝 놀라며 다가섰다. 뒤따르던 병사들이 부시를 당겨 횃불을 붙였다. 갑자기 눈부신 빛이 쏟아지자 아이들은 겁에 질려 주저앉았다. 자매로 보이는 아주 어린아이들이었다. 아이들은 입을 꾹 다문 채 슬금슬금 물러섰다.

튜멜은 어색하게 웃으며 한쪽 무릎을 꿇었다. 튜멜이 상대하는 데 어려워하는 두 부류의 사람들이 있다면 첫 번째는 여자였고 두 번째는 어린애들이었다. 어린 여자애라는 자신에게 있어 최악의 상대를 맞아 튜멜은 최대한 부드러운 웃음을 지어 보였다. 아이들은 좀처럼 튜멜에게 다가서지 않았다.

"너희들, 어디 가니?"

"아저씨, 나쁜 사람이죠? 나쁜 사람에게는 말해 줄 수 없어요."

언니로 보이는 아이가 당돌한 말투로 말했다.

"남작님, 먹을 걸 찾아 방황하는 애들 같습니다. 그냥 먹을 것을 주고 단단히 혼내면 충분합니다."

"조용히 해. 아이들과 이야기하고 있잖아."

튜멜은 무릎을 꿇은 채 한 걸음 다가섰다. 그리고 겁에 질린 아이의 손을 잡았다. 튜멜은 헛기침을 하면서 어색하게 웃었다. 아이들은 둘째 치고 어른이 봐도 별로 믿음이 가지 않는 웃음이었다.

"아저씬 나쁜 사람이 아니야. 말해 보렴, 어디로 가고 있었니? 뭘 도와줄까?"

"키 큰 남작님네 집에 가요."

"바보야! 말하지 마!"

동생으로 보이는 여자 아이가 대답하자 언니로 보이는 아이가 동생의 머리를 쥐어박았다. 튜멜은 고개를 갸웃거렸다. 처음 듣는 말이었다.

"키 큰 남작님? 그게 누구지?"

"아저씨들, 호펜하임 남작님을 잡아가려고 하는 거죠?! 절대 말 안 해요!"

"너희들이 찾아가려는 곳이 호펜 남작의 저택이니?"

"아, 아니에요! 나쁜 아저씨들에게는 말 안 해요!!"

튜멜은 어색하게 웃으며 일어나 무릎을 털었다. 그리고 병사들을 보며 어깨를 으쓱했다.

"호펜하임 남작의 집까지 아이들을 데려다 준다."

리히텐발트 호펜하임 남작은 귀족 지구 외곽에 위치한 저택에 살고 있었다. 저택이라고는 하지만 단조롭고 수수한 2층짜리 주택에 가까웠다. 봉쇄 구역 경계에 위치하는 저택이라 아이들을 데려다 주던 튜멜은 근처에 배치된 창기병단 장교로부터 남작의 저택에 관한 이야기를 전해 들을 수 있었다. 튜멜 남작과 함께 왔던 아이들은 호펜하임 남작의 저택에 들어가기 무섭게 어디론가 재빨리 사라져 버렸다. 튜멜은 굳이 그 아이들을 잡으려 하지 않았다. 대신에 그는 병사들을 물리치고 혼자서 저택 안으로 들어갔다.

"이 정도 장작이면 좀 더 많은 수프를 끓일 수 있을 테지. 후아, 힘들다."

긴 머리를 질끈 묶은 젊은 남작은 한숨을 쉬면서 도끼를 내려놓았다. 나무꾼들이 장작을 팰 때 사용하는 평범한 도끼가 아니었다. 그가 들고 있던 것은 잘 제련된 전투용 도끼였다.

배틀엑스로 정원수를 찍어 장작을 만든 호펜하임 남작은 목에 걸고 있던 수건으로 땀을 훔쳤다. 간편한 셔츠 차림인데다 그 셔츠 소매를 걷어 올린 남작은 만족스러운 얼굴로 피로를 만끽했다.

호펜하임 남작 집안의 하인들과 몇몇 남자들이 장작을 나르기 시작했다. 별로 넓지 않은 정원 한 켠에는 벽돌로 만든 화덕이 설치되어 있었고 커다란 솥에서는 한밤중인데도 수프가 끓고 있었다. 화덕을 만든 벽돌은 남작의 저택 거실에 있던 벽난로를 뜯어온 것이었다. 정원수들은 대부분 장작으로 만들기 위해 베어졌고 정원에는 여기저기 천막이 세워져 있었다. 그리고 오갈 데 없는 병자들과 집을 잃은 빈민들이 머물고 있었다.

호펜하임 남작은 자신의 침실을 포함하여 서재, 응접실까지 저택의 전부를 집을 잃은 시민들과 빈민들에게 개방했다. 그리고 자신의 재산을 털어 아침저녁으로 자신의 저택에 의지하는 빈민들은 물론 소문을 듣고 찾아오는 자들에게 수프와 빵을 제공했다. 그는 자신의 의복까지 옷이 없는 자들에게 나눠 주었고 자신은 빈민들 틈에서 새우잠을 잤다.

"이런 분이 계실 줄은 상상도 못했습니다. 역시 수도는 수도군요, 귀하 같은 분이 계신데도 소문조차 듣지 못했다니."

호펜하임 남작은 배틀엑스에 비스듬히 기댄 자세로 고개를 돌렸다. 수수한 외출복을 입은 또래의 젊은 귀족이 한 걸음 다가왔다. 텁수룩해진 머리칼에 얼굴 한가운데로 칼자국 흉터가 가로지르는 그는 부드럽지만 선이 분명한 얼굴을 갖고 있었다. 밤에 봐도 뚜렷한 흉터도 사내의 순한 눈빛을 어둡게 만들지는 못했다. 호펜하임 남작은 예의를 위해 배틀엑스를 등 뒤로 돌리며 꾸벅 인사했다.

"리히텐발트 호펜하임 남작입니다. 귀하의 성명은?"

"케이시 파온 튜멜 남작입니다."

호펜하임의 눈이 커졌다. 그는 땀에 젖은 수건을 던져 버리고 한 걸음 다가왔다. 그는 자신의 몰골을 상기하고는 얼굴을 붉히며 소매를 내리고 옷깃의 단추를 채웠다. 그리고 머쓱한 얼굴로 웃었다.

"일을 하던 중이라 옷차림이 무례합니다. 용서하십시오."

"아닙니다. 남의 저택에 함부로 들어온 점 용서하십시오."

"말씀 많이 들었습니다, 튜멜 남작님. 시민전쟁의 영웅 중 한 분이시라고요? 시민군의 선두에서 방패 하나로 많은 병사들을 구해주셨다고 들었습니다."

튜멜은 뜻밖의 대응에 좀 당황하며 헛기침을 했다.

햇볕에 그을린 피부를 가진 젊은 호펜하임은 시원시원한 성격을 갖고 있었다. 그는 다짜고짜 튜멜의 손을 붙잡고 악수를 했다. 그리고는 튜멜의 손을 잡아 이끌었다.

"아직 저녁 식사를 하지 않으셨죠? 초라한 식단이지만 함께 저녁을 드시지요."

튜멜은 막무가내로 끌려가며 좀 어리둥절했다. 그는 튜멜을 데리고 정원 한쪽으로 걸어갔다. 저택으로 들어가는 계단 아래였다. 그는 튜멜을 계단에 억지로 앉히더니 화덕 쪽으로 뛰어갔다. 그는 두 개의 접시를 들고 금방 돌아왔다. 그리고 튜멜에게 접시 중 하나를 내밀었고 주머니에서 감자 크기의 빵을 꺼내 건네주었다.

"들어 있는 건 양파랑 당근밖에 없을 겁니다. 소의 허벅지 살을 두 덩이나 넣었는데 워낙 많은 수프를 끓이다 보니 고기를 찾는 건 좀 어렵습니다."

호펜하임은 한동안 장작을 패느라 출출해졌는지 멀건 수프와 빵을 빠르게 먹어치우기 시작했다. 튜멜은 여전히 좀 얼떨떨한 기분으로 그를 바라보았다.

"언제부터 이런 일들을 하셨습니까?"

"얼마 전부터요. 수도로 돌아온 게 겨우 보름 전이지요. 조국이 내전을 겪고 있다는 소식을 듣고 황급히 돌아왔습니다만 워낙 멀리 있다 보니 이제 도착했지요. 돌아와 보니 제 고향인 이 도시는 잿더미로 변해 있었고 백성들은 전부 거리에서 굶어 죽고 있더군요. 지독한 전쟁입니다."

"얼마나 멀리 계셨기에……."

"남쪽 대륙 사막에 있었습니다. 구호기사단의 일원이었습니다. 아, 혹시 구호기사단에 대해 아십니까? 역시 모르시는군요. 우리들 구호기사단은 원래 성당 기사단의 하위 분파로 시작된 기사단입니다. 이제는 사실 성당 기사단이니 중앙 대교국과는 아무런 상관도 없는 단체가 되었지요. 전체 인원은 500여 명 내외이고 각국 출신의 귀족들과 귀족들이 지불하는 후원금으로 운용됩니다. 우리 구호기사단의 임무는 전투가 아닙니다. 물론 대부분의 기사단원들은 뛰어난 기사이지만 우린 싸우기 위한 군대는 절대 아닙니다. 우린 전쟁으로 다치고 병든 자들을 치료하고 굶주린 자들에게 먹을 것을 수송해 주는 기사단입니다. 전쟁터 한복판에서 그런 일들을 하기 위해서 무장을 하고 있고 충분한 자위 능력을 발휘하지만 우리가 싸우는 상대는 병마와 기아입니다."

"그래서 이런 일들을?"

구호기사단의 일원이라는 호펜하임 남작은 쓸쓸하게 웃었다. 그리고 잠시 동안 자신의 접시를 내려다보았다. 그는 힘없는 목소리로 말을 이었다.

"이 한 그릇의 수프, 우리 귀족들의 입에는 개밥과 비슷한 맛이겠지요. 하지만 이 한 그릇의 수프가 없어 굶어 죽는 이들이 세상에는 많습니다. 우리 구호기사단이 최선을 다해 전쟁이 벌어지는 지역을 전전하며 전쟁에 휘말려 다치고 병든 이들을 치료하고 전쟁으로 터전을 잃고 굶주린 자들을 먹이지만 대륙 전체에서 500명이란 터무니없이 무력한 숫자이죠. 게다가 저처럼 고향 땅에서 굶주리는 이웃들을 헤아리지 못하는 불충한 자가 그들의 일원이라는 것은 부끄러운 일입니다."

튜멜은 그제야 반쯤 식은 수프를 먹어보았다. 스푼조차 없어서 튜멜은 딱딱한 빵을 찢어 수프에 적셔 먹었다. 오랜 여행과 거친 음식에 익숙해진 튜멜의 혀로서도 그 음식들은 못 먹을 정도는 아니지만 맛있는 음식은 아니었다. 테일부룩 영주로 있던 시절의 자신이라면 냄새조차 역겨워 견디지 못했을 것이다. 튜멜은 묵묵히 빵과 수프를 남김없이 먹어치웠다. 그 모습을 지켜보고 있던 호펜하임 남작은 감탄하는 눈빛을 보내왔다.

"믿어도 좋은 분이군요."

"무슨 말씀이십니까?"

"사람들에게서 케이시 튜멜이라는 이름을 처음 들었을 때 솔직히 저는 당신을 믿지 못했습니다. 당신도 그저 권력 싸움에 눈이 멀어 무력한 자들이 죽어가는 것을 보지 못하는 인간이라고 생각했습니다. 병사들 앞에서 홀로 방패를 들고 화살을 막으며 많은 시민군들을 구했다고 했을 때 저는 그것이 과장된 거짓이라고 믿었습니다. 그러다가 얼마 전 당신이 시민들에게 외쳤던 연설을 전해 듣고 솔직히 한번 만나보고 싶었습니다. 검을 버리고 이제는 망치와 삽을 들고 재건할 때다. 그렇게 말씀하셨지요?"

"부끄럽습니다."

"병사들과 함께 최전선에서 싸우고, 병사들과 같은 음식을 먹고, 병사들과 함께 비를 맞으며 잠들고, 이제는 함께 살아 돌아와 병사들에게 검을 버리라고 명령했던 귀족이라니… 시민전쟁의 영웅 칭호도 아깝지 않습니다."

"그런 것이 아닙니다. 단지 저는… 귀족으로서, 아니, 인간으로서… 아닙니다. 잘 설명하지 못하겠습니다."

"그런 당신이 싸웠다면 당신은 옳은 일을 위해 싸웠겠죠?"

호펜하임의 질문에 튜멜은 입을 꾹 다물었다. 그는 자신이 비운 접시를 얌전히 계단에 내려놓았다. 그리고 자리를 털고 일어나 호펜하임에게 작별 인사를 고했다. 호펜하임은 당황한 얼굴로 일어섰다. 튜멜은 그의 인사도 받기 전에 등을 돌렸지만 이내 다시 되돌아왔다. 그의 얼굴에는 희미하게 노기가 서려 있었다.

"옳은 일을 위한 전쟁이라는 것도 존재합니까? 그래서 망치를 두드리던 사람을 전쟁터로 끌고 와 검을 들고 싸우게 했습니까? 물론 전쟁의 한복판에 있었지만 난 전쟁이 대의를 위한 정의 실현이라고 믿은 적은 한 번도 없습니다. 당신도 알고 있잖습니까? 구호기사단으로 전장을 돌아다녔다면서 그런 소리를 할 수 있습니까? 전쟁은 체스 게임도 아니고 어린아이들끼리 골목에서 흉내 내는 놀이도 아닙니다. 진짜 사람들이 죽고, 고통받고, 모든 것들이 부서지고 파편이 되는 장소입니다. 세상에 옳은 것은 단 하나뿐입니다. 싸우지 않고 최대한 많은 이들이 행복해지는 것. 아니, 거창하게 행복을 논할 필요도 없습니다. 세상에 옳은 일이란 망치를 든 자들에게 계속 망치를 들고 있게 하는 것, 화덕에 불을 지피는 자에게 계속 화덕에 불을 지필 수 있게 하는 것, 그것 하나뿐이라고 믿습니다. 내가 비록 전쟁터 한복판에서 살아가고 있는 인생을 살게 되었지만, 그리고 앞으로도 당분간은 그렇게 살겠지만 난 한 번도 전쟁이 당연하다고 생각하지 않았습니다. 당신도 구호기사단이니 어쩌니 하지만 결국 자기 만족이잖아? 돈이 남으니 동정심 때문에 남들을 먹이는 것이겠지. 그렇잖은 인간이라면 옳은 일을 위해서 전쟁을 했냐는 소린 못 나와. 전쟁을 했다는 것 자체만으로 이미 죄를 범한 거야. 알겠어?! 그것이 이 빌어먹을 라이어른의 통일을 위한 것이든 조국을 혼란스럽게 만든 반란을 진압하기 위한 전쟁이든 말이야! 다 똑같아! 알겠어?!"

호펜하임은 잠시 동안 멍한 얼굴로 서 있다가 튜멜이 말을 끝내고 씩씩거리자 갑자기 웃기 시작했다. 순간 흥분해 버렸던 튜멜은 고개를 기울이며 실눈을 뜨고 그를 노려보았다.

"이거 죄송합니다. 전쟁이 죄악이라는 것은 저도 알고 있습니다. 무례하게 당신이 어떤 남자인지 시험하려 했던 점 사과드립니다. 당신, 제가 생각했던 것보다 더 괜찮은 분이시군요."

호펜하임은 갑자기 튜멜을 와락 끌어안았다. 남자에게 안겨본 경험이 없는 튜멜은 움찔 놀랐다. 호펜하임은 사막 민족 식으로 요란스럽게 포옹하며 인사했다. 튜멜은 흥분한 사실이 무안해져 얼굴을 붉혔다.

"일단은 식량을 사들이고 있습니다만 재산이 많지 않다 보니 한계가 있습니다."

호펜하임은 커다란 양동이를 들고 걸어가며 말했다. 그 뒤를 따르는 튜멜은 커다란 자루에 빵을 담고서 등에 지고 있었다. 호펜하임과 튜멜은 똑같이 셔츠 차림이었고 속에 받쳐 입도록 되어 있는 흰색 서츠는 금세 더러워졌다.
 튜멜은 손가락을 빨며 자신을 올려다보는 어린아이에게 자루 속에서 빵을 꺼내 주었다. 그리고 머리를 쓰다듬어 주면서 어색하게 웃었다. 자신의 웃음이 워낙 어색해 어린아이들에게 경계심만 일으킨다는 사실을 알지 못한 채. 손가락을 빨던 어린아이는 빵을 안고서 천막들 사이로 도망쳐 버렸다. 튜멜은 어색하고 서운한 얼굴로 다시 자루를 둘러메고 호펜하임의 뒤를 쫓아갔다.
 "그 문제라면 사자성에서 충분한 자금을 지원해 드릴 겁니다. 여왕 폐하에게 잘 보이고 싶어서 매일처럼 수레 가득 금붙이를 가져다 바치는 인간들이 널렸으니까요."
 "더러운 귀족의 보석이라도 좋은 일에 쓰면 되는 법이죠. 보석을 쥔 자가 더러운 것이지 보석이 더러운 건 아니죠. 도와주신다면 감사히 받겠습니다만 솔직히 보석이니 돈 같은 것보다는 소 한 마리가 더 고마운 실정입니다. 그런 것들이 있어도 식량을 사러 내보낼 인력이 없거든요."
 호펜하임은 몸이 불편해서 급식이 벌어지는 화덕까지 가지 못하는 이들에게 수프를 나눠 주면서 말했다. 튜멜은 그를 따라다니며 수프 접시 곁에 빵을 하나씩 내려놓으며 고개를 끄덕였다.
 "보아하니 인원도 더 필요한 듯싶지만 인원은 보내드릴 여유가 없습니다. 저 너머 귀족들이 무장 농성을 하고 있는 상황에서 병사들을 다른 곳으로 돌리기 힘듭니다. 페임가르트의 움직임도 신경 쓰이지요. 게다가 시내에는 한창 구호소 건설이 벌어지고 있어서 그쪽으로 인원을 대기도 빠듯합니다."
 "금전 지원과 식량 지원만으로도 충분히 감사드립니다."

"혹시……."

"말씀하십시오."

"정치에 대하여 관심있으십니까?"

"정치라고 하셨습니까? 그 정치 말씀이십니까?"

호펜하임 남작은 빈 양동이를 흔들며 다시 수프를 담으러 가면서 물었다. 그는 잠시 동안 생각을 하다가 고개를 흔들었다. 튜멜과 이야기하면서도 그는 부지런하게 천막 안에 누운 자들을 살피고 돌아다니는 아이들에게서 눈길을 떼지 않았다. 그는 한숨이 섞인 목소리로 말했다.

"이런 일을 하고 있지만 제가 완벽하게 세속의 모든 욕심을 버렸다면 한 사람의 인간이 아니라 성인이겠지요. 하지만 전 그렇게 성인이 되지는 못합니다. 저도 인간이기 때문에 때로는 이런 봉사 활동에 회의를 느끼고 예쁜 여자와 결혼해서 행복한 가정도 꾸리고 싶습니다. 그리고 남자로 태어나서 무훈이든 정치든 이름을 남길 만큼 무언가를 이루고 싶은 욕망도 있습니다. 저도 그저 평범한 한 사람의 인간이지 성인은 아니거든요. 단지 책임감이 욕심보다 좀 앞서는 인간에 불과하죠."

"그렇다면 다행이군요."

튜멜은 텅 빈 자루를 어깨에 걸쳐 두고 웃었다. 그는 호펜하임의 어깨를 두드렸다. 호펜하임은 의아한 얼굴로 갸웃거렸다. 튜멜은 아주 오랜 친구를 만난 것처럼 편한 기분으로 웃었다.

호펜하임은 일단 튜멜을 따라 웃기는 했지만 어째서 이 남자가 만족스러운 듯이 웃는지 짐작할 수 없었다.

"민회를 맡아주십시오."

"민회? 발트하임에 그런 조직도 있습니까?"

튜멜은 웃통을 벗어 던진 사내가 쉴 틈 없이 구워내 한 켠에 쌓아두는 빵 더미로 걸어가 자루에 빵을 주워 담기 시작했다. 호펜하임과는 초면이었는데도 튜멜은 자연스럽게 이 저택에 적응해 버렸다.

에펜도르프 공방전 당시에 튜멜은 전장에 서 있기보다는 후방에서 음식을 나르고 병자들을 간호하는 데 더 익숙해 있었다. 어쩌면 그에게 가장 잘 어울리는 모습은 호펜하임과 마찬가지로 구호기사단이었을지 몰랐다. 실제로 튜멜 자신도 만약에 예전에 자신이 구호기사단이라는 존재를 알았다면 망설임없이 구호기사단에 입단했을 것이라고 생각했다. 문득 튜멜은 빵을 주워 담던 손길을 멈추고 멍하니 손에 쥔 빵을 내려다보았다.

구호기사단. 나쁘지 않은 생각이었다. 자신이 사랑한 여자는 자신으로서는 감히 넘볼 수 없는 존재였다. 스톨츠 같은 나라의 공주라고 해도 넘보지 못했을 텐데 크림발츠의 왕족, 그것도 현 여왕이었다. 튜멜의 수준으로 봤을 때 그녀는 감히 그림자 곁에도 다가서기 힘들 만큼 어마어마한 존재였다. 감히 연정을 품는 것조차도 불경스러울 만큼 높은 곳에 위치한 존재. 여전히 그와 함께 식사를 하고 그와 함께 차를 마시며 한숨 돌리기도 하지만 그것으로 그녀의 존재가 낮아지는 것은 아니었다.

그녀가 지금껏 보여왔던 모습 속에 머물던 이질감이란 군주 자리에 익숙한 그녀의 위엄이었다. 농담을 건네고 짜증도 부리는 여자였지만 기품과 위엄을 가진 여자가 그녀였다. 게다가 그녀는 민트 J. 케언이라는 남편을 가진 기혼녀였다. 결혼한 여자에게 연정을 품을 만큼 어리석고 젊은 나이는 아니다.

솔직히 말해서 튜멜은 케언이라는 남자―한 번도 본 적 없고 이름도 처음 듣게 되었지만―가 부럽지도 않았다. 튜멜의 수준에서 보면 케언도 레미만큼이나 거대하고 높은 곳에 위치한 거대한 남자였다. 그가 지금까지 레미를 위해 일했던 모든 것들, 그리고 그가 한 나라의 실권자로서 보여주었다는 그 모든 이야기들… 튜멜은 수준 차이가 너무 심해서 열등감조차 느끼지 못할 지경이었다. 크림발츠의 칙명관이라니… 대체 그 자리가 얼마나 힘들고 얼마나 많은 책임을 필요로 하는 자리일지 상상도 가질 않았다. 빈곤한 상상력이 아니라 말 그대로 살던 세상이 너무 달라서 추측도 할 수 없는 딴 세상이었다.

그렇게 거대하게 느껴지는 레미와 케언의 사이에 이런 약소국, 그것도 어리석은 내전까지 벌이는 약소국의 시골 영주가 끼어들 자리는 없었다. 물론 튜멜은 자신이 베일이나 스톨츠 쯤의 왕족이었다고 해도 그들 사이에 끼어들 수 있을 거라고 생각하지 않았다.

'페나 왕비의 마음을 이해할 수 있을 것 같아요. 나도 크림발츠로 돌아가면 내 남편 케언을 죽여야 하겠죠. 내가 그를 포용하는 것을 세상이 용납하지 않을 테니까. 결국 나도 페나 왕비처럼 슬픈 사랑 이야기의 여주인공이 되어야 할지 몰라요. 쇼가 말했죠, 인생이란 연극이라고. 막이 내려질 때까지 최선을 다해 연기할 뿐 막이 내려지면 무대 밖으로 쫓겨나고 잊혀지는 연극. 그래요, 막이 내려지기 전까지 슬퍼하지 않을 거예요. 그냥 담담히 그를 죽이고 나의 자리로 되돌아갈 거예요.'

튜멜은 얼마 전 그녀가 했던 말을 떠올리면 가슴이 아팠다. 모두가 모였던 자리에서 그녀는 찻잔을 내려놓으며 웃었다. 하지만 그녀의 억지웃음은 보는 이들을 숙연하게 만들었다. 눈물 한 방울 비치지 않았지만 그녀의 웃음에는 눈물 냄새가 났다.

아무리 정치적 식견이 부족한 튜멜이라도 에드메이드에게서 정황을 들었을 때 레미가 케언을 죽일 수밖에 없다는 의견에는 반대할 수 없었다. 케언은 이미 치명적인 반역을 저질렀다. 여왕의 부재를 묵인했고 오히려 대역을 세워 은폐했다. 그것만으로도 왕실 반역이었다. 그것으로도 그는 사형을 면키 어려웠다. 게다가 부재한 여왕의 이름을 사칭해 수많은 외교적, 정치적 위조 문서를 만들었고, 결과적으로 창기병단을 여왕에게 돌려보냈다고는 하지만 창기병단을 라이어른으로 보낸 것도 위조 문서를 사용해서였다.

크림발츠를 위해서였고, 여왕을 위해서였다고 하지만 전례를 만들면 나라가 어지러워진다. 크림발츠를 위해서라면 군주를 사칭해도 좋다고 전례를 만들면 이후 역사 속에서 많은 자들이 케언처럼 크림발츠를 위해서라는 변명을 하면서 똑같은 일들을 저지를 것이다. 권력의 남용을 막기 위해서라도 케언이 사형당하는 전례를 만들어야 그것이 진정으로 크림발츠를 위한 것이 될 것이다. 어떤 이유에서도 군주를 사칭할 수 없도록 하는 것이 미래를 위한 길이다.

레미가 가슴 아파하고 튜멜이 안타까워하는 것은 바로 그 점이었다. 케언은 욕심없이 단지 카시안 왕자의 뜻을 계승하고 여왕과 크림발츠를 위해서 저지른 짓이지만 그를 용서하는 전례를 남겨두면 이후로 많은 이들이 탐욕에 눈이 멀어 자신의 사욕을 채우기 위하여 똑같은 짓을 할 것이다. 그것을 막기 위해 필요한 것은 케언의 목숨이었다. 그리고 케언은 또한 군대 보유가 금지된 칙명관 신분으로 사병을 키웠다. 크림발츠 헌병대도 마찬가지로 크림발츠를 위한 군대였지만 전례를 남겨둘 수 없는 부대였다.

'따라가리라. 그녀에게 도움을 줄 수 있을 때까지만 따라가리라. 그리고 그녀가 더 이상 나의 도움을 필요로 하지 않을 때 나는 돌아갈 곳을 걱정할 필요가 없으리라.'

튜멜은 그동안 남몰래 속으로 고민하고 있던 해답을 찾았다. 그녀를 향한 이루어질 수 없는 사랑에 아파하며 그녀의 곁에 맴돌기보다 더 이상 그녀의 곁에 머물지 않아도 좋을 때 좋은 기억만 남겨두고 떠나기로 결심했다. 이루어지지 못한 사랑이 세월에 씻겨 초라해지기 전에, 이루어지지 못한 사랑에 미련을 가진 채 무의미하게 그녀의 곁에 머물며 짐이 되기 전에 떠날 것이다. 깨끗하게 신변을 정리하고 그녀와 보냈던 이 모든 시간들을 좋은 추억으로 접어두고 떠날 것이다. 구호기사단이 되어 라이어른을, 남쪽 대륙 사막들을 떠돌며 나보다 힘든 이들을 도와주며 남겨진 삶을 살아가리라.

튜멜은 누군가 자신의 어깨를 강하게 잡아채는 느낌에 현실로 돌아왔다.

"괜찮으십니까?"

"에? 아아, 예, 괜찮습니다. 어디까지 이야기했죠?"

튜멜은 다시 빵을 자루에 주워 담으며 물었다. 호펜하임은 잠시 그의 얼굴을 유심히 바라보면서 걱정스러워했지만 이내 특유의 명랑한 말투로 말했다.

"민회에 관해서요."

튜멜은 고개를 끄덕이며 레미에게서 설명받은 발트하임의 장래 문제와 그녀가 계획하는 민회에 관한 설명을 시작했다.

호펜하임은 민회 선출에 대하여 높은 관심을 가지며 튜멜의 설명에 귀를 기울였고 이따금 이해가 가지 않거나 궁금한 부분은 그냥 넘어가지 않고 질문하는 열의를 보였다. 이야기를 듣는 동안 그의 눈빛은 전에 없이 뜨겁게 빛나기 시작했다. 그는 결의에 찬 얼굴로 고개를 끄덕이며 자신의 생각이나 보완점을 제시하며 튜멜의 설명을 들었다.

튜멜과 호펜하임의 토론은 빵과 수프를 전부 돌리고 나서까지 계속되었고 두 사람은 온기가 남은 화덕에 기대 술을 마시면서 밤새도록 토론을 계속했다. 중간에 튜멜은 원래 임무였던 순찰 활동을 걱정했지만 그와 함께 순찰을 돌던 병사가 돌아와 중간 보고를 하고 교대하러 사라지자 안심했다. 사실 그의 순찰은 그저 일상적인 일이었을 뿐 딱히 그가 필요한 일은 아니었다. 덕분에 두 사람은 먼동이 트는 새벽녘까지 마음껏 서로의 의견을 교환할 수 있었다. 이 과정에서 호펜하임은 레미와 다른 이들과 함께 여행한 튜멜의 경험을 듣게 되었고 많은 부분을 튜멜에게서 영향을 받았다.

"그러니까 제가 민회를 이끌 대표자 3인 중 발트하임 쪽 대표를 맡아달라는 의미입니까? 제 나이 겨우 27살입니다. 정치 경험은 전무합니다. 경험이 부족한 제가 그런 막중한 자리를 맡을 수는 없습니다. 물론 말씀하신 민회의 의원 자리는 출마해 보고 싶습니다. 선거구를 어디로 하든 상관없습니다. 의원이 되어 이 나라의 미래를 위한 작고 초라한 삽이 되고 싶습니다. 하지만 민회 대표라니요?"

"우리가 당신을 지지한다고 당신이 민회의 대표자가 되지는 못합니다. 의원으로 선출되고 그렇게 선출된 의원들 중에서 과반수의 지지를 얻어 대표자로 선출되는 것은 당신 스스로 치러내야 하는 일입니다. 그리고 그렇게 해서 당신이 민회의 대표자가 된다면 당신에게는 그만한 정치적 역량이 있다는 의미입니다. 안 그렇습니까?"

"차라리 민회의 대표는 당신이 되는 것이 어떻습니까? 당신은 시민전쟁의 영웅이니까 당신이 출마하면 귀족들도 내놓고 반대하지는 못할 테고 시민들도 당신을 지지할 겁니다. 그리고 크림발츠에서도 별 불만이 없을 것 같아 보이는군요."

튜멜은 고개를 저었다. 그리고 희미하게 붉어지는 하늘을 보며 쓸쓸하게 웃었다.

"저는 그럴 그릇이 되지 못합니다. 책임감도 없고 포부도 없고 능력도 없습니다. 그리고 저는 크림발츠 여왕 폐하를 따라 크림발츠로 넘어갈 생각입니다. 그분께서 다시 크림발츠의 왕좌에 앉는 모습을 보고서 돌아올 생각입니다."

"돌아오실 겁니까?"

"네?"

지금까지의 여정을 들었던 호펜하임은 지긋한 눈길로 쳐다보며 재차 질문했다.

"정말로 돌아오실 생각이십니까? 당신은 그대로 어딘가 또 다른 곳으로 떠날 생각이신 것처럼 보입니다. 그래서 차라리 당신이 민회의 대표자가 되었으면 한다는 말입니다. 이대로 발트하임에도 크림발츠에도 머물지 못하고 타국을 방황할 생각이시잖습니까?"

"…아닙니다. 단지 더 넓은 세상을 경험할 계획은 있습니다만. 그동안 제가 얼마나 식견이 좁은 시골 영주였는지 뼈저리게 느끼고 있습니다. 바람이 불어오고 여행을 떠났지만 여행은 아직 끝나지 않았으니까요."

"차라리 저와 함께 이곳에서 뜻을 펼쳤으면 좋겠습니다. 당신 같은 분이 있다면 더 많은 젊은 귀족들을 규합할 수 있습니다. 그래서 우리가 조국의 미래를 위한 새로운 피가 되는 겁니다. 그것이 진정 이 나라를 위한 길이라고 믿지 않습니까? 크림발츠로 가시는 것은 좋습니다. 그래도 돌아오셔야 합니다. 튜멜님께서 돌아오실 때까지 제가 뜻이 맞는 이들을 모아서 터를 닦아두겠습니다. 그래서 우리가 서로 힘을 모아서 이 나라를 재건하는 겁니다. 저는 그것이 진정 이 나라를 위한 길이라고 믿습니다."

"저는 그럴 그릇이 되지 못합니다. 이렇게 많은 여행을 했는데도 저는 아직도 시골 영주의 시야를 벗어나지 못했습니다. 정치에는 재능이 없다는 소리겠지요."

"아닙니다. 그렇지 않다고 생각합니다. 민회? 네, 앞으로도 민회가 걸어야 할 길은 험난한 가시밭일 겁니다. 그렇지만 한 사람이라도 더 많은 이들이 함께 그 짐을 나누어 걸어간다면 좀 더 빨리 가시밭에서 벗어날지 모릅니다. 제가 뜻이 맞는 이들을 찾아 모으겠습니다."

"그렇게 정치에 열성적인 분이실 줄 몰랐습니다. 단지 빈민 구제만으로 충분히 뜻을 펼칠 분이라고 생각했는데."

"아까 말씀드렸듯 저도 그저 욕심이 있는 인간입니다. 그리고 진정한 구휼이란 방법에 얽히지 않고 최대한 많은 이들을 도울 수 있는 길을 찾는 것이라고 생각합니다. 그렇기 때문에 민회에 출마하겠다는 말입니다. 그저 옛날과 똑같은 귀족원에 들어가라고 했으면 이렇게 쉽게 결정을 내리지 못했을 겁니다."

호펜하임 남작은 주먹을 불끈 쥐고서 결의에 찬 얼굴로 당당히 말했다. 튜멜은 조용히 웃으며 턱을 괴고 앉았다. 그리고 눈물처럼 흐릿한 새벽 하늘을 바라보며 한숨을 쉬었다.

"우연히 귀하 같은 분을 만나서 다행입니다. 그 아이들을 따라오지 않았다면 몰랐을 테죠."

"아닙니다. 이것도 운명이겠죠."

튜멜은 모르고 있었지만 그는 어차피 호펜하임을 만났을 것이다. 레미는 민회를 이끌어가기에 충분한 인물을 찾는 데 열심이었고 사방에서 추천이나 보고가 올라왔다. 발트하임의 새로운 피가 되기에 충분히 젊고 깨인 사고를 가진 사람들을 찾기 위한 노력은 한시도 게을리 하지 않았다. 아직도 레미가 읽어보지 못한 두툼한 보고서의 한 페이지에는 확실한 필체로 리히텐발트 호펜하임의 이름이 쓰여져 있었다. 조만간 레미는 그에 대한 보고서를 읽었을 것이고 튜멜이 그를 찾아왔을 것이다. 귀국한 지 보름 만에 그 짧은 시간 동안 벌였던 그의 선행은 피폐해진 수도의 현실에서 그만큼 눈길을 끄는 일이었다.

먼동이 뚜렷하게 터오기 시작하자 튜멜은 자리에서 일어났다. 그리고 손을 내밀었다. 호펜하임은 튜멜의 눈을 마주 보며 악수했다. 두 남자는 짧은 시간 안에 끈끈하게 서로에게 공감하며 힘주어 상대의 손을 마주 잡았다. 잠시 동안 그들은 말없이 서로의 손을 마주 잡은 채 악수를 교환했다.

튜멜은 화덕 아래 버려진 빵을 발견했다. 절반쯤 타고 일그러진 채 버려진 빵이었다. 못생기고 불완전한 빵 한 덩이. 굶주린 이들에게조차 사용되지 못하고 방치된 빵. 그는 허리를 굽혀 빵을 집었다. 호펜하임은 그의 행동을 이해하지 못한 표정을 지었다.

튜멜은 그 빵을 들어 그에게 보여주며 웃었다. 지붕들 너머로 햇살이 따스하게 튜멜의 목덜미를 비추기 시작했다. 튜멜은 아침햇살을 등지고 서서 히죽 웃었다.

"이건 아침 식사로 제가 가져가겠습니다."

"저기… 빵이라면 이쪽에… 아닙니다. 가져가십시오."

호펜하임은 웃으면서 고개를 끄덕였다. 튜멜은 만족스럽게 웃으며 화덕 한 켠에 놓아두었던 외투와 롱 소드를 집어 들었다. 문득 튜멜은 자신의 롱 소드와 호펜하임의 배틀엑스가 비교된다고 생각했다. 양쪽 다 타인을 죽이기 위해 제작된 무기였다. 하지만 그의 도끼는 나무를 베어 화덕에 불을 지피고 굶주린 자들을 먹이는 데 사용된다. 반면에 자신의 롱 소드는 여전히 누군가를 죽이기 위한 용도를 가진 무기일 뿐이다. 튜멜은 새삼 발트하임의 미래를 위해 자신은 그다지 필요하지 않다는 것을 실감했다. 자신의 결정은 틀리지 않았다. 무기를 갖고서도 타인을 도울 수 있는 자가 있고 무기를 그저 무기로 쥐고 있는 자가 있다. 자신은 전자가 되고 싶어하지만 결국 후자였다. 튜멜은 못내 그것이 서운했다. 자신도 이 롱 소드로 누군가를 먹이고 입히고 재워주는 기회를 얻고 싶었다. 그렇게 하지 못하는 것이 서운했다. 그나마 아직도 이 검을 가지고 누구도 죽이지 않았다는 사실에 그는 작은 위안을 얻었다.

앞으로 경험하게 될 전장에서 얼마나 더 목숨의 위협을 받을지는 모른다. 하지만 앞으로도 그는 지금처럼 누구도 죽이지 않는 전쟁을 치르고 싶었다. 정의를 위한 전쟁 같은 말장난 따위는 하고 싶지 않았지만 누구도 죽이지 않는 전쟁이라면 자신의 목숨을 걸어볼 가치가 있다고 생각했다. 튜멜은 자못 엄숙한 얼굴로 롱 소드를 허리에 매달

앉다. 그리고 제련된 강철의 묵직한 존재감을 실감했다. 튜멜은 먼지 투성이로 변한 외투를 팔에 걸고서 다시 한 번 호펜하임 남작에게 작별 인사를 했다.

케이시 튜멜은 잠든 천막들 사이에 서서 자신을 배웅하는 그에게 등을 보이고 걸었다. 몇 걸음 걷던 그는 걸음을 멈추고 뒤돌아섰다. 배틀엑스를 들고 아침 식사용 땔감을 준비하러 가려던 그가 고개를 갸웃거렸다. 튜멜은 다시 한 번 굶주린 자들을 위한 배틀엑스에 시선을 던지며 웃었다.

"……"

"사랑해 보신 적 있으십니까?"

두 사람 사이의 거리는 십여 걸음. 하지만 사위가 조용했기에 대화하는 데 불편은 없었다. 호펜하임 남작은 손가락으로 뺨을 긁으며 멋쩍게 웃었다.

"사랑이라… 그럴 능력이 부족해 아직 없었습니다. 우습죠? 27살이나 먹도록 아무도 사랑해 보지 못한 사내라니."

튜멜은 허리에 양손을 얹은 자세로 서서 웃었다. 무엇이 우스웠을까? 갑자기 두 사내는 배를 잡고 웃기 시작했다. 천막 안에 누워서 잠자던 누군가가 고개를 들어 두 사람을 바라보았다. 두 사람은 속시원하게 킥킥거리며 웃었다.

졸린 눈을 비비며 그들을 바라보던 여인은 다시 돌아누우며 잠을 청했다.

전혀 다른 길을 걸어왔던 두 사람은 킥킥거리며 웃었다. 마음이 통한다는 말을 절실히 느끼며.

"그러는 튜멜님은 사랑해 보셨습니까? 하하하."

"그럼요! 제가 당신보다 낫군요. 저는 사랑을 해봤습니다. 아니, 지금도 사랑하고 있습니다."

"오오! 그거 대단하군요. 상대가 누굽니까?"

"하하, 나 같은 남자는 감히 쳐다보기도 힘든 여자라는 게 문제겠지요. 하하하!"

"큭큭! 저런저런, 푸하하! 그거 안타까운 일이군요. 그런데 그 여자분께서는 당신의 사랑을 알고 계십니까?"

"당연히 모르십니다. 한 번도 말한 적 없거든요. 제가 보기보다 수줍음을 많이 탑니다! 핫하!"

"혹시 유부녀를 좋아하는 거 아닙니까?"

"오오! 당신 천재군요! 그런 것도 알아맞히다니! 푸하하! 네, 제가 좋아하는 여자는 이미 남편이 있는 데다 그 남편을 세상에서 가장 사랑하는 여자입니다. 제가 비집고 들어갈 자리는 없습니다. 핫하하하!"

튜멜은 가슴을 펴고 하늘을 바라보며 유쾌하게 웃으며 말했다. 호펜하임 남작은 배가 아프다는 듯이 꺽꺽거리면서도 웃음을 멈추지 못했다. 두 사람은 주변에 잠들어 있는 사람들은 아랑곳하지 않고 마음껏 웃었다.

"그래도 한번쯤 고백은 해보는 것이 어떨까요? 남의 연애사에 끼어들 처지는 아닙니다만."

"그럴까요? 그것도 나쁘지 않겠군요. 하지만 고백하려니 용기가 없군요. 제가 원체 소심합니다그려. 핫핫핫!"

"그 정도로 좋아한다면 다른 여자들은 눈에도 안 들어오겠습니다?"

"네, 정말 그렇더군요."

"아름답습니까, 그분이?"

"세상에서 가장 아름다운 여인입니다. 기품이 넘치고 유머 감각도 뛰어나고 저 같은 남자로서는 감히 근접하기도 힘들 만큼 명석한 분입니다."

"오오! 벌써부터 실연당할 각오를 단단히 해두시는 것이 좋겠습니다. 그런 여인이라면 튜멜님은 눈에도 들어오지 않을 겁니다. 크핫핫!"

"첫사랑에 실연을 당해야 한다니……."

"그러니까 첫사랑이죠. 그런데 창피하지도 않습니까? 그 나이에 첫사랑이라니?"

"그러는 당신도 27살인데 뭐 하는 겁니까? 나처럼 되는 거 금방입니다."

"이제부터는 마음껏 사랑도 해볼 생각입니다. 태양처럼 뜨거운 사랑을 말입니다. 그러면서 한번 튜멜님과 어울리는 여자 분을 찾아보겠습니다."

웃음은 갑자기 멈췄다. 두 남자는 약속한 듯 동시에 웃음을 멈추고 서로를 바라보았다. 어린 소년들처럼 낄낄거리던 두 남자는 잠시 동안 입을 다물었다. 튜멜이 먼저 움직였다. 그는 마지막으로 예를 표하고 등을 돌렸다. 이제 돌아가야 할 시간이었다. 잠시 동안 그의 뒷모습을 바라보던 호펜하임이 튜멜의 등 뒤에 대고 말했다.

"여자 분을 찾아둘 테니 꼭 돌아오십시오. 세상에서 두 번째로 아름다운 여자 분을 찾아보겠습니다."

호펜하임의 농담에 튜멜은 한층 홀가분해진 얼굴로 저택을 벗어났다. 밤샘한 피로가 몰려왔지만 마음만큼은 놀랄 만큼 가벼워졌다. 튜멜은 후련해진 기분으로 허리를 펴고 당당히 거리를 걸었다. 근무를 서던 창기병단 병사들이 그를 힐끔거렸다. 멀리 보이는 사자성을 보며 걷던 튜멜은 바람이 불어오자 눈을 감았다. 그리고 중얼거렸다.
"남풍이 불어오는군."

〈 8 〉

 비에 젖은 군기는 무겁게 축 늘어져 좀처럼 움직이지 않았다. 흠뻑 젖어버린 들판에는 무릎 높이까지 뿌연 물안개가 피어올랐고 시야가 닿는 사방으로 온통 희뿌연 회색 빛이었다. 두꺼운 먹구름과 쏟아지는 빗줄기 속에서는 선홍색 깃발까지도 짙은 잿빛으로 보였다. 세찬 빗속에 무채색으로 변해 버린 세상은 침묵했다.
 케이시 튜멜은 오한을 느끼며 어깨를 움츠렸다. 얼음처럼 차가운 빗방울이 서코트를 적시고 갑옷 틈새로 흘러 들어와 몸을 적셨다. 형언할 수 없을 만큼 차가운 비에 젖은 옷이 피부에 달라붙자 일시에 소름이 돋았다. 흠뻑 젖은 옷은 마치 물에 빠져 죽은 악령처럼 느껴졌다. 케이시 튜멜은 건틀렛을 벗은 손으로 흠뻑 젖은 머리칼을 털었다. 비에 젖은 머리칼은 거머리처럼 기분 나쁘게 피부에 달라붙었다.
 "후우, 후우."

튜멜은 잔뜩 쏟아지는 빗줄기와 추위 때문에 잔뜩 곱아버린 손가락에 입김을 불어봤지만 아무런 효과도 없었다. 얼음장처럼 핏기를 잃은 손은 좀처럼 맘대로 움직여 주지 않았다. 튜멜은 이런 손으로 검을 잡을 수나 있을까 걱정스러웠지만 딱딱하게 곱아버린 손가락을 되돌릴 방법이 마땅찮았다.

전장 경험이 많은 편은 아니지만 튜멜이 지금껏 경험한 모든 전장을 통틀어 가장 지독한 악천후였다. 체력이 시원찮은 사람들은 이런 비를 맞는 것만으로도 열병에 걸릴 것 같았다. 튜멜도 체온이 떨어져 몸이 딱딱하게 굳고 있음을 걱정하는 처지였다.

천둥 번개를 동반한 거센 빗줄기 속에서 시야는 극단적으로 좁아졌고 천둥 소리를 제외하면 소리의 울림도 둔해져 무척이나 조용하게 느껴졌다. 맑은 날이면 수도 평야 전체가 시야에 들어왔지만 우렁찬 소리와 함께 쏟아지는 빗속에서는 평소 시야의 3분의 1도 나오지 않았다. 단순히 시야의 도달 거리만 줄어든 것이 아니라 시야의 폭까지 좁아진 느낌이라 튜멜은 답답함을 느꼈다. 회색으로 빛나는 동굴에 들어온 느낌이었다. 전투마까지도 이런 날씨가 마음에 들지 않는지 연신 투레질을 하며 하얀 입김을 뿜어냈다.

"전투를 하기에는 비가 너무 많이 오는 것이 아닙니까? 이 계절에 라이어른에서 폭풍이 불다니 이상합니다. 조금 불안하군요."

튜멜은 마침 곁으로 다가온 키올스 중령에게 걱정스럽게 물었다. 키올스 중령은 잔뜩 찌푸린 얼굴로 어깨를 으쓱했다. 그의 얼굴에도 지금 날씨가 마음에 들지 않는다는 짜증이 진득하니 묻어났다.

"여왕 폐하께서 명령하시면 여왕의 창기병들은 어떤 날씨에서도 싸웁니다. 게다가 이런 폭우에 지쳐 있는 것은 우리가 아닌 저들입니다. 우린 최소한 이틀 동안은 비를 맞지 않았으니까요. 반면에 저들은 꼬박 이틀 동안 비를 맞으며 행군했고 이번에는 이런 폭우 속에서 전투를 치러야 합니다. 유리한 전투에서 물러설 이유가 없습니다. '전쟁의 나팔은 군주에게, 제련된 검은 우리에게'. 이 모토가 가장 어울리는 존재가 우리들입니다."

튜멜은 키올스 중령의 말을 듣고 주변을 둘러보았다. 크림발츠 정예 친위대, 여왕의 창기병 소속 병사들은 전투를 앞둔 굳은 얼굴로 대오를 맞추고 서 있었다. 하지만 누구도 불평하는 자가 없었다. 아니, 오히려 차갑고 예리하게 담금질된 투쟁심을 불태우며 조용히 명령을 기다렸다. 튜멜은 이 순간만큼 그들이 이질적인 무생물로 느껴진 적이 없었다. 그들은 전투를 앞둔 불안조차 내보이지 않을 만큼 훈련받은 병사들이었다.

수도에서 주둔하는 동안 창기병단 병사들은 발트하임의 현실을 보고 많은 것을 느끼고 있었다. 다만 군주에 대한 절대적인 충성을 훈련받은 그들은 튜멜처럼 귀족들의 횡포에 불만을 느끼지는 않았다. 오직 충성과 복종만을 훈련받고 또 훈련받은 그들의 가치관과 사고방식은 그런 것을 섣불리 판단하도록 훈련되지 않았다. 대신에 그들은 이 전쟁을 가장 신속하게 끝내야 하며 그 전쟁을 끝내는 것은 자신들의 몫이라는 점을 각자의 마음속에 각인시켰다.

지금 창기병단 병사들에게는 무너진 집터와 오갈 곳을 잃은 시민들의 비탄은 가슴에 들어오지 않는다. 그저 폭풍우가 몰아치는 들판에서 이렇게 비를 맞으며 진창 너머의 적들을 도륙하는 데 필요한 감각과 본능만을 일깨웠다. 거듭된 훈련으로 각인된 몸은 의식이나 사고를 필요로 하지 않는다. 자동 인형처럼 적을 발견하면 팔이 저절로 움직여 적의 목을 자르고 두 다리가 저절로 움직여 또 다른 적을 찾는다.

인간에게 있어서 몸에 각인된 기억만큼 무서운 것은 없다. 게다가 그 기억이 타인을 죽이는 방법이고 각인된 대상이 군인이라면 전투가 벌어졌을 때 그는 그저 자동으로 반응하고 움직이는 전투용 인형에 불과해진다. 그들의 머리 속에는 오직 전투에서 승리하고 전쟁을 조기에 매듭지어야 한다는 사명만이 뚜렷하게 남겨져 있었다.

창기병단에게 생각이 많아지면 나라가 시끄러워진다. 그들은 그 교훈을 절대로 잊지 않는다. 그것은 크림발츠의 역사 속에서 창기병단이 정치에 관여해 저질렀던 실수에 대한 깊은 반성이었다. 아무것도 생각하지 않는다. 이 전투가 정치적으로 어떤 의미를 갖는지, 전장의 무서움, 이 전쟁이 인간에게 부여하는 참된 의미, 나와 마주친 적들도 가족이 있는 한 사람의 인간이라는 점도 그들은 고민하지 않는다.

여왕의 창기병들은 군주를 위하여 고도로 정제되고 세심하게 선별되어 제련되어진 무력이다. 뛰어난 순도로 정제된 무력이기에 그 자체로는 아무런 빛깔도 지니지 못한다. 오직 보석처럼 극단적으로 순도가 높게 정제된 무력을 비추는 군주의 빛에 따라 그 무력은 다른 광채를 뿜어낸다. 자신들이 뿜어내는 빛은 군주가 비춰주는 빛이지 그 자신들의 힘으로 만든 빛은 아니다.

최초로 페임가르트 원정군이 관측된 것은 3일 전이었다. 에드메이드는 수도 근교의 지형을 분석한 결과 페임가르트에서 진군해 올 경우 그로스루에 방면에서 접근하는 단일 루트뿐이라고 판단했다. 적이 오는 방향이 정해져 있다면 별 무리 없이 장거리 정찰대를 파견할 수 있고 장거리 정찰대가 가장 효과를 발휘하는 경우이기도 하다. 게다가 수도 평야로 진입하는 방법은 단 한 가지, 지금은 버려진 우사자 성채의 폐허를 통하는 방법뿐이었다.

장거리 정찰대가 적의 주력을 발견하지 못해도 우사자 성채에 매복한 병사들 곁을 지나지 않고는 수도 평야로 진군할 수 없다.

적이 들어오는 방향이 정해져 있다면 맞서 싸우는 것은 간단하다.

에드메이드는 일단 부대 내에서 가장 빠른 기동력을 보이는 경장 기병대인 라뜨앙 돌격대를 우사자 성채 측면의 숲에 매복시켰다. 말이 울지 못하도록 재갈을 물린 매복조는 숲 깊은 곳에 머물며 페임가르트 군의 주력이 지나가길 기다렸다. 그들의 돌격 시점은 돌격대 지휘관의 자의적 판단에 맡겼다.

창기병단의 본진은 제1중장 보병을 좌측에, 시펠의 남작기병대와 보클뤼즈 중장 기병들을 우측에 배치하고 따로 중앙 본진을 두지 않았다. 전열 자체만 놓고 보면 우측이 두꺼운 사선진이었지만 창기병단에게 있어서 사선진을 이용하는 경우는 전례가 거의 없었다. 한편 제2중장 보병대와 엑스터 예비대는 수도 내부에서 페임가르트 군과 내통하는 귀족들의 대응을 제압하기 위하여 수도에 머물렀다.

주로 중장 보병들로 구성된 페임가르트 군과 기병대 비율이 높은 여왕의 창기병들과의 병력비는 1.8대 1 정도 수준이었다. 페임가르트 군이 두 배가 약간 못 미치는 병력을 갖고 있었지만 우세하다고 말하기는 힘들었다. 일단 병사들의 자질 문제도 있었지만 최초로 관측된 이래 페임가르트 군은 3일 동안 계속 행군해 왔지만 여왕의 창기병들은 천막과 성벽 안쪽 베일리 등에서 충분히 비를 피하고 몸을 데워둔 상황이었다.

튜멜 일행 중에서는 오직 튜멜만 이 전투에 참가했고 이언과 파일런, 에피와 카라는 무장 농성 중인 귀족들에 대한 진압 작전에 투입되었다. 레미는 결국 페임가르트 원정군 격퇴와 수도에서 무장 농성 중인 귀족들에 대한 진압을 동시에 추진하자는 건의를 받아들였다. 단, 이번 전투를 끝으로 더 이상 발트하임에서는 유혈 사태가 벌어지지 않는 방향으로 나아가야 한다고 못을 박았다.

"이런 폭풍우 속에서는 작전이고 뭐고 없습니다. 그저 병사들이 가진 순수한 전력을 최대한 활용하는 정공법 이외의 대안은 없습니다. 시야도 좁고 모두들 움직임이 둔해지기 때문에 무리하게 기동 작전을 벌이면 실패하는 경우가 많습니다. 뛰어난 전술이란 적은 나를 보지 못하지만 나는 적은 물론이고 아군 전체를 시야에 확보하고 있어야 하는 법입니다. 이런 폭풍우 속에서라면 적은 고사하고 아군 전체를 시야 속에 확보하는 것도 어렵습니다. 결국 단위 부대들이 갖고 있는 전투력 그 자체에 의존하는 순수한 정공법이 유리합니다."

키올스 중령은 튜멜이 전술에 대하여 아는 것이 없다고 생각했는지 자세하게 설명해 주었다. 튜멜은 추위에 굳어 잔뜩 오그라든 손을 간신히 건틀렛 속으로 밀어 넣으며 건성을 고개를 끄덕였다.

그는 다시 한 번 걱정스러운 눈으로 군기를 올려다보았다. 비에 흠뻑 젖은 깃발들은 무게를 이기지 못하고 떨어질 것만 같았다. 사위는 조용했고 그저 쏴아아 하는 폭우 소리만 들려왔다. 진창으로 변한 수도 평야를 때리는 빗소리는 시간이 지날수록 거세졌다. 튜멜은 문득 몇 달 전 바로 이곳에서 비슷한 상황의 전투가 벌어졌음을 기억해 냈다. 그때도 비가 많이 내렸다. 튜멜은 파랗게 질린 입술을 꾹 다물며 얼굴을 타고 흐르는 빗물을 서코트 자락으로 훔쳤다. 서코트는 물을 흠뻑 먹어서 무겁고 차가웠다.

"남작기병대! 발진!"

시펠 남작의 중장 기병대에서 그 이름을 가져온 남작기병대는 그 괴상한 이름에도 불구하고 일단 에드메이드의 명령이 떨어지자 믿음직스럽게 우측 전열에서 이탈했다. 그들은 갑자기 땅을 박차고 나가는 실수를 저지르지 않았다. 말이 걷는 속도로 출발한 남작기병대는 대열에서 충분히 멀어지자 갑자기 속력을 높이기 시작했다.

튜멜은 당황한 얼굴로 키올스 중령을 돌아보았다. 정말 밑도 끝도 없는 개전이었다. 페임가르트 군은 아직도 수도 평야를 가로질러 행군해 오는 상황이었고 이쪽에서는 개전 나팔 소리 하나 없이 구두 명령만으로 부대가 기동하기 시작했다. 적이 미처 유효 전장에 도착하기도 전에 병력을 기동시킨 셈이었다. 키올스 중령은 비에 젖은 얼굴로 한쪽 눈을 찡긋 감았다.

"적들이 전투 반경까지 들어와 전투 대형을 짜도록 놔둘 정도로 마음이 곱지 못해서 말입니다. 거듭 말하지만 이런 날씨에는 그냥 무식하게 들이받는 전술이 최고입니다."

"보클뤼즈 중장 기병대 발진!"

남작기병대가 출격하기 무섭게 이번에는 나머지 우측 전열을 맡고 있던 중장 기병들에게 돌격 명령이 하달되었다. 그들은 남작기병대와 마찬가지로 일단 천천히 대열에서 이탈했고 충분한 거리를 두자 돌격 속도로 가속하기 시작했다. 튜멜은 짧은 시간 차를 두고 중장 기병들을 돌격시킨 에드메이드를 바라보았다. 에드메이드는 악천후 속에서 어설픈 전술 유용보다는 정공법만으로 싸울 생각을 하고 있었고 그 정공법이 최고 효과를 발휘하는 방법을 선택했다. 화려한 전술보다 멋은 없어도 확실하게 이기는 전술을 채택하기로 마음먹은 것이다.

"본대! 앞으로!"

이번에는 중장 보병들이 대열을 맞추어 움직이기 시작했다.

중장 보병들을 움직이는 것도 의외였기 때문에 튜멜은 미처 움직일 채비를 갖추지 못했다. 튜멜은 서둘러 고삐를 고쳐 잡았고 자신의 허리와 말 안장에 매달린 두 자루의 롱 소드들을 다시 한 번 확인했다. 튜멜은 솔직히 우렁찬 고함과 동명 복창 소리, 병사들의 자신감 넘치는 함성과 그것을 독려하는 뿔피리와 북소리가 울리는 전장밖에 경험하지 못했다. 특히 파일런 디르거가 이끌고 있던 군대는 사기를 올리기 위해서 항상 시끄러웠다.

하지만 여왕의 창기병들은 그런 것들이 없었다. 에드메이드가 명령을 내리면 전령은 재빠르게 해당 부대 지휘관에게 뛰어갔고 지휘관이 먼저 움직이며 수신호를 보내는 것만으로도 전체 부대는 하나가 되어 움직이기 시작했다. 복창 소리도 없었고 부하들을 다그치는 백인대장들의 욕설도 없었다. 창기병단 병사들은 집단 최면에 걸린 사람들처럼 소리없이 유령처럼 움직였다. 튜멜은 그 모습을 보고 전율했다. 시끄러운 복창 소리도 필요없는 부대라니, 상상도 하지 못했던 모습이었다.

정공법인데도 기습 작전에 가까운 기동에 의해 페임가르트 군과 여왕의 창기병들의 격전이 개전되었다. 수도를 향하여 진군하던 페임가르트 군은 회색 빛 물안개 너머로 검은 실루엣들이 나타나자 당황했다. 그들은 발트하임 내전이 막바지로 접어드는 시점에 발트하임의 수도로 진군을 시작했다. 운이 좋으면 국왕군과 왕비군 어느 쪽이 승리해도 비워진 수도를 먼저 점거할 수 있을 것이고 그전에 전투가 끝나 어느 한쪽이 수도로 귀환해도 전열을 재정비하고 수도의 치안을 확보하기는 시간이 부족하다고 평가되었다.
 사실 그것은 그다지 틀리지 않은 예측이었다. 하지만 그들은 크림발츠의 개입을 예측하지 못했다. 크림발츠가 발 빠르게 라이어른 문제에 개입할 리가 없을 것이라고 여긴 것이다. 그리고 수도에 벌써 여왕의 창기병단이 주둔하고 있을 것이라는 것은 더 더욱 생각하지 못했다. 그들은 나름대로 기습 작전을 위해서 대도시나 마을을 우회하는 방식으로 행군해 왔다. 물론 대규모 부대가 이동하는 모습을 누구도 목격하지 못하게 만드는 것은 물리적으로 불가능하다. 하지만 현실적으로 치안이 확보되지 않은—다시 말해서 왕실에서 파견된 병력이 고르게 길목마다 배치되지 않은—영토 내에서 대도시와 마을들을 피하는 것만으로도 대군의 이동 소식은 전달이 늦어진다. 전쟁으로 어지러워진 나라에서는 사방에서 온통 헛소문들과 갖은 억측들이 쏟아져 들어오고 이 가운데 진위를 가리는 것으로도 이미 정보가 가진 신속성을 변질시킨다. 대도시를 경유하면서 수백에서 수천 수만의 사람들을 목격시키는 것과 아무개가 산에서 나무를 하다가 엄청난 병력이—민간인들에게 부대 규모를 관측하고 소속을 식별하게 하는 것은 무리다—어디로 가는 걸 봤다더라 같은 소문은 전달 속도에서부터 전혀 다른 문제였다.
 이것은 창기병단이 갑자기 수도에 불쑥 나타난 것과 같은 이치였다. 다만 창기병단의 경우에는 이 점을 철저하게 이용했고 우연히 조우하는 귀족의 사병들을 진압하며 행군했지만 페임가르트 주력군은 경우가 달랐다. 그들도 물론 멀리서 관측을 하며 거리를 유지하는 창기병단 소속 장거리 정찰대를 발견했다. 하지만 그들은 정찰대가 어느 귀족의 보잘것없는 사병 집단이거나 왕비군 또는 국왕군의 부대

중 일부라고만 치부했다. 사실 조금만 주의 깊었더라도 일정하게 간격을 유지하면서도 항상 시야를 확보할 수 있는 구릉이나 높은 지대를 찾아내는 패턴을 보고 그들이 잘 훈련된 정예병들이라는 것을 발견할 수 있었다. 하지만 페임가르트 군은 압도적인 병력이며 또한 전투를 치르지 않아 병력이 완전한 부대라는 자신감이 있었고 그것이 일을 그르치는 결과를 가져왔다. 그 짧은 방심은 창기병단으로 하여금 충분히 준비를 갖추고 전투에 돌입할 여유를 주었다.

"저게 뭐지? 벌써 성벽이 보일 리가 없을 텐데……."
"성벽이라고 하기엔 너무 좁지 않아?"
"무슨 소리 안 들려? 빗소리 말고."

비를 흠뻑 맞으며 행군을 하던 병사들의 선두에서 진행 중이던 장교들은 고개를 갸웃거렸다. 아득하게 피어오른 물안개와 천둥 번개까지 동반하고 쏟아지는 폭우 때문에 그들은 적의 존재를 식별하는 데 늦었다. 그들은 당연히 오늘 중으로 적이 보이는 지점까지 행군한 다음 야영지를 세우고 하룻밤 동안 행군의 피로를 풀고 내일쯤 전투에 들어갈 예정이었다. 적의 거점에 접근하는 중인데도 충분한 숫자의 척후를 두지 않았던 것은 그만큼 자신감이 있었기 때문이다.

물안개와 빗줄기 속에서도 서로를 뚜렷하게 인식할 정도로 거리가 가까워졌을 때 제1파 공격에 투입된 남작기병대는 하늘을 향했던 랜스를 앞으로 겨누었다. 남작기병대는 아직 행군 대열로 진행 중인 페임가르트 군의 좌측 전방에서 비스듬한 각도로 접근하고 있었다.

페임가르트 군은 돌격 속도로 가속하기 시작한 중장 기병대를 발견하고는 행군을 멈추고 전투 대열을 짜려고 했지만 이미 늦었다. 한두 명도 아니며 몇천 명 단위의 부대는 정지하는 데도 엄청난 시간이 걸린다. 전령들이 빠르게 뛰며 대열 사이사이에 위치한 장교들에게 부대 정지 명령을 내리고 있을 시간에 남작기병대는 이미 전투 돌격 거리에 도달해 있었다. 폭우 때문에 평상시와 같은 위력적인 돌격 속도로 가속하지는 못했지만 반면에 적들도 악천후 때문에 명령 전달이 늦어지고 대응이 늦어졌다.

남작기병대가 페임가르트 군으로부터 100미터 전후까지 돌격했을 때 페임가르트 군 선두의 병사들은 그제야 30킬로가 넘는 등짐들을 풀어내고 등짐에 묶어두었던 방패를 꺼내고 있었다. 남작기병대의 랜스는 이미 대보병 돌격 위치에 고정되어 있었다. 황급히 투구를 쓰고 방패를 등짐에서 꺼내며 우왕좌왕하는 보병들에게 랜스의 파도가 일제히 쏟아졌다.

기사들의 토너먼트 용 랜스도 말의 돌격 속도와 결합되면 치명적으로 위험해진다. 하물며 전투용 랜스는 재앙 그 자체였다. 기병들의 돌격을 저지할 수 있는 파이크 병들은 유감스럽게 돌입 당시 대열의 후미에 있었다. 페임가르트 군의 주력은 소드로 무장한 중장 보병과 소수의 기병대였다. 강철 발굽이 병사들의 뼈를 부수고 랜스가 몸을 뚫었다. 남작기병대는 페임가르트 군의 좌전방에서 비스듬히 관통해 우측 중간쯤으로 대열을 돌파했다.

그들은 이번 돌격에서 단 한 기도 낙오하지 않고 전원 돌파에 성공했다. 비무장에 행군 대열을 전투 대열로 전환하지 못한 병사들은 민간인 대열과 별반 다르지 않았다. 일방적인 학살의 파도가 지나간 곳에 남겨진 것은 부서지고 찢겨진 병사들의 시체들이었다. 흘러내린 피가 물웅덩이로 흘러들어 대지를 붉게 적셨다.

수영하는 것이나 다름없을 정도로 쏟아지는 폭우 속에서 허우적거리는 병사들은 아직도 돌격의 충격을 수습하지 못하고 버둥거리며 비명을 질렀다. 대열의 후미에서는 그제야 전방에서 적의 공격이 있었다는 사실을 깨닫는 자들도 있었다. 병사들은 일제히 짊어진 등짐들을 내버리고 비명을 지르며 사방으로 흩어졌다. 행군 대형으로 몰려 있으면 돌격을 당해 밟혀 죽는다는 공포가 병사들의 이성을 흩어놓았다.

병사들은 아군의 등을 떠밀고 어깨를 밀쳐 내면서 비명을 질렀다. 개중에는 흥분이 지나쳐 앞에서 비켜서지 않는 아군의 등을 찌르는 자들까지 있었다. 사방에서 고함 소리와 비명 소리가 폭풍우의 소음을 뚫고 날아들었다. 하늘 저편에서 번쩍이는 번개와 곧바로 날아든 천둥 소리는 병사들의 마음을 더욱 궁지로 몰아갔다. 심지어는 천둥 소리를 적 기병대의 돌격 소리로 착각하고 허둥거리는 병사들도 있었다.

장교들과 백인대장들이 필사적으로 병사들을 수습하려고 했지만 둑이 터진 듯 일제히 쏟아지는 병사들을 제지하는 것은 맨손으로 둑을 막아서는 짓이었다. 욕설을 내뱉으며 병사들을 저지하던 장교가 흥분한 병사들에게 찔려 중상을 입었다. 공포에 질린 병사들은 평소에 그렇게 두려워하던 장교들까지 무서워하지 않았다.

여왕의 창기병단이 시도한 충격 효과는 폭풍우라는 악천후를 바탕으로 제대로 능력을 발휘했다. 평소의 맑은 날씨라면 페임가르트 군도 돌격하는 창기병단을 미리 발견하고 대응할 수 있었을 것이다. 물론 창기병단은 전무후무한 돌격 속도와 행군 속도를 가진 부대였기 때문에 충분한 대응은 불가능했을 테지만 적어도 무방비 상태로 돌격을 허용하지는 않았을 것이다.

행군 중에는 무거운 방패나 무기를 등짐에 쑤셔 넣고 다니는 보병들의 버릇은 어디나 똑같다. 창기병단은 바로 이 점을 노린 것이다. 30킬로가 넘는 등짐 때문에 아슬아슬하게 목숨을 건진 병사들도 있었지만 대다수는 허둥지둥 그 등짐을 풀어내고 무기와 방패를 찾기 위해 더듬거리다가 벼락같은 파도를 맞았다.

페임가르트 병사들이 충격에서 벗어나기도 전에 이번에는 우전방에서 폭우를 뚫고 보클뤼즈 중장 기병들이 등장했다. 보클뤼즈 중장 기병들은 무장에 있어서 같은 중장 기병인 시펠의 남작기병대보다 무거운 중장이었다. 때문에 약간의 시간 차를 두고 출발했는데도 도착 시간은 훨씬 차이가 났다. 하지만 이것은 또한 가장 적절한 간격이었다. 제1파가 막 적 전열을 돌파하는 데 성공하는 순간, 이번에는 제2파인 보클뤼즈 중장 기병들이 우전방에서 나타나 역시 페임가르트 군 본진을 반대쪽 대각선으로 가로지르는 돌파를 시작했다.

피부를 아프게 때리는 비바람과 함께 휘몰아친 랜스들의 돌격은 한층 격렬한 파괴를 자행했다. 질퍽이는 대지가 울릴 정도로 묵직한 진동과 함께 말들이 간격을 두고 나란히 달리며 병사들을 짓밟았다. 여왕의 창기병단이라는 이름에 가장 걸맞는 성격을 가진 라뜨앙 돌격대만큼은 아니지만 중장 기병으로서는 이례적으로 빠른 남작기병대에 비하면 보클뤼즈 중장 기병대는 상대적으로 느렸지만 파괴력에 있어서는 월등했다.

그리고 두 번이나 연속으로 기병의 돌격을 얻어맞은 페임가르트 군의 주력 중장 보병들은 그 두 번의 돌격으로 전의를 상실했다. 나무를 베며 울창한 숲에 일직선으로 통로를 만들듯 좌우 측면에서 대각선으로 돌격해 들어와 대열을 짓밟고 지나가는 크림발츠 군 특유의 제파 전술은 악천후 속에서도 톡톡히 제 성능을 발휘했다. 아니, 악천후였기 때문에 평소보다 훨씬 막강한 위력을 발휘했다. 말들이 밟고 지나가 엉망으로 변한 진흙탕 속에서 병사들은 미친 듯이 신과 가족들을 울부짖으며 절규했다. 하지만 불행하게도 전투는 이제 겨우 서막이 올랐을 뿐이었다.

가장 먼저 돌격에 성공했던 남작기병대는 대열을 정비하기 무섭게 다시 말머리를 돌려 페임가르트 군 한복판으로 뛰어들었다. 페임가르트 군을 가운데 두고 남작기병대와 보클뤼즈 중장 기병대는 서로 적의 반대 편 측면에 위치하는 셈이 되었다. 페임가르트 군 주력을 두 부대가 서로 X 자형을 이루며 교차 돌격한 결과였다. 이것은 전술 면에서 절대적으로 유리한 고지를 차지한 셈이 되었다. 페임가르트 군으로서는 어느 쪽을 상대하려 해도 어쩔 수 없이 다른 한쪽에게 등을 보이게 되는 약점을 떠안게 된 것이다.

시펠의 남작기병대가 목표로 한 것은 적의 지휘부가 위치한 대열의 중앙이었다. 이런 악천후 속에서 앞뒤로 길게 늘어진 행군 대형의 허리가 끊어지면 앞뒤는 말 그대로 고립될 수밖에 없었다. 장교들은 우측에서 돌격해 들어오는 적의 기병대를 저지하려고 병사들을 다그쳤지만 실제보다 확대 해석된 적의 제파 돌격 전술에 놀란 병사들은 좀처럼 좌측 면에서 이동 중인 보클뤼즈 중장 기병대로부터 등을 돌리려 하지 않았다.

하지만 보클뤼즈 중장 기병들이 노린 것은 행군 대열에서 벗어나 황급히 대열을 정비하려고 시도하는 페임가르트 군 기병 집단이었다. 사방으로 우왕좌왕하는 보병들을 헤치고 대열 바깥으로 나와 집결하는 페임가르트 군 기병대가 미처 충분한 숫자로 모이기 전에 보클뤼즈 중장 기병들이 질주해 들어왔다.

 여왕의 창기병들로서는 적의 기병대가 집결해 대응하도록 기다려 줄 아량이 없었다. 전투에 있어서의 정정당당함을 믿을 만큼 낭만적인 성품을 가진 이들이 없었다. 가장 좋은 것은 적들이 잠잘 때, 먹을 때, 그리고 이동할 때 공격하는 것이다. 즉, 적이 대열을 갖추고 싸움에 임할 때까지 기다려 주지 않는다. 여왕의 창기병단 병사들은 바로 그 진리를 신봉하는 열혈 신도들이었다. 그들에게 있어서의 정의란 전투에서의 승리이지 정당하고 깨끗한 싸움이 아니었다.

 페임가르트 원정군 지휘부가 있는 대열의 중간 부분에 배치된 병사들은 필사적으로 남작기병대의 돌격을 저지하기 위하여 싸웠다. 하지만 병사들의 피로 새겨놓은 명성은 쉽게 지워지지 않는다.

 창기병단은 그런 명성이 단순한 헛소문이 아님을 증명해 버렸다. 비에 젖은 군기는 용감하게 펄럭이지 못했다. 하지만 그것이 그 깃발을 들고 선두에서 돌격하는 병사들의 용기를 꺾지 못했다. 뜨겁게 달아오른 숨결이 거칠게 뿜어져 나왔고 세찬 빗줄기가 어깨를 때렸다. 비에 젖어 둔하게 굳었던 몸이 전투의 열기와 흥분으로 뜨겁게 달아올라 하얀 김을 뿜어냈다. 근육이 경련을 일으키며 움직였고 그 움직임은 훈련된 기억에 의해 단호한 움직임이 되었다. 전쟁터 한복판에서 사람들의 생각이나 사상, 의식 따위는 아무런 쓸모도 없다. 그저 본능대로 움직일 뿐이다. 검에는 검, 아무것도 필요없었다.

"어? 저, 저건?"

"설마… 보병대? 어째서 여기에? 이제 기병의 돌격이 시작되었는데?"

"미, 미친놈들!! 기병이랑 보병이 함께 돌격한 거냐?"
 최초로 돌격을 받아 초토화된 아수라장 속에서 부상당한 동료들을 추스르던 병사들이 탄식했다. 페임가르트 군 대열 중간 부분과 측면에서 벌어지는 전투를 뒤돌아보던 선두의 병사들은 황급히 돌아섰다. 폭우를 뚫고 보병 대열이 물안개 속에서 모습을 드러냈다. 회색 대지를 배경으로 병사들이 세워 든 창칼이 고슴도치 바늘처럼 보였다.
 "무, 무기를!! 전투는 이제 시작이다!!"
 "보병끼리의 전투는 지지 않는다!!!"
 "하지만… 이미 대열이… 지휘부가 당했을지도 모르는데……."
 "정신 차려, 병신아! 도망치거나 싸우거나야! 제길!! 싸운다!!"
 페임가르트 보병대는 방패를 들고 검을 챙겼다. 그들은 대열을 갖추지 못했지만 일단 손 놓고 멍한 얼굴로 적들이 자신들을 죽여주길 원하지 않았다. 그들은 삼삼오오로 뭉쳐 다가오는 보병전을 대비했다. 아군 기병대의 지원을 기대할 수 없었지만 적들도 지원하는 기병대가 없다. 악몽과도 같은 돌파력을 보여주었던 적의 기병대들은 아군의 중앙과 후미에서 붙잡아주고 있다.
 중장 기병들이 밀고 지나갔다고 괴멸하는 부대는 없다. 전쟁을 끝내는 것은 보병들의 몫이지 기병들의 몫은 아니다. 그들은 그런 생각으로 자신들의 용기를 끌어올렸다. 중장 기병들은 돌파력과 파괴력 면에서 압도적으로 우세했지만 그것이 곧바로 적 부대를 제압할 수 있는 것은 아니었다. 각국의 군대가 무의미하게 중장 기병, 경장 기병, 중장 보병, 경장 보병, 궁병 등 5개 병과를 모아서 하나의 부대로 만드는 것은 아니었다. 중장 기병이 아무리 압도적인 파괴력을 갖고 있다고 해도 중장 기병만으로 부대를 만들지 않는 것은 단지 중장 기병을 유지하는 비용이 많이 들기 때문만은 아니었다.

여왕의 창기병 소속 중장 보병대와 페임가르트 원정군 소속 중장 보병들이 격돌했다. 중장 기병들이 두 번이나 밀고 지나가면서 폐허가 되어버려 전열을 정비하지 못했지만 페임가르트 병사들은 나름대로 용감하게 싸우기 시작했다. 중장 기병으로 인해 유린된 전장을 감돌던 혼란과 공포는 오히려 중장 보병이 나타나면서 진정되기 시작했다.

"돌격!! 페임가르트 만세!!"

"Salute!! Vitu Krimwaltz!! Vitue Knroigen!! Salute!!"

라이어른 어와 중앙어로 된 돌격 명령이 동시에 떨어졌다. 병사들은 각자의 모국어로 고함을 지르며 비에 젖어 병든 들판을 밟았다. 사방에서 서로 다른 언어로 고함치는 병사들이 똑같은 목적으로 검을 휘둘렀다.

"Geez!! Sa… Salute!!!"

"커헉! 페임가르트 만세!!"

"Vitu!! Salute! Vita!!"

"뭐, 뭐야? 외국인? 이거 어느 나라 말이야?!"

"젠장!! 어쨌든 적이야!!"

폭우 속에서 검을 휘두르던 병사들이 경악하며 악을 썼다. 그들로서는 생전 처음 들어보는 중앙어였다. 알아듣지 못하는 외국어를 사용하는 데다 질서정연하게 대보병 전투 대형을 유지하는 병사들과 맞부딪친 페임가르트 병사들의 사기는 다시 곤두박질쳤다. 지휘관이 전장을 장악하지 못한 상황에서 본능적으로 삼삼오오 모여서 전투에 임하는 병사들과 철저하게 훈련받은 대열을 유지하며 싸우는 병사들과의 전투는 시작부터 승패가 확실했다. 게다가 병사들이 훈련받은 강도와 질적인 면에 있어서도, 병사들 개개인의 장비에 있어서도 우열이 두드러졌기 때문에 페임가르트 군 병사들은 절망적인 현실 속에서 생존하기 위하여 필사적으로 몸부림쳐야 했다.

검을 던져 버리고 두 손을 들며 항복하는 병사들이 생겨났지만 여왕의 창기병단은 전통적으로 그런 것에 개의치 않기로 악명이 높았다. 피의 악업을 이어받은 창기병단 병사들은 항복하는 병사들의 복부에 스피어를 찔러 넣었다.

"여왕 폐하께 검을 든 자들이다! 항복이란 인정하지 않는다!!"

"돌격! 크림발츠 만세! 여왕 폐하 만세!!"

"라이어른의 돼지들을 죽여! 놈들은 그저 한 마리의 돼지다!!"

라이어른 어로 고함을 지르며 병사가 넘어지자 세 명의 창기병단 병사들이 덤벼들었다. 선두에 선 병사가 무거운 보병용 방패 모서리로 페임가르트 군 병사의 무릎을 찍었다. 동료들의 시체 위에 누워 버둥거리던 그 병사는 절망적인 비명을 질렀다.

"돼지는 죽어랏!"

아메린 산에 뒤지지 않을 만큼 단단한 크림발츠 산 롱 소드가 갑옷을 찢고 병사의 옆구리로 들어갔다. 무릎이 부러진 병사는 울컥 피를 토했다. 그 병사는 쏟아지는 비 때문에 눈을 들지 못한 채 꺽꺽거리는 소리를 냈다. 또 다른 병사가 페임가르트 병사의 투구를 벗겼고 드러난 맨얼굴 한가운데 롱 소드를 찍어버렸다.

"여왕 폐하께 검을 들이댄 벌이다!"

"여왕 폐하 만세!!"

"크림발츠의 영광이 영원히!!"

세 명의 병사들은 죽은 병사를 걷어차며 환호성을 질렀다. 그들이 하늘을 향해 흔드는 롱 소드를 타고 흐르던 핏방울은 세찬 빗속에 씻겨 나갔다. 학살은 이제 본격적으로 시작되려 하고 있었다.

페임가르트 군 중앙에 위치한 병사들은 선두에 있던 병사들처럼 속수무책으로 돌파를 허용하지 않았다. 짐을 벗기 위해서 허둥거리다가 말발굽에 짓밟히기보다는 30킬로가 넘는 무거운 짐을 짊어진 채 돌격하는 적을 상대로 검 한 자루로 대항하는 만용을 부렸지만 그들의 그 투혼은 현실적으로 돌격 속도를 조금이나마 늦추는 데 성공했다.

자신이 조금이라도 버틴다면 등 뒤에 서 있는 동료들이 대항을 준비할 시간을 번다. 병사들은 공포와 싸우며 삶에 대한 염원보다 아군을 위한 희생을 선택했다. 물론 그들의 그런 희생에도 불구하고 공포를 이기지 못하고 도망치는 병사들도 있었지만 많은 병사들이 검을 뽑아 들고 함성을 질렀다. 그리고 적의 창칼에 넘어지는 아군을 위해 뛰어갔다.

그런 그들의 희생에도 불구하고 지휘부를 구성하고 있던 귀족과 장교들은 미련없이 뒤도 돌아보지 않고 대열을 이탈했다. 외국어를 쓰는 상대가 누군지도 모르고 싸우다 희생당한 병사들과는 달리 그들은 중장 기병대 병사들이 입고 있는 서코트를 알아보았다. 비와 피에 젖어 검붉게 물들었지만 그 가슴에 새겨진 문장을 읽는 데 어려움은 없었다.

사슬에 휘감겨 검은 화염을 토하는 독수리. 그것은 크림발츠 국왕 친위대의 문장이었다. 그것을 알아본 장교들은 부하들을 포기하고 전장 이탈을 시도했다. 선두에서 적의 중장 보병들과 싸우는 병사들은 물론 코앞에서 장교들을 지키기 위하여 자신의 목숨을 불태운 병사들의 희생이 덧없어지는 순간이었다.

"지휘부가 이탈한다!!"

신발소위라는 불명예스러운 별명이 붙은 히스파니 소위는 안타까운 감정으로 고함을 질렀다. 적의 지휘부까지 불과 20미터. 거기까지 전진해 왔는데 지휘부가 탈출하는 모습을 보고 아무것도 할 수 없었다. 히스파니 소위는 너덜너덜해진 롱 소드를 버리고 예비용 롱 소드를 뽑아 들면서 고래고래 고함을 질렀다.

"이 똥강아지들아! 도망치지 말고 덤벼!!"

물론 페임가르트의 지휘부는 사방에서 터져 나오는 비명 소리와 세찬 빗줄기 소리 속에서 그의 목소리를 들을 수 없었다. 무엇보다 그들 중에서 중앙어를 구사할 만큼 외국어에 능통한 이들도 없는 데다 설령 들었다고 해도 그들이 얌전히 돌아설 이유는 없었다.

히스파니 소위는 찔러 들어오는 검을 쳐내면서 이를 악물었다. 조금만 더 밀어붙였다면 이 전투를 한결 쉽게 끝냈을지도 몰랐다는 안타까움이 그를 붙잡고 늘어졌다.

그렇지만 지휘부가 전장을 이탈했다는 사실만으로 페임가르트 군의 투혼은 급격하게 식었다. 폭풍우 속에서 사그라드는 모닥불처럼 병사들은 싸울 의지를 잃었다.

페임가르트 중장 기병들을 제압한 보클뤼즈 중장 기병대는 거의 자포자기에 빠져 버린 전열 후방의 파이크 병들에게 돌격했다. 사실 이들이 제일 먼저, 그리고 행군 중이 아니라 제대로 대열을 갖추고 창기병단을 맞았다면 전장의 흐름은 달라졌을 것이다. 물론 페임가르트의 전력으로 거의 비슷한 병력만으로 창기병단을 저지하는 것은 불가능했다. 하지만 지금처럼 아무런 힘도 써보지 못하고 무력하게 당하지는 않았을 것이다.

전투에서 지는 것은 단지 적이 강하고 내가 약하기 때문은 아니다. 전투란 그런 한두 가지 요소로 좌우되지 않는다. 페임가르트 군의 패배 요인은 많았지만 역시 첫 번째는 지휘부의 지휘 능력 부족 및 전장 이탈이었다.

머리가 사라지면 손발은 움직이지 못한다. 지휘부의 전장 이탈은 이제 페임가르트 군이면 누구나 알 수 있었고 그들의 싸울 의지를 무참하게 꺾었다. 많은 병사들이 전장을 이탈해 서쪽으로 달아났고 남아 있는 병사들은 배신감과 절망, 그리고 무력감 속에서 자학에 가까운 감정으로 싸워야 했다.

그들에게는 이제 아무것도 남아 있지 않았다. 지도자들은 그들을 배신했고 지켜주지 않았다. 적들은 사방에서 가차없이 몰려들었고 제 한 몸 건사하기조차 불가능한 상황에서 누구도 도움을 받지 못했다. 개전 초기부터 아무런 정당성과 목적 의식을 찾아보기 힘들었던 전투는 상식을 벗어나는 안일한 운용도 모자라 전장 이탈까지 감행한 지휘부 때문에 급속도로 무너져 갔다. 그것은 더 이상 전투라고 부를 수도 없는 무가치한 파괴 행위였다. 물론 세상에 가치있는 파괴 행위란 있을 수 없지만.

"…학살이군요."

케이시 튜멜 남작은 목이 부러질 만큼 세차게 쏟아지는 비를 그대로 맞으며 탄식했다. 사방에서 솟구치는 핏줄기 때문에 전장은 마치 핏빛 안개가 감도는 착각이 들었다. 들려오는 것은 중앙어로 된 고함소리와 라이어른 어로 된 절규뿐이었다. 튜멜은 배신감과 절망 속에서 세상에 대한 저주를 퍼부으며 죽어가는 페임가르트 군 병사들을 바라보며 입술을 깨물었다. 추위 때문에 핏기가 없는 입술이 파르르 떨렸다.

"이건 전투가 아니군요."

"그렇군요."

키올스 중령은 재채기를 하고는 코를 만지작거리며 대꾸했다. 튜멜은 얼굴을 잔뜩 찡그리며 말했다. 그의 목소리는 분노보다는 안타까움이 짙게 배어 있었다.

"어째서 전투 중지 명령을 내리지 않습니까?"

"가장 큰 이유는 이번 작전의 수준이 '섬멸'로 규정되어 있으니까요. 섬멸이라는 것은 말 그대로 완전히 날려 버린다는 의미입니다. 우리는 이번 전투로 페임가르트의 군사력을 완전히 꺾어버려 앞으로 몇십 년 동안은 재기하지 못하게 해야 합니다. 이걸로 페임가르트의 대외 발언력은 브레나 정도 수준으로 떨어지겠죠. 그저 쫓아내는 것 자체가 목적이라면 적들을 수도 평야로 끌어들이지 않았습니다."

"그럼, 설마……? 그러니까 페임가르트 군이 수도 평야까지 진군해 들어온 것은 우리 측에서 고의적으로 방관했기 때문이란 말입니까?"

"섬멸전의 원칙 제1장, 병력의 질과 양에 있어서 확실한 우위를 점할 것. 두 번째, 전장은 진출이 용이하나 퇴로가 어려운 지형을 선별할 것. 적을 끌어들이나 적의 도주는 허용하지 않는 지형을 전장으로 선택해야 한다."

튜멜은 굳이 수도 평야의 지형을 떠올릴 필요조차 없었다. 몇 개월간 그 지겨운 농성전을 벌였던 곳이다. 그는 이 출구가 하나뿐인 수도 평야에서 자신들이 얼마나 고생했는지 기억했다. 탈출로가 없어서 강변 습지를 필사적으로 통과해야 했다. 그나마 지금처럼 폭풍우가 퍼붓는 상황에서라면 그들이 사용했던 강변 습지는 허리까지 물이 찰 것이다. 산을 타려 해도 폭우가 쏟아지는 산만큼 위험한 곳도 없다. 결국 선택은 비좁은 우사자 성채 하나뿐이다. 그리고 그곳에는 대규모 매복조가 있다.

에드메이드는 애초부터 이 지형을 염두에 두고 반격 작전에 나선 것이다. 적들이 자신들에 관한 소식을 듣지 못했음을 이용하여 적들의 방심을 유도했고 꽉 막힌 지형으로 몰고 들어와 압도적인 군사적 우위를 내세워 재기 불능으로 궤멸시켜 버린다.

튜멜은 그제야 그가 어째서 유리한 우사자 성채를 포기했는지 알 것 같았다. 우사자 성채에 의지해 싸운다면 적들을 수도 평야로 한 발도 들여놓지 못하게 할 수 있었지만 탁 트인 평야에서 싸우는 그들을 궤멸시킬 수는 없다. 아직 아메린의 반응이 모호한 상황에서 페임가르트 영토까지 밀고 들어가 페임가르트의 손발을 묶는 것은 힘들다. 지금처럼 예민한 정세에서 그런 돌출 행동은 득보다 실이 많았다.

페임가르트가 라이어른의 새로운 종주국을 자처하며 나설 기회를 그 근처부터 박살 내려는 목적이 이번 전투에 있었다. 있는 병력 없는 병력을 다 긁어모아 발트하임을 장악하려 했던 페임가르트의 시도는 스스로의 무덤을 판 결과를 가져왔다. 가만히 좌시했다면 발트하임으로서는 페임가르트에 대한 적절한 대응을 찾기 위해 고심했어야 했을 것이다. 하지만 페임가르트는 스스로 자신의 병사들을 무덤 속으로 몰아넣고 파묻어 버렸다. 이 치명적인 실책으로 페임가르트는 라이어른 맹약국 내에서의 입지 중 대다수를 상실할 것이다. 라이어른 6개국가 중 이번 전쟁으로 직접적인 피해를 입지 않은 국가는 브레나뿐이다.

튜멜은 자신의 모국 브레나에게 아무런 애정을 느낄 수 없었기 때문에 그 사실이 별로 기쁘지 않았다. 지금의 튜멜에게는 사실 모국이라는 개념조차 별 의미가 없었고 굳이 모국을 선택하라면 튜멜은 이미 발트하임을 선택했다. 그나마 브레나는 상업 국가이지 군사 국가는 아니기 때문에 특출할 만한 군사력을 보유하지는 못했다. 브레나로서도 발트하임과 페임가르트의 몰락으로 입지를 다질 역량은 없었다. 결국 페나 왕비가 계획했던 모든 것들은 오히려 라이어른의 각 나라들을 치명적으로 약화시키는 결과를 불러왔다. 튜멜은 이미 죽은 그녀가 지금의 상황을 발견하면 어떤 표정을 지을지 궁금했다.

"창기병이 정치에 나서는 것은 금기입니다만… 정치에 무지한 제가 보기에도 지금 여기서 이들의 군대는 완벽하게 박살나야 합니다. 라이어른에서는 이제 이만큼의 무력을 갖고 있어도 좋을 만큼 역량을 가진 국가가 없습니다. 혹시 이 문장의 의미를 이해하십니까?"

키올스 중령은 빗속에서 부르르 떨더니 어깨를 돌리며 튜멜을 향했다. 튜멜은 이미 한두 번 본 문장이 아니었기 때문에 무심하게 그 문장을 내려다보았다.

"여왕의 창기병을 상징하는 독수리 문장입니다. 어째서 이런 문장을 사용한다고 생각하십니까? 독수리는 용맹, 그리고 무력 그 자체를 상징합니다. 바로 군대를 의미합니다. 그리고 독수리가 토해내는 검은 화염은 파괴, 그 무력이 가져오는 힘을 의미합니다. 화염을 토해내는 독수리의 자세를 주목해 주십시오. 날아오르려고 하고 있죠? 무력은 고정불변의 힘이 아닙니다. 그것은 어떠한 대상을 향하는 방향성을 가진 힘이며 파괴를 동반합니다. 독수리가 날아오르려는 자세는 바로 그 방향성을 의미합니다. 하늘에는 방향이 없습니다. 이 문장의 의미가 무얼 것 같습니까? 바로 무력이 일관된 방향성 없이 하늘처럼 탁 트인 공간에서 어디든 날아갈 수 있다면 그것은 재앙이라는 것을 의미합니다. 그렇기 때문에 우리의 문장 안에는 이렇게 쇠사슬이 있는 것입니다. 쇠사슬은 국왕의 권위, 국왕의 명령을 의미하죠. 우리가 항상 입 모아 말하듯 여왕의 창기병들은 오직 군주의 명령에 의하여 움직인다는 것을 우리는 숙지하고 있습니다. 군대가 구속을 갖지 못하고 무력을 행사하는 것은 단순한 파괴, 그 이상도 그 이하도 아닙니다."

"아아……."

튜멜은 지금껏 무심코 지나쳤던 창기병단 문장에 그런 복잡한 의미가 있음을 듣고는 감탄해 버렸다. 그는 지금껏 자신이 갖고 있었던 많은 질문에 대한 해답을 지금 이 순간 얻었다. 그것이 앞으로 어떤 영향을 가져올런지 예언할 수 없었지만 적어도 적지 않은 영향이라는 것은 그 자신도 짐작할 수 있었다.

"쇠사슬이 없는 독수리만큼 위험한 존재는 없습니다. 지금 라이어른이 이렇게 된 것은 바로 이 독수리를 구속할 쇠사슬이 없었기 때문입니다. 하지만 우리는 쇠사슬을 갖고 있습니다. 바로 군주의 명령이죠."

"만약 군주가 악행을 위해 쇠사슬을 이용한다면? 아! 여왕 폐하께서 그렇다는 말은 아닙니다."

"그것에 대한 책임은 군주가 져야 할 것입니다. 하지만 쇠사슬의 방향도 읽지 못하는 군주가 쇠사슬을 쥐었을 때 어떤 결과를 가져오는지 이 땅에서 충분히 목격하셨을 겁니다."

"……."

"현재 라이어른에서 쇠사슬을 붙잡고 있을 능력을 가진 국가는 없습니다. 페임가르트도 단지 주도권을 잡겠다는, 그리고 영토에 대한 욕심을 버리지 못하고 군대를 여기까지 보냈습니다. 쇠사슬로 붙잡아두지 못하는 독수리라면……."

키올스는 잠시 말을 끊고 전방을 응시했다. 그의 눈빛에는 희미하게 동지 의식이 서려 있었다. 튜멜은 빗줄기에 가려 그 눈을 보지 못했다.

"독수리에게는 미안하지만 죽여 버려야 하겠죠. 두 번 다시 날아오르거나 화염을 토하지 못하도록… 지금 여기서!"

튜멜은 결국 반론을 찾아내지 못했다. 그저 입을 꾹 다물고 고개를 숙였다. 저 앞쪽에서 살육당하는 페임가르트 병사들의 모습을 볼 수 없었다. 그는 문득 한 가지 의문이 생각났다. 그는 고개를 들어 키올스를 불렀다.

"그런데… 크림발츠 문장이 제가 알기로는 쌍두 독수리인데… 그건 무슨 의미입니까?"

"도펠 아르거 말씀이십니까?"

"네, 그것 말입니다."

키올스 중령은 자신의 말안장에 매달아두었던 짧은 페넌트를 들어 보였다. 이미 빗물을 한껏 빨아들인 페넌트는 힘없이 빗속에서 흔들거렸다. 키올스는 페넌트에 새겨진 크림발츠 왕실 문장을 튜멜에게 보여주며 설명했다. 그로서도 이런 일방적인 싸움은 탐탁지 않았다는 것이 행동으로 드러났다.

"여러 가지 해석이 있습니다. 첫 번째 해석은 오른쪽을 보는 머리는 군주를, 왼쪽을 보는 머리는 칙명관을 의미한다는 해석이 일반적입니다. 하나인 몸통은 본토 크림발츠를, 펼쳐진 날개는 확장된 크림발츠의 식민지를 의미한다고 하죠. 이해하셨습니까? 크림발츠는 대륙에서 유일하게 국왕과 칙명관으로 된 2인 체제를 유지하고 있습니다. 그런 의미이죠."

"아, 그렇군요. 크림발츠로서는 그런 식으로 권력을 나누는 것이 옳다고 믿는다는 의미입니까?"

"잘 모르겠습니다. 그것을 평가하는 것은 제가 아니니까요."

"고맙습니다. 많은 도움이 되었습니다."

"도움이라뇨?"

"민회가 나아갈 길 말입니다. 어떤 생각으로 민회를 구성해야 할지 알겠습니다."

"도움이 된 건가요? 허참, 쑥스럽군요."

키올스 중령은 왕실 페넌트를 다시 안장에 세심하게 매달며 어깨를 으쓱했다. 튜멜은 쏟아지는 빗줄기를 향해 얼굴을 들었다. 거칠게 쏟아지는 빗줄기가 사정없이 얼굴을 때렸다. 튜멜은 한기를 느끼며 어깨를 떨었다.

"부, 분하다! 조금만 버티면 페임가르트가 우리를 해방시켰을 텐데!!"

"그거 아쉽군 그래. 너무 아쉬워서 눈물이 나는군. 손수건 좀 빌려주지 그래?"

이언의 빈정거림은 부상에도 불구하고 전혀 녹슬지 않았다. 이언은 가슴의 통증을 숨기기 위해 팔짱을 끼고 서서 피식 웃었다. 크림발츠

친위대가 투입되면 모양새가 좋지 않다는 의견이 대두되어 후방에 남겨진 여왕의 창기병 제2중장 보병대와 엑스터 예비대는 혹시 있을지도 모르는 소요 사태에 대응하기 위하여 시내 도처와 사자성, 그리고 귀족 지구의 외곽에 배치되었고 무장 농성 중인 귀족들에 대한 진압은 전적으로 시민전쟁에서 살아남은 병사들로 구성된 근위대와 회색 남풍 용병대가 맡았다. 그리고 진압군의 총책임자는 파일런 디르거가 아니라 하 이언이 맡게 되었다. 이언은 진압군 지휘관을 자청했고 이미 카민에서도 여러 번 진압 경험이 있는 그가 적임자라는 의견이 나왔다.

　이언은 아직 부상에서 완전히 회복하지 못해 직접 싸우지는 못했지만 그가 지휘하는 진압 방식은 놀라울 만큼 효과적이었다. 하지만 반면에 지나치게 잔인했다. 저택의 정원에서부터 밀리기 시작한 한 귀족의 사병들은 저택 1층에서 다시 반격에 나섰지만 결국 저택 2층까지 밀렸다. 그때 이언은 2층으로의 진입을 명령하는 대신에 2층으로 올라가는 계단들을 모두 가구들 따위로 만든 바리케이드로 막아버렸다. 그리고 내려진 명령은 근위대 병사들의 신경을 얼어붙게 만들었다.

　"1층에 기름을 뿌리고 불을 질러. 폭우가 쏟아지는 날이라 연기도 많아서 질식해 죽기에도 좋을 거고 대화재로 불이 번질 걱정도 없어. 딱 좋은 날씨야."

　그렇게 첫 번째 저택이 불길에 휩싸였을 때 다른 농성 귀족들은 경악했다. 저택을 포위한 근위대 병사들은 불길이 2층과 3층으로 번지는 모습을 지켜보았고 연기와 불길을 피해 창문으로 고개를 내미는 자들은 전부 콰렐로 사살했다. 3층에서 뛰어내려 다리가 부러진 어떤 용병은 대기하고 있던 근위대 병사들에게 무참하게 도륙당했다.
 이언은 이런 식으로 차근차근 저택 하나씩 차례로 압도적인 병력으로 밀어붙여 진압한다는 간단명료한 작전을 구사했다. 함께 농성하는 상황인데도 서로 반목하기 바쁜 귀족들은 각자의 사병을 모아 한꺼번에 진압군을 상대한다는 기초적인 생각조차 하지 못했다. 아니, 그런 생각이 들었어도 차마 정적과 손을 잡을 생각은 없었다.
 병사들에게 체포당해 끌려온 귀족은 이언의 발치에 침을 뱉으며 욕설과 저주를 퍼부었다. 이언은 팔짱을 끼고 서서 심드렁하게 그것을 받아넘겼다. 애초부터 그러는 남자를 욕하거나 비난하는 것은 무의미했다.
 "내, 내가 국왕이 된다면 이 나라를, 아니, 라이어른을 재건했을 텐데. 고작 외국인들의 탄압에 무릎을 꿇다니! 신이시여, 세상의 정의란 어디에 있는 것입니까!"
 "좋아, 어차피 시간도 많은데 그 재건 계획이나 들어보자. 어떻게 재건할 생각인데?"
 이언은 싸늘하게 웃으며 안락의자에 다리를 꼬고 앉았다. 응접실 바닥에 무릎 꿇려진 귀족은 노기를 주체하지 못해서 부들부들 떨었다.
 "바로 외세를 배척하는 것이다! 더 이상 이 나라가 크림발츠나 아메린의 손에 좌우되지 않도록 외세를 척결할 생각이었다! 그리고 부유하고 강력한 나라를 건설할 생각이었다! 나라면 그것이 가능했을 것이다!!"
 "페나 왕비도 따지고 보면 제자 운은 지지리도 없군, 이런 무능한 제자를 두다니."

"그런 마녀와 나를 동일시하지 마라! 나야말로 이 시대를 이끌……!"

"비 오는 날 개 짖는 소리만큼 짜증나는 것도 없으니까 닥쳐. 그나마 그 여자는 평생 동안 라이어른 통일만을 고민했어. 그래서 군대를 키웠고 이런 내전을 일으켰어. 그런데 넌 뭘 했지? 고작 싸구려 건달들 한 50명 데려다 놓고 사병이랍시고 거드름 피우고 있었지? 에라이, 이 병신새끼야! 그걸로 라이어른 통일이 가능해 보였냐?"

"내, 내가 국왕이 되었다면 군사를 모아서……."

"멍청아, 군사를 모아서? 군인들이 뭐 저 앞집 구둣방에서 만드는 장화 같은 건 줄 알아? 페나 왕비도 이 나라의 실질적인 군주로 있으면서도 1만 군대를 만드는 데 20년도 넘게 걸렸어. 뭐? 국왕이 되면? 라이어른을 통일하려면 군사가 몇 명쯤 필요하다고 생각하냐? 국왕이 되어 라이어른을 통일할 어르신이라며? 한번 대답해 봐."

귀족은 우물쭈물하며 쉽게 대답하지 못했다. 솔직히 거기까지 생각해 본 적도 없었다. 그는 잠시 동안 고민하다가 대답했다.

"하, 한 2만쯤?"

"뭐? 2만? 이거 아주 구제불능인 병신이구만? 2만안? 2만안이라구우?!"

이언은 붕대를 감은 옆구리를 누르며 괴롭게 킬킬거렸다. 이언은 고개를 설레설레 저으며 다독이듯이 말했다.

"그 머리 좋은 여자가 운용하는 1만 군대도 통일을 달성하기에는 턱없이 부족했어. 아마 그녀는 계속 주변국들을 병합해서 군대를 키울 생각이었을 거야. 현실적으로 그건 실패로 돌아갔지만 말이야. 그런데 네놈 따위가 2만 명이라고? 네놈은 5만 명을 줘도 라이어른을 통일 못해. 바보니까 말이야. 그래, 2만이라고 쳐도 2만 명을 키우는 데 40년이 걸리겠네? 넌 너 자신이 앞으로 40년 동안 살아갈 수 있을 것 같냐? 한 90살은 될 텐데? 대륙의 장수 기록을 간단히 깰 수는 있겠군. 데려가! 사자성 지하 감옥에 처넣어. 죽지만 않는다면 팔다리 하나쯤 잘라도 상관없어. 감옥에서 시체처럼 썩어가면서 부지런히 통일 계획을 세우라고 해!"

이언은 턱짓으로 거만하게 병사들에게 명령을 내렸다. 그의 명령을 받은 근위대 병사들은 밧줄에 묶은 귀족을 짐짝처럼 질질 끌고 저택을 나갔다. 이언은 한숨을 쉬면서 일어섰다.

"다음은 어디야?"

"울리판 백작입니다만 방금 무기를 버리고 투항했습니다. 백작은 지금 사자성으로 호송 중입니다. 그래서 다음은… 크록토프 백작입니다. 보유한 사병은 대략 120명 선, 그나마 훈련받은 용병들입니다. 그리고 전투가 가능한 고용인들이 30명 선으로 추정됩니다."

"지금까지 전투에 참가한 3조와 4조를 후방으로 빼고 5조와 6조, 7조까지 투입시켜. 1조와 2조는 충분히 쉬었을 테니까 서쪽 지구에서 전투 대기하라고 해. 1조장이 판단하기에 확실히 승산이 있다면 먼저 병력 투입하라고 지시해. 아침나절 동안 가르쳐 줬으니 이제는 다들 방법을 좀 배웠겠지."

"네, 알겠습니다."

전령은 명령을 받기 무섭게 등을 돌려 뛰어나갔다. 이언은 마침 지나가는 병사를 불러 세웠다. 그 병사는 얼떨떨한 표정으로 멈춰 섰다. 이언은 그에게 다가가 어깨를 짚었다. 병사는 잔뜩 긴장한 얼굴로 고개를 들었다.

"주머니 속에 빼돌린 빵 한 덩이만 내놔. 배고파."

병사는 떨떠름한 얼굴로 방금 부엌에서 슬쩍한 빵을 내밀었다. 이언은 빵을 이빨로 뜯으며 히죽 웃었다.

"왜 불만이냐?"

"기억 못하시겠지만… 에펜도르프 전투에서 이언님은 제 배식을 빼앗아 드신 적이 있습니다. 이번이 두 번째입니다."

병사는 볼멘소리로 투덜거렸다. 하 이언이라는 남자는 적으로 돌리면 최악으로 끔찍한 남자였지만 아군일 경우에는 별문제가 없는 남자로 소문나 있었다. 여왕의 편에서 싸우는 동안에는 보복당하지 않을 것이라고 생각한 병사는 스스럼없이 투덜거렸다. 이언은 역시 화를 내지 않았다. 그는 뜯어 먹던 빵을 내밀었다.

"그럼 너도 함께 먹을래?"

"괜찮습니다. 다음번에는 제 얼굴을 기억해 주십시오."

"하찮은 인간들은 기억 못해."

"저는 전쟁 초기부터 국왕 폐하를 위해 싸웠고 이번에는 여왕 폐하를 위해 싸우고 있습니다. 전쟁터에서 한 번도 물러서지 않았고 명령 받으면 망설이지 않았습니다. 저도 제법 당당한 병사란 말입니다."

"넌 조국을 지키지 못하고 이 땅을 불타게 만들었어."

병사는 순간 입을 다물었다. 사자성 근위대원으로서 그것이 무엇을 의미하는지 알고 있었다. 병사의 얼굴은 단번에 의기소침해졌다. 이언은 그런 병사의 어깨를 두드리며 웃었다.

"군인이라는 건 말이야, 타인을 상처 입히는 한이 있어도 내 가족과 내 동료를 보호하는 거야. 네가 검을 들고 이 땅에 서 있는 것은 이 땅에서 살아가는 자들을 지켜주기 위함이야. 누군가의 욕심을 채워주기 위함이 아니고, 그걸 항상 명심하고 살아. 앞으로 이 나라가 어떤 식으로 변해도 너는 그것을 기억하고 검을 쥐어야 해. 그게 자신없으면 수당은 두둑이 줄 테니까 군인은 관두고 농사나 지어. 그냥 착하게 살란 말이야. 내 말이 무슨 의미인지 아나?"

 병사는 새삼 하 이언이라는 남자를 다시 보면서 고개를 세차게 끄덕였다. 요 근래 들어서 하는 일들이 잘하는 일인지 확신하지 못하던 병사는 비로소 자신의 임무를 상기했다. 근위대 내부에서도 외세 배척이라는 주장이 은밀하게 나돌고 있었다. 그는 단지 무서워서 그들의 의견에 동조하지 못했지만 이제는 당당히 그들과 이야기할 자신이 생겼다.

 "지금 이 나라에서 가장 중요한 것은 어떤 식으로 이 나라를 재건할 수 있을까? 그런 질문이야. 누가 국왕이 되어야 할까? 그런 질문이 아니란 말이야. 너, 가족이 있나?"

 "시골에 아내와 자식이 있습니다."

 "그럼 묻자. 자식놈이 한 달째 굶어 뼈만 앙상한 채 죽어가고 있어. 그리고 어떤 사람은 자신이 국왕이 되어야 하니까 너보고 대신 좀 싸워달래. 너는 어느 쪽을 선택할 거야?"

 "그, 그건……"

 "바보야, 뭘 고민해? 당연히 네 자식놈을 먹이는 게 우선이야. 그리고 이걸 잊지 마. 누가 왕좌에 올라서 너에게 싸우라고 명령한다면 너는 싸워야 해. 하지만 누가 너에게 왕좌에 오르고 싶으니 싸우라고 명령하면 넌 싸울 수 없어. 그 차이를 알겠나?"

 "네, 결국 누가 되든 결과적으로 왕좌에 오른 이의 명령을 듣는 것으로 충분하다는 것 아닙니까?"

"맞아. 수많은 내전과 반란 사건들은 다들 공통적으로 내가 나라를 바꾸겠다는 생각으로 싸우는 거야. 하지만 세상을 바꾸는 건 군인이 아니고 군인이 세상을 바꿔도 곤란해. 그걸 항상 기억해 둬."

"알겠습니다."

"그럼 뒷정리하고 복귀해."

이언은 축축하게 젖은 로브를 걸치고 로브에 달린 모자를 뒤집어썼다. 그리고 저택을 나서며 자신을 비웃었다.

"변했어… 충고 따위를 하다니 말이야. 최악의 인간이 되었군. 그래, 군인은 세상을 바꾸지 못해. 그건 나 자신부터가 잘 알고 있어. 군대를 갖고 있지만 나는 카민의 미래를 바꾸지 못했으니까. 되려 바꾸려는 옛 애인을 죽여야 했지. 케이시 튜멜 남작, 자네 말이 맞아. 무력으로는 아무것도 바꾸지 못해. 나도 알고 있지만 의미없는 바람 따윈 어디로 불어도 상관없어."

이언은 심호흡을 했다. 그리고 다시 앞으로 나아갔다. 세찬 빗줄기가 쏟아지고 있었다.

"어째서? 어째서 아무 상관 없는 당신들이 끼어드는 겁니까?"

젊은 귀족은 안타까운 목소리로 부르짖었다. 그늘진 눈동자에 깊은 주름을 가진 남자는 무거운 숨을 뱉어냈다. 파일런 디르거는 자신의 클레이모어를 잠시 거두었다. 상처투성이의 검은 이제 누더기로 변해 있었다. 파일런은 왼손으로 가만히 수염을 쓰다듬었다.

"무엇을 원하지? 권력? 더 높은 권력? 그 권력으로 뭘 하려는 건가?"

"세상을 바꾸는 작은 촛불이 되고 싶습니다! 이 나라를 보십시오!

나이 든 정치가들이 밥그릇 싸움으로 세월을 보냅니다. 이대로 이 나라를 병들게 방관할 순 없습니다! 이 나라는 이제 젊은 피를 요구해요! 바로 나처럼, 아니, 바로 우리처럼 젊은 피를 말입니다! 그래서 바꿀 겁니다!! 그렇기 때문에 우리는 투쟁하는 것입니다!!"

파일런이 이끄는 진압군에 의해 체포된 젊은 귀족은 안타까움을 이기지 못하고 항변했다. 평생 동안 전장에서 살아온 파일런은 수염을 쓰다듬으며 묵묵히 그의 항변을 들어주었다. 그 젊은 귀족은 설득이라도 하는 것처럼 쉴 새 없이 무엇을 해야 하고 무엇을 하기 위하여 자신들이 나서야 하는지를 변호했다. 젊었고 패기가 있었다. 하지만 치기 어린 용기였다.

"군주가 되어본 적 있는가?"

불쑥 내던진 파일런의 질문은 엉뚱했다. 젊은 귀족은 잠시 어리둥절했지만 이내 파일런이 자신을 놀린다고 생각했는지 화를 내기 시작했다.

"비록 국왕도 없는 나라에서 반역죄로 사형당하겠지만 그런 모욕을 받아도 좋은 것은 아닙니다! 내가 이렇게 체포된 몸이 아니라면 귀족으로서 결투를 신청했을 것입니다!! 군주가 되지 못했으니까 군주가 되기 위하여 떨쳐 일어선 것 아닙니까?"

"그것도 좋겠군. 저 친구를 풀어주고 검을 하나 줘보게."

"뭐?"

침을 튀기며 분노하던 젊은 귀족은 병사가 쥐어준 검을 내려다보며 지금 상황을 실감하지 못했다. 파일런은 자신의 클레이모어를 들었다. 그리고 차분하게 웃었다. 제자에게 검술을 가르치는 스승과도 같은 얼굴이었다.

"결투를 해보게. 그것도 좋겠지."

젊은 귀족은 재빨리 자세를 취했다. 찰나의 기회를 부여잡은 젊은이 특유의 오만한 자신감이 얼굴에 그대로 드러났다. 파일런은 아무런 예고도 없이 곧바로 검을 휘둘렀다.

"뭐, 뭣?!"

노란 불꽃이 튕기고 검이 부러져 나갔다. 파일런의 클레이모어는 여전히 예리하고 단단했다. 그리고 그의 검술은 여전히 묵직하고 위력적이었다. 짧고 빠르고 효율적인 검을 쓰는 버릇은 나이를 더할수록 빛을 발했다. 젊은 귀족은 일격에 검을 부러뜨린 그의 실력을 보고는 전의를 상실했다. 그는 욱신거리는 팔뚝을 움켜쥔 채 체념 어린 표정을 지었다. 파일런은 그런 그의 얼굴을 보면서 미소 지었다.

"자네와 같은 시절… 군주나 다름없는 자리에 앉은 적이 있었지. 아니, 군주라고 해도 좋았겠지. 내가 다스리는 영지의 백성들은 나를 국왕이라고 생각했으니까."

"당신… 혹시 왕족입니까?"

"혹시 샤웬 평야라고 들어봤는가?"

"네, 아메린 남쪽의 샤웬 반도에 있는 평야 아닙니까?"

"그건 지형적인 이름이고 정치적인 이름으로 샤웬 평야를 말하는 걸세."

"혹시 샤웬 독립 운동 말씀이십니까?"

"내가 시작했지. 그 독립주의 운동을 말이야."

"농담하시는 겁니까? 샤웬 독립주의 운동은 200년은 족히 되었을 겁니다. 당신이 시작했다는 게 말이 됩니까?"

"그렇게 오래되었던가? 내가 한 가지 이야기를 해줌세. 들어보겠나? 누군가에게서 들었던 어떤 사내에 관한 이야기라네. 아주 오래전의 일이지."

그는 젊었다. 나무트 공작 가문의 젊은 승계자였던 그는 믿는 바를 추진할 패기가 있었고 군주가 가져야 할 넓고 영민한 시야가 있었다. 그의 가문이 지배하는 땅은 샤웬 지방이었다. 아메린의 건국 영웅 타이멜 1세가 강제 병합한 샤웬 지방은 원래 독립국이었다. 신흥 강국으로 부상하는 건국 초기의 아메린은 곧바로 샤웬 지방을 강제 병합했다. 산악 지대가 많은 아메린 본토만으로는 국력을 키우는 데 한계가 있었기 때문이다.

건국 영웅 타이멜 1세는 아메린 본토 면적과 비교하면 4할에 달하는 방대한 곡창 지대를 가진 샤웬을 놔둘 수 없었다. 때는 아메린이 신흥 군사 강국으로 기틀을 다지고 있던 시기였고 몇 년 늦게 크림발츠가 건국된 시기였다. 당시만 해도 갓 건국한 보잘것없는 크림발츠가 아메린의 영원한 숙적이 되리라고는 아무도 예상하지 못했다. 아메린은 크림발츠를 가볍게 누르고 동쪽으로 뻗어 나갈 생각이었고, 그러기 위해서는 뒤통수에 작지만 알찬 나라를 남겨둘 수 없었고 동쪽으로 뻗어 나가는 데 필요한 병사들을 먹일 식량 생산지 확보도 필요했다.

독립국 샤웬은 그런 아메린의 이해 관계 때문에 주권을 빼앗기고 강제 병합되었다. 이후 샤웬의 왕조는 막을 내리고 샤웬 지방은 공작 자치령이 되었다. 전통적으로 보수적이고 폐쇄적인 성향이 강한 샤웬을 상대로 아메린 본토인들의 이주 정책은 뿌리를 내리지 못했고 언제까지나 무력으로 지배하는 것도 한계가 있었다.

결국 아메린은 샤웬의 차지를 인정하고 태양기사단이라는 자체 무력 보유까지 허락해야 했다. 그 조건으로 샤웬은 아메린의 그늘을 벗어나지 않아야 했다. 그런 상황은 수세기가 흐르는 동안 계속되었다. 아메린은 이제 대륙을 뒤흔들 만큼 군사 강국으로 변해 버렸고 그 이면에는 샤웬 인들이 흘린 피가 있었다. 보수적인 샤웬 인들은 유달리 용맹했고 아메린 본토인으로 구성된 부대와 샤웬 인 출신들로 구성된 부대의 혼성 군대는 대륙 최강이라는 칭호가 아깝지 않았다.

새로운 공작이 되어 샤웬의 군주가 된 그는 바로 그런 상황에 의문을 품었다. 그는 샤웬 독립주의를 이론화시켰고 그것을 샤웬 인들에게 널리 가르치며 샤웬의 분리 독립을 주장했다.

태양기사단은 아메린 중앙군에서 이탈했고 샤웬 인들은 반외세 자주 독립을 주장하며 아메린 인들을 추방하기 시작했다. 그는 마치 첫사랑에 빠진 젊은이처럼 열에 들떠 목청껏 구호를 외치며 샤웬 독립주의에 불을 당겼다.

그리고 그 비극적인 유혈 사태가 벌어졌다. 당시만 해도 태양기사단은 용맹한 샤웬 남자들의 자랑이었지만 정규군을 당해내기에는 역부족이었다. 몇 세기 전 샤웬을 강제 병합했던 본토 아메린 인들의 군대는 그 몇 세기의 시간 동안 놀랄 만큼 더 강해지고 단련되었다. 이제는 감히 손쉽게 샤웬의 무장 봉기를 주장할 만한 수준이 아니었다. 현실에 대한 냉철한 판단이 부족했던 상황에서 단지 논리적으로 옳다는 것만을 이유로 시작했던 무장 봉기는 끔찍한 비극으로 끝나고 말았다.

그리고 샤웬 독립주의를 처음 주장했던 그는 일개 촌부로 위장해 녹해를 넘어 남쪽 대륙의 '올리브 반도'로 도망쳐야 했다. 그는 자신과 함께 샤웬의 독립을 위해 함께 소리 높여 구호를 외쳤던 약혼녀와 오랜 친구와도 같은 부하들을 한 명도 구하지 못했다. 그가 샤웬 반도 남쪽 끄트머리의 작은 항구에서 남쪽 대륙행 배에 올랐을 때 그는 장사꾼에게서 약혼녀와 그녀의 가문이 반란죄로 몰살당했다는 사실을 들었다.

그는 갑판에 엎드려 오열했다. 그저 충실하기만 했던 그녀의 아버지가 떠올랐다. 고집스럽고 보수적이던 그녀의 아버지는 자신의 사상을 영 마뜩찮아 했다. 단지 신하로서, 그리고 장인으로서 그를 도왔다. 새로운 세상을 열기 위해서는 젊은 피가 필요하다고 말하면서 그 노인은 희미하게 웃었다. 그랬던 그가 죽은 것이다.

그의 생각은 틀리지 않았다. 샤웬의 독립은 정당한 요구였다. 하지만 힘을 갖지 못한 자가 주장하는 요구는 무모했다. 그는 자신을 용서할 수 없었다. 그 자신의 사상 때문에 많은 젊은이들이 전장에서 죽었고 세상에서 가장 사랑하는 이가 죽었다.

절망하고 분노한 그는 남쪽 대륙의 사막 도시들을 떠돌며 주술사를 찾았다. 절망과 분노 속에서 그는 수십 년 동안 주술사를 찾아 사막을 방랑했다. 사막은 그에게 있어서 또 다른 정화였다. 스스로에게 저주를 걸어 평생 동안 죽지 못하고 방랑하고 고통받는 형벌을 내리려 했다. 영생이라는 저주를 자신에게 내려 스스로를 단죄하고 속죄하고자 했던 것이다. 하지만 그가 알게 된 것은 영생도 속죄가 될 수 없다는 절망적인 사실뿐이었다.

실내는 잠시 동안 침묵이 흘렀다.
"그는… 그 남자는 그 후로 어떻게 되었다고 합니까?"

"글쎄, 잘 기억이 나지 않는군. 아마 성당 기사가 되었다고 했던가? 혹은 어딘가에서 용병 부대를 창설했다고도 했던 것 같군. 아마도 제이스 저원이라는 이름으로 용병대를 조직했다고 들었던 것 같군. 불쌍한 사내지."

"당신 같은 남자가 그런 허무맹랑한 거짓말을 믿다니 의외군요. 불로불사라니… 장난 하는 것도 아니고."

"중요한 것은 그것이 아니라네. 그는 아무런 대안도 생각하지 않은 채 무분별하게 샤웬의 독립 운동에 불을 붙였네. 그 독립 운동이 얼마나 많은 희생과 군건한 의지를 필요로 하는지 생각하지 않고서 말일세. 그 희생을 감내하면서도 군건한 의지를 유지할 수 있는 자신감도 없었던 주제에 말이야. 한 나라의 독립이라는 것은 그런 거라네. 어떤 희생을 치러서라도 독립을 손에 넣겠다는 군건한 의지가 있어야 하네. 그리고 그 독립의 결과로 얻게 되는 것을 제공할 자신이 있어야 타인들에게 희생을 강요할 수 있는 법이지. 어째서 희생해야 하며 그 희생으로 우리는 무엇을 얻을까? 자네들은 그런 질문에 대답할 수 있는가? 그래서 이런 무장 봉기를 일으켰는가?"

파일런은 묵묵히 움직이지 않는 산처럼 군건하게 서서 질문했다. 젊은 귀족은 얼굴이 붉어지며 우물쭈물거렸다. 그는 대답하지 못했다.

파일런은 잠시 동안 자신의 클레이모어를 내려다보았다. 얼마나 오랫동안 자신과 함께 전장을 거쳐 왔는지 기억도 나지 않는 검이었다. 자신은 이 검으로써 무엇을 얻으려고 했는가? 자기 만족? 혹은 속죄? 그것도 아니면 그저 영원히 끝나지 않는 현실 도피? 그는 자신의 그런 오랜 질문에 대답하지 못했다. 오래전에 사랑했던 그 여인의 이름은 무엇이었을까? 지금은 이름조차 기억나지 않는다. 혹은 발헤니아의 사막에서 만났던 그 이교도 여자의 이름은 무엇이었을까? 역시 기억나지 않는다. 자신은 어째서 검을 들고 전장을 방황하고 있는가? 어디까지 여행하고 그 여행의 끝에서 무엇을 찾으려고 하는가? 스스로도 잘 모르겠다.

그는 어느새 항상 전장을 헤매고 다녔지만 이제 더 이상 스스로에게 질문하는 것을 포기했고 스스로에게 대답을 구하는 것을 포기했다. 방황하는 것으로는 아무것도 얻지 못한다. 그렇지만 그럼에도 불구하고 그는 여전히 앞으로도 방랑할 것이다. 영원히 찾지 못할 그 대답을 기다리며. 태초의 세상에 질문은 시작되었고 멸망의 날 세상에 질문은 대답되어질 것이다. 성서에 남겨진 그 구절도 자신에게는 위안이 되지 못한다. 파일런 디르거는 움푹 들어간 눈을 깜박이며 잠시 동안 이마의 주름을 늘렸다.

결투다운 결투도 해보지 못하고 죽음의 처분을 기다리던 젊은 귀족 역시 입을 다물고 있었다. 그는 파일런의 말을 곱씹어보고 있었다. 독립을 위해서는 얼마나 크고 아픈 희생을 요구하는가? 그 희생이 얼마나 처절하고 절실한 고통이 될 것인가? 그리고 그 희생에 대한 대답은 무엇인가? 그 희생을 요구할 수 있는 이유는 무엇인가? 어찌하여 그런 희생을 감수하면서까지 이 나라의 독립을 쟁취해야만 하는가?

젊은 귀족은 안타까운 생각에 발을 굴렀다. 그 해답은 하루 이틀에 얻어지는 것이 아니리라. 오랜 시간 동안 고민하고 해답을 찾기 위해 방황해야 하리라. 하지만 그 자신에게는 그럴 시간이 없었다. 그저 그를 기다리는 것은 교수대의 밧줄뿐이다. 그는 그 점이 안타까웠다. 무장 봉기를 일으켰을 때 그는 어떤 희생이라도 치를 각오가 되어 있었다. 죽음 따위는 두렵지 않았다. 스스로에 대한 긍지를 희생하면서까지 살고 싶은 생각은 없었다. 하지만 이제 겨우 갈 길을 찾았는데 그 길을 한 발자국도 걸어보지 못하고 죽어야 한다는 사실은 너무나 안타까웠다.

"자네의 이름이 뭔가?"

"네? 제 이름 말입니까? 레오돌프 인스하이머입니다. 레오돌프 인스하이머 백작입니다. 올해 27살입니다."

"27살이라… 충분한 나이군."

"무슨 말씀이십니까?"

"자네에게 죽음이라는 형벌을 내리겠네. 삶으로써 죽어야 하는 형벌. 내가 자네의 목숨을 사겠네."

"저를…… 살려주시겠다는 말씀이십니까?"

"내가 자네를 살려줬다는 사실 때문에 자네는 평생 동안 나를 원망하며 살아갈 거네. 지금은 이 말을 이해하지 못하겠지."

"궤변 논리의 유희를 즐기고 싶은 생각은 없습니다. 나를 당신들의 앞잡이로 쓸 생각이시라면 그냥 이 자리에서 나를 죽이십시오. 당신이 나를 살려준다고 해도 나는 당신들의 앞잡이 노릇을 하면서 조국을 배반할 생각은 추호도 없습니다."

"자네의 그런 생각이 마음에 들어서 살려두는 걸세. 민회에는 자네 같은 인물이 필요할 테니까. 과격하면서 스스로에 대한 자부심을 잃지 않는 인물이 하나쯤 필요하겠지."

"민회? 그게 뭡니까?"

"차차 알게 될 거야. 조급하게 생각할 필요는 없을 게야."

파일런 디르거는 고개를 갸웃거리는 인스하이머에게 부연 설명을 하지 않았다. 그런 것은 그의 성격에 맞지 않았다. 그는 클레이모어를 집어넣고 자신을 따라오라는 짧은 지시를 내렸다. 인스하이머는 복잡한 표정을 지으며 파일런을 따라 걸었다. 입을 다물고 자리를 지키던 무장 병사들이 그들의 뒤를 따랐다.

"이제부터 자네의 그 눈으로 똑똑히 봐두게. 얻고자 하는 자는 잃어야 하며 잃고자 하는 자는 얻을 것이라. 신학자가 아니라도 이 유명한 구절쯤은 외우고 있겠지. 똑똑히 보게, 자네가 그렇게 원하는 조국의 독립을 위하여 필요한 것이 무언가를. 그리고 의지가 없는 목적은 탐욕으로 변질된다는 차가운 현실을."

인스하이머는 파일런 디르거의 포로 신분으로 이후에 벌어진 진압 작전을 두 눈으로 똑똑히 목격했다. 불타는 저택과 잘려 나간 손목을 쥐고 울부짖는 병사들, 그리고 그 싸움에 휘말려 죄없이 죽어가는 하녀들의 앙칼진 비명. 그것은 한 폭의 거대한 지옥도였다. 인스하이머는 두려움에 떨며 그 모든 광경을 목도했다. 악몽은 영원히 끝나지 않을 것처럼 계속되었다.

파일런 디르거는 가차없이 병사들을 지휘해 농성 중인 귀족들을 하나하나 제압해 나갔다. 인스하이머는 진정한 무력이란 무엇인지 실감해야 했다. 그는 자신이 그렇게 자만했던 힘이 얼마나 무력한 것인지 새삼 깨달았다. 그토록 무력한 힘을 믿고 그토록 자신만만했던 자신의 어리석음이 저주스러웠다. 인스하이머는 차라리 자신의 목을 치고 저들을 살려달라고 하고 싶었다.

"이건 아니라고 생각합니다!!"

무자비하게 내려치던 검이 허공에서 딱 멎었다. 세찬 빗줄기가 클레이모어의 예리한 검신을 타고 흘러내렸다. 인스하이머는 정신이 나가 버릴 정도로 놀라 허우적거리는 여자를 끌어안았다. 귀족 영애는 눈앞에서 부모가 목숨을 잃는 광경을 목격했고 비명을 지르며 맨손으로 파일런에게 덤벼들었다. 파일런의 검이 그녀의 목을 치려는 순간 인스하이머는 가까스로 그녀를 끌어안고 정원 바닥을 굴렀다. 순간적으로 뛰어들었지만 간신히 살아났다는 생각에 인스하이머는 숨을 헐떡이며 질퍽이는 정원 바닥에 그대로 뻗어버렸다. 파일런은 아슬아슬하게 인스하이머의 목을 치지 않고서 검을 비껴냈다. 간발의 차이였다.

"보시다시피 무력한 여자가 아닙니까? 이런 여자까지 죽여야 합니까?"

"모르고 있는가 본데, 이 땅 위에서 살아가는 대부분의 자들도 그녀만큼 무력하다네. 그런 자들은 조국 통일을 위해서 얼마든지 죽어도 좋고 이 여자는 귀족의 영애니까 살아야 하는 건가?"

"하지만 이 여자는 싸울 힘도 없습니다."

"그들도 그렇다네. 자네들이 그 보잘것없는 왕좌를 차지하기 위해서 싸우는 동안에 고통받는 것은 자네들이 아니라 이 땅에 살아가는 힘없는 이들이라네. 하지만 자네들은 그런 고통은 안중에도 없지. 자네가 나를 비난할 수 있겠나? 나는 자네들 방식으로 싸워보고 있는 걸세. 자네들이 즐겨 사용하는 그 방식을 그대로 흉내 내본 걸세. 모르겠나? 자네들이 그러는 동안에 누가 고통을 받아야 하는지? 그리고 그 무력하게 죽어야 하는 이들의 원통함이 무엇인지 정말 모르겠나?"

인스하이머는 마치 뒤통수에 워 햄머를 맞은 듯한 표정을 지었다. 당장이라도 단검이 있으면 그의 등허리에 찔러 넣고 싶었다. 그런데 그런 그의 모습은 자신이 살아왔던 모습의 또 다른 투영이었다.

검을 쥔 자는 모른다, 그 검에 찔린 자의 고통과 절망을. 인스하이머는 부들부들 떠는 여자를 끌어안으며 입술을 깨물었다. 얼마나 어리석은 인간인가? 자신은 다르다고 생각했다. 이 나라를 이토록 병들게 만든 늙은이들과는 다르다고 생각했다.

인스하이머는 문득 자신의 저택을 지키기 위해서 죽어간 하인들의 얼굴을 떠올리며 전율했다. 그들은 그의 무자비함에 희생된 것이다. 결코 파일런과 진압군의 무자비함이 아니다. 그들은 그의 무자비한 명령에 의해서 죽었지만 그는 그들의 목숨값을 받고서 아무것도 하지 못했다. 돈을 떼먹고 달아난 채무자와 무엇이 다른가? 인스하이머는 그제야 비통한 눈물을 흘리기 시작했다. 죽어간 이들에게 진정으로 죄책감이 들어 오열했다. 자신이 저지른 죄의 대가가 얼마나 큰 것인지 실감하며 전율하고 덧없이 죽어간 이들의 안타까운 미래를 생각하며 통곡했다.

파일런 디르거는 묵묵히 검을 거둬들였다. 그리고 한 점의 동정심도 없는 눈길로 인스하이머를 내려다보았다. 그가 무엇을 느끼고 무엇을 배웠는지는 모른다. 하지만 적어도 정치를 철없는 아이들의 놀이 정도로 생각하던 그에게 이런 현실은 너무 가혹했을 것이다.

"미, 민회가 무엇입니까? 제가 그곳에서 무엇을 하면 되는 겁니까?"

인스하이머는 빗물에 잠긴 정원의 잔디를 뜯어내면서 한 단어 한 단어에 악센트를 실어 또박또박 질문했다. 그 단어 하나하나에는 무력한 분노가 어려 있었다. 그는 이를 악물고 천천히 일어섰다. 그리고 전장에 나선 병사처럼 결의에 찬 얼굴로 다시 한 번 똑같이 질문했다.

"당신이 말한 민회란 무엇입니까? 가르쳐 주십시오! 제가 할 수 있는 일을, 혹은 제가 해야 하는 일을 가르쳐 주십시오!! 이 살육의 끝에서 무엇이 기다리는지 알려주십시오!!"

파일런은 검을 집어넣으며 매정하게 등을 돌렸다. 인스하이머는 잠시 동안 입을 멍하니 벌리고 서 있다가 뛰기 시작했다. 그는 돌아서서 저만치 걸어가는 파일런을 향해 뛰었고 그를 가로막고 섰다. 그는 파일런의 멱살을 움켜잡았다. 그리고 자신의 살점을 뜯어내는 듯한 어조로 말했다.

"바꾸고 싶습니다! 이 나라를! 아니, 저 자신을 바꾸고 싶습니다!! 그러니 알려주십시오!! 그 민회가 무엇입니까?! 그곳에서 저는 무얼 해야 합니까?! 제가 어떤 대답을 얻을 수 있습니까?! 알려주십시오!"

인스하이머는 쥐고 있던 멱살을 놓았다. 그는 한 걸음 물러서더니 빗물이 흐르는 정원에 엎드렸다. 귀족으로서의 자긍심 따위는 개 먹이로나 쓰라고 해! 인스하이머는 얼굴이 잠길 정도로 흐르는 정원에 엎드려 머리를 조아리며 애원했다.

삶조차 구걸하지 않았던 그가 이제는 구걸하고 있었다. 삶보다 더 중요하다고 생각되는 그 무엇인가를 위해서. 무언가를 하고 싶었다. 이렇게 곁에서 무력하게 지켜보고 싶지 않았다. 그는 울먹이며 애원했다. 하지만 파일런 디르거는 질문을 던져 주는 스승이지 해답을 던져 주는 스승이 아니었다. 그는 인스하이머를 비껴 걸어가면서 짧게 대답했다.

"민회로 가게 되면… 알 수 있을 거네, 자네가 무엇을 해야 하는지."

파일런은 병사들을 이끌고 또 다른 진압을 위해 저택을 빠져나갔다.

시체들만 즐비한 저택에 남겨진 인스하이머는 망연자실하게 주저 앉은 채 사라져 가는 병사들의 뒷모습을 지켜보았다. 그는 정원의 풀을 쥐어뜯으며 하늘을 보고 절규했다.

"신이시여! 만약 제가 오늘의 일을 잊어버린다면!! 오늘의 이 고통을 잊고 교만해진다면!! 저에게 저주를! 신의 형벌을 내리소서!! 암살자의 독 묻은 비수에 비명횡사하게 해주소서!! 저에게 끝없는 지옥의 고통을 맛보게 하소서!! 오오!! 신이시여! 저를 구원해 주소서!! 제가 걸어야 하는 길을 저에게 가르쳐 주소서!! 신이시여!! 신의 미천한 종, 여기서 갈구합니다!! 저에게 대답을 내려주소서!! 오! 신이시여!!"

인스하이머는 목이 터져 나갈 정도로 벅차게 절규했다. 빗소리에 묻힌 그의 목소리는 갈라졌다. 그는 갈라진 목소리를 쥐어짜 내며 절규했고 신의 은총과 구원을 갈구했다.

우르릉! 쾅!

신의 대답은 들리지 않았고 대지를 흔드는 천둥 소리가 대답을 대신했다.

〈 Final 〉

    때 이른 초겨울의 햇살은 추억에 젖은 노인네처럼 애잔했다. 금가루를 곱게 뿌린 듯한 햇살이 무표정한 구름들 사이로 빛의 커튼을 수줍게 드리웠다. 아피아노 산 레이스 커튼처럼 부드럽게 쏟아지는 햇살을 감추지 못한 회색 구름은 희미한 보랏빛으로 물들었고, 부쩍 건조해진 대기는 황금빛 레이스 커튼 사이로 몸을 뒤척였다.
    예년보다 한 달은 빠른 겨울에 접어든 발트하임의 수도는 부산스러웠다. 몇 달에 걸친 격렬한 폭풍우가 잠들기 무섭게 달려나와 어망을 손질하고 고깃배의 바닥에 타르 칠을 하는 어촌 같은 부산스러움이었다.
    그 황금빛 레이스 커튼을 향해 갈구하듯 두 손을 뻗은 창문 너머로 육중한 소리가 끊이질 않았다. 망치와 정이 마름돌의 모서리를 깨는 소리며 무거운 마름돌을 들어 올리는 크레인의 쇠사슬이 부르는 노래 따위가 어지러운 화음을 이루며 들려왔다. 근육이 꿈틀거리며 지렛대를 밀어 올리는 동안에 반복되는 '으쌰! 으쌰!' 하는 구령 소리도 들려왔다. 톱이 목재를 자르는 소리와 풀무가 화덕의 불을 키우는 소리도 아스라이 들려왔다. 그 모든 소리에 귀를 기울이던 사내는 퍼뜩 정신을 차렸다.

케이시 파온 튜멜 남작은 두툼하게 껴입은 위로 모처럼 단정하게 손질된 실크 코트를 입고 옷깃을 여몄다. 주름 하나 남기지 않고 손질되고 옷깃에 단단하게 풀까지 먹인 푸른빛 코트를 걸친 튜멜은 잠시 동안 손끝으로 턱을 문지르며 고민했다. 결국 그는 롱 소드를 집어 들었다.

코트 자락 위로 롱 소드를 허리에 매단 튜멜은 다시 한 번 자신의 옷차림을 점검했다. 여행을 하는 동안에 한 번도 자르지 않아 사자갈기처럼 풍성하게 흘러내린 머리칼을 튜멜은 향유를 발라 말끔하게 빗어 넘겼다. 이마를 드러내도록 머리를 빗어 넘겼기 때문에 얼굴 한가운데를 가로지르는 흉터가 보였지만 이제 그는 더 이상 자신의 얼굴에 남겨진 흉터에 연연하지 않았다. 튜멜은 크게 심호흡을 했다.

"이대로가 좋은 거야. 이대로가 좋은 거야."

튜멜은 타이르듯 자신에게 중얼거리고는 허리를 펴고 당당한 걸음걸이로 자신의 침실을 나왔다.

복도에는 에피가 그를 기다리고 있었다. 에피는 평소와는 전혀 다른 모습이었다. 튜멜처럼 머리를 기르기 시작한 에피는 아직 여자치고는 형편없이 짧은 머리를 단정하게 다듬고 하얀 레이스로 장식했다. 그녀는 어깨와 가슴 부분이 비교적 좁게 패인 수수한 드레스를 입고 있었고 보온을 위해 어깨에 따스한 숄을 둘렀다. 소년처럼 보이던 평소의 모습은 온데간데없었다.

튜멜은 잠시 동안 자신의 침실문 손잡이를 잡고 선 채 멍하니 있었다. 입술 화장까지 한 에피는 멀뚱한 눈으로 고개를 갸우뚱했다. 시선이 아래로 내려간 튜멜은 그녀의 가슴에 안겨져 있는 물건을 발견했다. 그것은 상처로 가득한 평범한 숏 소드였다. 낡고 더러워진 숏 소드의 원래 주인은 지금은 없는 쇼의 유품이었다. 에피는 드레스를 입은 채 쇼의 숏 소드를 가슴에 끌어안고 있었다.

"허흠! 흠! 음, 그러니까… 드레스가 잘 어울리는군."

튜멜은 얼굴을 붉히며 침실문을 닫았다. 그가 고개를 돌렸을 때 에피는 복도를 내려다보며 입술을 희미하게 움직였다. 튜멜은 잠시 동안 머뭇거리며 기다렸다.

"쇼랑 아빠랑… 지금 내 모습을 봤다면 비웃었겠지?"

"그러니까… 그게… 음… 헛흠! 잘 어울렸다고 했을 거야."

"이 검을 두고 올 수 없었어. 놔두고 오려고 했지만 눈물이 났거든. 그래서 갖고 왔어. 쇼랑 아빠가 나한테 남겨준 건 이것뿐이었거든."

에피는 숏 소드를 끌어안고 있던 왼손을 펴 보였다. 상처투성이에 굳은살이 박힌 그녀의 손바닥 위에는 초라한 폼멜 장식이 있었다. 레이드가 평생 동안 사용했던 투 핸드 소드에서 떼어낸 장식이었다. 에피는 레이드의 검에서 떼어낸 폼멜 장식과 쇼의 숏 소드를 가슴에 끌어안고 꾸중받는 어린애처럼 우물쭈물 변명했다.

"보여주고 싶었어. 두 사람에게… 우리가 무엇을 이뤘는지."

"가자, 그리고 보여주자. 우리가 무엇을 이루려고 했었고 무엇을 이뤘는지."

튜멜은 에스코트를 청하는 세련된 몸짓으로 에피에게 손을 내밀었다. 평소 예절에 관하여 집착하던 그대로 그의 동작은 흠잡을 데 없었다. 에피는 조용히 그의 손을 잡았다.

"가시지요. 시간에 늦지 않으려면 서둘러야 하니까."

튜멜은 그답지 않게 여유있게 농담까지 하면서 에피를 에스코트했다. 에피는 한 손으로 숏 소드와 폼멜 장식을 가슴에 안은 채 튜멜의 손을 잡고 걸었다.

"그런데… 오빠는 크림발츠로 갈 생각이야?"

"…그래, 내가 더 이상 그분에게 필요로 하지 않을 때까지는 곁에 머물고 싶으니까."

"가슴 아퍼?"

"아니, 그렇지 않아. 이제는. 사랑한다고 고백할 필요 따윈 없어져 버렸지만 세상일이란 것이 항상 말로써 표현해야 하는 것은 아니야. 지금의 내 모습도 한 남자가 한 여자를 사랑하는 무수한 방법 중 하나라고 생각해."

"안 어울려, 바보남작이 그런 소리를 하는 건."

"이젠 그만 해라. 언제까지 나를 바보남작이라고 부를 거냐?"

"나도 크림발츠로 갈 거야."

튜멜은 멈칫 걸음을 멈췄다. 그는 안타까운 얼굴로 에피를 내려다보았다. 그리고 무거운 목소리로 입을 열었다.

"이젠 검을 버리고 드레스를 입어. 너는 새로운 세상을 위한 작은 주춧돌이 되었어. 그걸로 충분해. 더 이상 전장에서 무얼 찾으려고 하지 않아도 좋아. 뭘 찾겠다는 거야? 너는 오늘의 이 나라를 위해 목숨을 걸고 싸웠잖아? 새로운 아침을 기다려. 더 이상 점호 나팔에 깨어날 필요가 없는 그런 아침을 말이야."

"그렇기 때문에 떠나겠다는 거야. 나 그렇게 강한 계집애가 아니야. 쇼랑 아빠랑 죽어야 했던 이 나라에서 아무렇지도 않은 얼굴로 다른 남자를 만나서 사랑에 빠지고 아이를 낳으며 살아갈 용기가 없어. 그래서 떠나려는 거야. 한 번 더 싸울 거야. 그리고 그 싸움이 끝나면… 나는 내 본명을 사용할 거야. 아빠가 물려준 그 이름을 말이야. 그리고 두 번 다시 이 나라로 돌아오지 않을 거야. 스톨츠로 갈 생각이야. 레미 언니는 마음이 좋으니까 한밑천 두둑이 주겠지?"

튜멜은 에피의 마지막 농담에 힘없이 웃어 보였다. 그는 한숨을 쉬면서 무겁게 걸음을 옮겼다.

"아직 여기 계셨습니까?"

이언은 조용히 다가서며 물었다. 사자성 한 켠에서 묵묵히 인부들의 모습을 지켜보던 파일런 디르거는 눈동자를 움직여 이언을 찾았다.

이언은 말쑥하게 검은 성장을 하고서 걸어왔다. 암흑처럼 검은 성장은 그의 외모에 썩 잘 어울렸다. 항상 지저분하던 떠돌이의 모습은 이제 없었다. 이언은 어깨까지 흘러내리는 검은 머리를 목덜미에서 한 가닥으로 땋아 내렸다. 그의 모국 카민의 귀족식 머리 꾸밈이었다. 섬세한 흰색 레이스가 검은 옷깃 사이로 펼쳐져 바람에 펄럭거렸다.

모처럼 단장한 이언과는 달리 파일런은 여전히 변함없는 모습이었다. 전쟁을 치르며 더욱 상처가 늘어난 가죽 흉갑에 허리에는 여전히 클레이모어가 매달려 있었다. 파일런의 갑옷은 더욱 많은 피를 먹어 이제는 칙칙한 검붉은 빛을 띠고 있었기 때문에 어딘지 섬뜩하고 으스스했다. 차가운 초겨울 바람이 그의 백발을 흐트러뜨렸다.

"저걸 보고 있었지."

파일런은 팔짱을 끼고 서서 턱짓을 했다. 이언은 파일런과 나란히 서면서 시선을 돌렸다. 사자성 한 켠에서는 한창 공사가 벌어지고 있었다. 성벽을 뜯어와 확보한 석재로 한창 건설 작업이 벌어지고 있었다. 인부들은 초겨울의 날씨에도 불구하고 더운 김을 피워 올리며 자재를 나르고 기둥을 세웠고 벽을 쌓았다. 기초 공사는 이제 거의 윤곽을 잡으며 끝나가고 있었다. 이제는 본격적으로 석조 기둥을 세울 차례였다.

"고맙네."

"무얼 말씀이십니까?"

"기억나지도 않을 만큼 오랜 시간 동안 내가 찾아 헤매던 질문의 해답을 조금은 알 것 같네. 아니, 아직 해답은 나오지 않았지만 실마리를 잡았다고 해야 하나?"

"죄송하지만 무슨 말씀이십니까?"

"아니, 별말 아닐세. 무엇이 나의 과오였고 나는 무엇을 했어야 했는지 이제는 조금 알 것 같네. 삶의 무게가 처음으로 조금쯤 가벼워지는 느낌을 받고 있다네. 우습지 않은가, 한평생 전장을 헤매며 타인들을 죽이고 파괴를 해오던 늙은이가 건물을 짓는 모습을 보고서 감동하는 모습이? 나도 이제는 많이 늙은 모양이야. 크림발츠 쪽 일이 마무리되면 영원히 은퇴할 생각이네. 남쪽 대륙으로 건너가 사막의 오아시스를 개간하고 양과 염소를 키우며 살아갈 생각이네. 이번 일이 끝나면 더 이상 검을 잡을 생각이 없어."

"알겠습니다. 또 한 명의 존경스러운 기사가 시대의 뒤편으로 사라지는군요."

"아닐세. 내가 얻은 해답은 그게 아닐세. 시대의 진정한 무대는 바로 저곳이야. 땀을 흘리며 기둥을 세우고 기초를 다지는 저곳. 내가 시대의 무대라고 생각했던 전장은 결국 시대의 추악한 뒷모습에 불과했던 거야. 나는 무대의 막을 올리기 위한다는 구실로 많은 이들을 어두운 무대 뒤편으로 몰아넣고 죽게 만들었지. 그리고 그 죄를 속죄한다는 의미로 나 역시 무대 뒤편에서 평생을 헤매고 다녔어. 더 많은 피의 업보를 쌓으며 말이야. 아아, 업보라는 말은 발헤니아에서 쓰던 말이지. 하여간 그랬던 것이 지금까지의 내 인생이었어. 그들을 추악하고 어두운 무대 뒤편에서 죽게 만들었으니 나 역시도 그곳에서 머물며 죽음을 기다려야 한다고 믿었지. 하지만 그건 아니었던 게야. 나는 진작에 무대로 나서야 했어. 그리고 막이 열린 무대에 서서 지켜봐야 했던 거였지. 늙으니까 쓸데없이 감상적이 되는군. 가보게, 아직 시간이 그다지 늦지 않은 듯한데. 나는 이곳에서 건설 작업을 지켜보고 있겠네."

"알겠습니다. 그럼 먼저 가보겠습니다."

이언은 가볍게 목례를 하고는 돌아섰다. 하지만 그가 몇 걸음 내딛기 전에 파일런이 그를 불러 세웠다. 이언은 알고 있었다는 듯이 자연스럽게 돌아섰다.

"자네는 어쩔 생각인가?"

"저를 호위하던 경호대는 에펜도르프 공방전 때 전멸했습니다."

"그건 알고 있어. 하메른 백인대와 시민병 부대의 평범한 병사로 위장하고 참전했었지."

"레미 여왕을 크림발츠의 왕좌로 복귀시키면 제 임무는 끝납니다. 일단 귀국해서 제가 보유한 농담의 기사단을 점검하겠지만 곧 또 다른 임무에 투입될 겁니다. 혹시 압니까? 이번에는 권력 투쟁에서 쫓겨난 어린 국왕을 위해 싸울지? 대륙의 어디에서 어떤 일을 해야 할지는 저도 모릅니다. 하지만 저는 그저 그 임무에 충실하며 살아가겠죠. 그게 제가 살아왔던 방식이니까요. 그럼 나중에 뵙겠습니다."

이언은 가볍게 목례를 남기고 그곳을 떠났다.

수도의 동쪽 언덕 정상에 세워진 트라팔다 공회당은 제국 시대 처음 건축된 건물이었다. 제국 시대 시민들의 재판과 상거래를 위해 세워진 이 공회당은 24개의 열주만으로 구성된 탁 트인 공간이었다. 비를 피할 지붕도 없었고 마땅한 격벽도 없는, 쉽게 말해서 바닥을 포장한 다음 24개의 원기둥을 빙 둘러 세워둔 장소였다. 고지대에 있었던 데다가 주변에 아무런 전략적 가치도 없었던 곳이라 전란에도 파괴되지 않은 장소 중 하나였고 지붕조차 없는 곳이기 때문에 터전을 잃은 빈민들도 모이지 않았던 곳이다.

아침부터 보여든 군중들은 트라팔다 공회당 내부는 물론 공회당이 위치한 언덕과 그 인근 거리까지 가득 채울 정도였다. 전란 이후 수도에 이렇게 많은 사람들이 한 장소에 모인 적은 한 번도 없었다. 남루한 몰골의 빈민들도, 이번 전쟁에서 별 피해를 입지 않은 부유한 상인들도, 시민전쟁에 참전해 불구가 된 시민병들도 이곳으로 모여들었다. 보통 때라면 근위대가 질서 유지에 투입되었어야 했지만 이날만큼은 여왕의 창기병들이 투입되었다.

처음에는 점령군의 이미지로 나타났지만 페임가르트 군의 침공을 압도적인 전력으로 격퇴하여 페임가르트의 라이어른 내부 입지를 약화시켜 버린 데다 이후 병력의 대부분이 수도 재건 사업에 투입되었기 때문에 그들에 대한 시민들의 반감은 많이 누그러져 있었다. 물론 여전히 한쪽에서는 그들을 점령군으로 여기고 있었지만 노골적인 반감이나 무장 소요 따위는 더 이상 없었다.

"친애하는 시민 여러분!!"

연단에 선 젊은 여자는 목소리를 가다듬고 소리 높여 외쳤다. 술렁이던 소리가 일시에 멎었고 트라팔다 공회당은 놀랄 만큼 조용해졌다.

레미 루엘라이 아낙스 파반트, 크림발츠 여왕은 잠시 호흡을 고르고는 다시 큰 목소리로 입을 열었다. 그녀의 목소리는 힘이 있었고 당당했다.

"발트하임은 얼마 전까지 불행한 전쟁으로 신음했습니다. 누가 옳았고 누가 틀렸는지는 지금 이 자리에서 말하지 않겠습니다. 그것은 지금 이 자리에서 중요하지 않습니다. 그것은 좀 더 시간이 흐르고 여러분의 아이들이 또 다른 아이의 아버지, 그리고 어머니가 되었을 때! 어른이 된 여러분의 아이들이 판단하도록 우리는 잠시 우리의 의무를 접어두기로 하겠습니다. 그것보다 중요한 것이 있기 때문입니다. 그것은 무엇입니까? 그렇습니다. 우리는 전쟁으로 부서진 이 나라를 재건해야 합니다. 여러분들은 이제 제가 누구인지 아실 것입니다. 네, 저는 크림발츠의 여왕 하이나 11세입니다. 고인이 되신 아델만 국왕 폐하께서는 서거하시는 그 순간까지 저에게 간곡히 부탁했습니다. 이 나라, 발트하임을 존속시켜 달라고 말입니다. 저는 한 나라의 군주이자 한 여자로서 그분의 유언을 지킬 생각입니다. 우리에게는 얼마 전 불미스러운 불행한 사건이 있었습니다. 여러분들은 제가 이 나라를 크림발츠의 식민지로 만들지 모른다고 걱정하십니다. 그리고 그 걱정 때문에 유감스럽게도 유혈 사태까지 벌어져야 했습니다. 참으로 가슴 아픈 일입니다. 저는 한 나라의 군주로서 이 나라에서 많은 것을 배웠습니다. 저는 한 번도 이 나라를 크림발츠의 식민지로 만들 생각을 하지 않았습니다. 이 나라는 라이어른 인들의 것이지 크림발츠 인들의 것이 아니기 때문입니다. 저는 고민했습니다. 생전에 저와 친분을 나눴던 고 아델만 국왕의 유지를 받는 길은 무엇인가? 왕가의 가계도가 끊겨 많은 귀족들이 자신이야말로 새로운 발트하임의 국왕이라고 자만하는 이 혼란을 끝낼 방법은 어디에 있을까? 한 나라의 군주임에 부끄럽게도 저는 여러분 모두가 만족할 대안을 제시하지 못했습니다. 지금 저의 결정이 많은 분들을 불만스럽게 만들고 저를 증오하게 될지 모릅니다. 하지만 저는 제가 선택한 길이 최선은 아닐지언정 차선일 수 있다고 자부합니다. 그렇습니다. 우리는 최선을 찾을 수 없을 때 그대로 주저앉아 포기할 수 없습니다. 최선을 찾을 수 없다면 차선을 찾아야 합니다. 그리고 다시 최선을 찾기 위해 노력해야 합니다. 지금 발트하임에 있어서 차선은 무엇입니까? 그렇습니다! 더 이상 이 나라 발트하임이 권력 투쟁을 위한 내전의 무대가 되지 않도록 만드는 것입니다. 이미 여러분들은 목숨을 걸고 싸워 시민전쟁을 승리로 이끌었습니다. 하지만 더 이상 제2, 제3의 시민전쟁이 벌어지도록 주저앉아 있을 수는 없는 것입니다! 포기하지 마십시오! 앉아서 한탄하지 마십시오! 삽을 들고 일어서 이 땅을 재건하십시오! 우리는 그러기 위한 보잘것없는, 그러나 위대함을 위한 역사적인 첫걸음을 내디뎠습니다. 그것은 여러분 모두의 힘으로 이뤄낸 것이며 대륙은 발트하임의 위대한 결정과 그 실천에 경의를 표해야 합니다. 나, 크림발츠의 정통계승자 하이나 11세가 먼저 크림발츠를 대표하여 여러분께 경의를 표합니다! 여러분들의 작지만 위대한 첫걸음에 마음 깊은 곳에서 우러나는 경의를 표합니다. 여러분들의 긍지와 여러분들의 의지, 그리고 여러분들의 믿음에 경의를 표합니다. 신이시여, 발트하임에게 축복을! 전쟁의 참상으로 얼룩진 이 나라를 재건하기 위한 그 첫걸음을 목격할 영광을 얻어 저는 감격의 눈물을 흘리고 있습니다. 저는 이 자리에서 약속드립니다. 우리 크림발츠는 앞으로도 발트하임의 독립을 존중하며 그 독립을 위해 여러분들이 한마음으로 내디딘 이 작은 위업에 경의를 표합니다. 또한 우리 크림발츠는 그러한 여러분들의 자긍심에 상처를 입히려는 어떤 시도로 결코 좌시하지 않을 것을 약속드립니다. 그 증거로 우리는 발트하임의 자립을 짓밟고 초라한 야망에 눈이 먼 페임가르트의 탐욕스러운 창칼로부터 발트하임을 지켰습니다. 목숨을 내걸고 두려움을 떨치고 발트하임을 위해 싸웠습니다. 앞으로도 우리 크림발츠는 발트하임의 독립을 시기하는 모든 이들로부터 여러분들을 지켜 나갈 생각입니다. 이제 발트하임의 역사는 다시 쓰여지고 있습니다. 친애하는 발트하임 시민 여러분! 발트하임 민회의 개회를 선포합니다! 신이시여, 우리에게 영광을!!"

레미 아낙스의 연설은 힘이 있었고 사람들의 마음을 움직이는 데 부족함이 없었다.

그녀가 발트하임 민회의 개회를 선포하며 두 손을 머리 위로 뻗었을 때 땅이 울리는 함성이 터져 나왔다. 박수와 감격이 눈물, 그리고 자축의 함성이 사방에서 터져 나왔다. 그녀의 연설 내용은 사람들의 입에서 입으로 전해져 언덕 아래에 있는 시민들에게까지 전해졌고, 시민들은 민회가 성공적으로 개회되었다는 사실에 감격하며 눈물을 흘렸다.

레미를 중심으로 하는 외교적인 입장에서의 문제는 시민들 누구에게도 중요하지 않았다. 그 문제는 그 이해 당사자들의 몫이지 시민들의 몫은 아니었다. 레미가 비록 크림발츠를 위해, 그리고 라이어른에서 다시 통일을 위한 운동이 벌어지지 않게 하기 위해서 강행한 민회였다. 당연하게 라이어른에게 민회는 페나 왕비의 통일 운동보다 심각한 불씨가 될 것이다. 많은 나라에서 국왕을 축출하고 발트하임처럼 민회를 구성하려는 시민주의자들이 생겨날 것이고, 라이어른의 나머지 5개 국들은 크림발츠와 아메린의 비호를 받으며 민회를 구성한 발트하임을 공략하기 위하여 고심해야 할 것이다.

지금처럼 분열된 상황에서 전쟁까지 이르는 것만을 저지한다. 그것이 레미가 세운 라이어른 정책이었다. 크림발츠와 아메린이 없다면 발트하임은 민회가 구성된 지 1년을 넘기지 못하고 나머지 5개 국의 군사적 압박 속에서 왕정 복고가 이루어질 것이다. 하지만 크림발츠의 무력이 존재하는 한 그러한 일은 일어날 수 없었다. 라이어른은 페나 왕비의 바램과는 달리 두 번 다시 통일을 위해 모이지 못할 것이다. 라이어른은 지금보다 더 극단적으로 분열할 것이고 왕정과 공화정이 대립하는 서로 다른 국가로 갈라질 것이다. 레미는 그런 불씨를 라이어른 땅에 심어놓은 것이다. 크림발츠를 위해서, 그리고 레미 자신의 바램이지만 발트하임을 위해서.

시내의 각 선거구에서 당선된 22인의 민회 의원들과 8개로 분류된 각 신분들을 대표하는 8인의 대표의원들을 포함하여 도합 30인의 초대 의원들이 연단으로 올라섰다. 그리고 수도에서 가까운 근교의 4개 영지에서 영주들이 민회 구성에 동의하며 4명의 장외의원을 수도로 보내와 발트하임 민회 선포식에 참석한 의원들은 도합 34명이었다.

그리고 예상대로 이들 초대 의원들을 대표하는 의장으로 선출된 인물은 아메린 귀족 신분으로 의원이 된 체스터 남작이었다. 체스터 남작은 의원들 무리에서 걸어나와 연단에 섰다. 그리고 차분하지만 단호한 말투로 연설을 시작했다.

"발트하임 초대 민회의 의장으로 선출된 본인은 여러분들도 아시다시피 아메린의 보잘것없는 남작입니다. 저는 미력하나마 에펜도르트 공방전에 참전했습니다. 물론 아무런 공적도 세우지 못했지만 전쟁의 참상은 이 두 눈으로 똑똑히 보았습니다. 여러분, 저는 아메린의 군인으로서 크림발츠와의 전쟁에 참전해 부상을 입었습니다. 그런 제가 어째서 크림발츠의 의견에 찬성하는가 의아하실 겁니다. 하지만 저는 바로 그 전쟁에 참전했기 때문에 크림발츠 쪽에서 저에게 제안한 제의를 수락했습니다. 여러분들 중에서 아메린과 크림발츠의 국경지대에 가보신 분들은 아마 없을 것이라고 생각합니다. 그곳은 정말 아름다운 곳입니다. 해안을 끼고 펼쳐진 산비탈의 아름다움은 저의 초라한 혀로 표현할 수 없었습니다. 하지만 그 아름다운 해안은 우리 아메린과 크림발츠 사이의 불화 때문에 잔혹한 전쟁터가 되어 수세기가 지나고 있습니다. 그 아름다운 곳에서 저는 전쟁이라는 것이 얼마나 지독한 것인지 배웠습니다. 저는 발트하임의 의원이 되어 이 자리에 섰습니다. 하지만 저는 저의 이런 결정이 발트하임의 미래는 물론 나아가 저의 조국 아메린과 크림발츠가 화해하는 계기가 되기를 간절히 소망합니다. 그리고 그 화해의 장 한가운데에 이 나라 발트하임이 존재하기를 또한 신께 기원합니다. 왕좌를 위한 어리석은 탐욕으로 인해 상처받은 이 나라가 다시 일어서려고 하고 있습니다. 이 나라 발트하임은 일어설 것입니다. 지금 이 순간 선포된 민회와 여러분들의 노력으로 재건될 것입니다. 그리고 이 나라는 스스로 다시 일어서 보임으로써 대륙의 모든 국가들에게 새로운 희망을 전달할 것입니다. 귀족들과 시민들이, 장인들과 농부들이, 그리고 군인들이 손을 잡음으로써 새로운 세상이 열릴 수 있음을 몸소 실천해 보여야 합니다. 그럼으로써 우리는 이웃을 원수가 아닌 또 다른 가족으로서 포용해야 한다는 것을 알려야 합니다. 그렇게 해서 오랜 기간 동안 반목한 아메런과 크림발츠가 화해하듯 서로 다른 나라들이 화해하도록 설득해야 할 것입니다. 바로 그 자리에 이 나라! 발트하임이 머물러야 하는 것입니다! 우리는 그 미래를 위해 지금 우리의 자긍심을 보여줘야 하는 것입니다! 이제 검을 쥐고 싸워야 하는 시대는 지났습니다! 바로 우리가 힘을 합쳐 새로운 시대를 열어야 합니다! 바로 여러분들의 손으로 말입니다! 신이여! 우리에게 축복을!"

현실주의자이면서 이상주의자라는 양면을 가진 체스터 남작의 연설은 말 그대로 이상이었다. 그 연설을 행한 체스터 남작 본인도 인정했다, 자신이 말했던 그 미래는 결코 오지 않을 것이라는 것을. 아메런과 크림발츠는 여전히 반목할 것이고 앞으로도 여전히 국경 분쟁을 벌일 것이다. 하지만 또한 그런 현실을 인정하고 주저앉아서는 어디로도 갈 수 없었다. 체스터는 라이어른의 또 다른 혼란을 가져오는 불씨가 될지, 대륙의 다른 국가들에게 선례를 남기는 전철이 될지 알 수 없지만 그 자신은 후자에 판돈을 걸었다. 그리고 최선을 다해서 게임에 임하기로 결정했다.

민회의 의장이자 아메런 대표로 선출되었던 체스터 남작의 연설이 끝나자 크림발츠의 대표로 의원이 된 앙뜨완느라는 중년 사내가 나왔지만 이미 크림발츠의 여왕인 레미가 연설을 했기 때문에 그는 의례적인 인사만을 마치고 물러섰다. 여왕의 창기병 보급대에 소속된 정부 관리로 발트하임에 오게 된 그는 적임자가 없다는 이유로 한시적으로 의원 직을 맡았다. 레미가 크림발츠로 돌아가면 정식으로 관리를 파견해 의원 직을 승계받기로 결정되어 있었고, 이번 한 번만 상황을 고려해 그것을 허용하기로 선출된 의원들끼리 합의가 이루어졌다.

마지막으로 발트하임을 대표하는 의원으로 선출된 이는 리히텐발트 호펜하임 남작이었다. 그는 귀족 지구에서 선출되지 않고 가장 많이 파괴된 선거구에서 단일 후보로 입후보하여 거의 만장일치에 가까운 득표로 민회 의원으로 선출되었고 레미 여왕의 강력한 지지를 등에 업고 다른 귀족 의원들을 제치고 발트하임을 대표하는 의원이 되었다. 평민에 가까운 수수한 차림으로 연단에 선 호펜하임 남작은 헛기침을 하고는 느리지만 확실한 어투로 연설을 시작했다.

"지금 발트하임에 있어서 가장 필요로 하는 것은 무엇일까요? 저는 단호하게 빵과 벽돌이라고 생각합니다. 굶주린 이들을 먹이고 추위에 떠는 이들에게 집을 지어주는 것. 그것이 전쟁으로 혼란스러워진 이 나라에서 먼저 해결해야 하는 문제라고 생각합니다. 저는 구호기사단으로 활동했을 뿐 다른 의원 분들처럼 학식이 높지도 않으며 시민전쟁에서 뛰어난 무훈을 세우지도 못했습니다. 그런 저를 이 자리에 올려주신 많은 분들께 진심으로 감사드립니다. 지배자가 되기 위한 다툼 때문에 얼룩진 이 나라에서 제가 또 다른 형태의 지배자가 되고 싶은 마음은 없습니다. 저는 민회가 무엇인지 불과 얼마 전에야 배우게 되었습니다. 그러한 제가 부족하지만 이 나라의 재건에 아주 작은 도움이 되고자 이 높은 자리에 앉아버렸습니다. 저는 이 자리에서 여러분들께 저의 명예를 걸고 맹세하겠습니다. 굶주린 자들을 먹이고 헐

벗은 자들을 입히고 비 맞는 자들에게 지붕을 선물하겠습니다. 부서진 기둥을 다시 세우고 불타 버린 집터에 새로운 집을 짓겠습니다. 지금 이 나라에 필요한 것은 발트하임이 여전히 라이어른 맹약국의 맹약 종주국으로 남는가 하는 것들이 아닙니다. 만약 저에게 두 가지 중 한 가지를 선택하고 한다면, 발트하임이 다른 국가들의 지도자가 되기 위하여 싸워야 하는 것과 참혹하게 찢겨진 이 나라의 상처를 치료하는 것 중에 선택하라고 한다면 저는 단연코 이 나라의 상처를 치료하겠습니다. 이 나라는 너무 오랫동안 전쟁을 했습니다. 시민전쟁의 영웅 케이시 튜멜 남작님께서는 저에게 많은 가르침을 주셨습니다. 이 자리에서 그분의 말씀을 언급하고자 합니다. 발트하임의 시민 여러분! 이제는 검을 버리고 삽과 망치를 들어야 할 때가 되었습니다. 투쟁을 위한 검을 버리고 우리가 모두 발트하임의 재건을 위해 매진해야 할 것입니다. 보잘것없는 본인은 그것을 위해 저의 초라한 모든 능력을 동원할 생각입니다. 혹자는 크림발츠의 지배를 받기 위해 영혼을 팔았다고 저를 비난합니다. 바로 어젯밤에도 저는 누군가에게 계란과 쓰레기 세례를 받았습니다. 영혼을 팔아도 좋습니다. 그것으로 이 나라에서 상처받은 이들을 치유할 수 있다면 저는 제 영혼을 미련없이 팔겠습니다. 지금의 발트하임은 혼자는 서지 못하는 아이와 같습니다. 그런 아이에게 혼자서 뛰라고 요구하지는 말아주십시오. 우리는 힘을 키울 것입니다. 혼자서 걸을 수 있도록 힘을 키울 것입니다. 지금은 혼자 걸을 때가 아닙니다. 혼자 걷기 이전에 먼저 다친 상처부터 치료하는 것이 정해진 순서라고 믿습니다. 그렇기 때문이 이 자리를 빌어 부탁드리고 싶습니다. 시민 여러분! 저를, 아니, 우리 민회를 지지해 주십시오! 그래서 하루빨리 이 나라가 누구의 도움도 받지 않고 당당히 대륙의 다른 국가들 사이에 설 수 있도록 도와주십시오! 부탁드리겠습니다!"

　호펜하임 남작의 연설은 많은 이들에게 공감을 불러일으켰다. 공회당에 모였던 군중들에게 그는 민회의 의원이기 이전에 이미 빈민들을 위해 홀로 구휼 정책을 벌이는 이상한 귀족으로 소문이 퍼져 있었다. 단순히 입소문으로만 듣던 인물이 의회의 연단에 올라와 행한 연설은 시민들의 열성적인 지지를 받았다. 그들에게 가장 시급한 것은 발트하임의 독립이 아니었다. 그것은 사실 일부 귀족들이 권력에 눈이 멀어 시민들을 선동하기 전까지는 누구도 생각하지 않았던 문제였다. 시민들에게 무엇보다 중요한 것은 한 덩이의 빵이었다.

　함성과 박수는 끝없이 터져 나왔고 의회 선포식이 끝나자 시민들은 시가행진을 하면서 새로운 발트하임을 축하했다. 하지만 그런 시민들의 기대감과는 달리 당사자들에게는 시련에 가까운 어려움들이 직면해 있었다.

　한 나라의 정치 제도가 바뀌는 것은 단지 선포식을 한번 행하는 것으로 변하지 않는다. 의회가 선포된 다음날부터 발트하임은 지금까지보다 몇 곱절 더 혹독한 문제에 직면해야 했다. 체제를 정비하기 위하여 모든 인적, 물적 자원이 동원되었다. 사자성은 민회 정부의 청사로 지정되었고 사자성 안에 증축 공사 중인 건물은 민회에서 승인된 업무를 수행하기 위한 소회의장으로 결정되었다. 트라팔다 공회장은 선포식의 전통에 맞춰 새로운 법안이 제출되고 의결되는 대회의장으로 명명되었으며 곧바로 24개의 원주를 연결하여 외벽을 만들고 돔 형 천장을 만들어 올리는 공사에 들어갔다.

그동안 모든 민회의 업무는 사자성에서 한시적으로 시행되기로 결정되었다. 귀족들과 부유한 평민들로 구성된 민회는 하루가 다르게 숨가쁘게 돌아갔지만 전쟁으로 붕괴된 국가 체제를 재건하는 일은 그렇게 호락호락하지 않았다.

더욱이 기존의 군주제와는 달리 다수결이라는 새로운 법칙에 의존해야 했기 때문에 민회에서 법안이 결정되는 속도는 너무 느렸다. 발트하임이라는 국가가 요구하는 체제 정비의 속도와 갓 선출된 민회에서 법안을 가결하는 속도의 차이는 극단적인 대극을 이루었고 수많은 시행착오를 요구했다. 수도에 식량을 반입해 시민들에게 배급하는 문제는 하루라도 빨리 대책이 세워져 가결되어야 했지만 저마다 의견이 분분한 데다 귀족들은 평민들이 제출한 법안을 반대하고 평민들은 귀족들의 법안을 반대하는 뿌리 깊은 적대감을 극복하지 못했다. 하루가 다르게 의회에서는 싸움이 멈출 기미를 보이지 않았고 많은 시급한 문제들은 계속해서 개미탑처럼 차곡차곡 쌓여갔다.

또한 문제가 되는 쟁점 중 하나가 근위대의 통수권을 누가 쥐고 있어야 하는가였다. 처음 제시된 의견은 체스터 남작을 비롯한 의장단 3인이 분할하여 통수권을 행사하는 것이었다. 하지만 귀족들만으로 구성된 의장단이 통수권을 행사할 경우 자칫 근위대의 무력에 의한 왕정 복고 내지는 특정 귀족이 공포 정치를 펼칠 경우를 우려한 평민 의원들의 결사적인 반대에 부딪쳐 통수권자를 결정하지 못했다.

발트하임 민회 근위대라고 개칭하는 것에는 의견의 일치를 보았지만 귀족들과 평민들의 대립으로 인하여 그때까지 레미의 지배를 받던 근위대는 통수권자를 결정하지 못하여 수도 재건 작업에조차 투입되지 못한 채 귀중한 전력을 낭비하고 있어야 했다. 그나마 귀족인데도 평민들을 지지하는 귀족들이 몇몇이 있었기 때문에 사태가 최악으로 흘러가지는 않았다.

인스하이머는 바로 그런 대표적인 귀족 중 한 사람이었다. 파일런에 의해 새로운 삶을 얻은 인스하이머는 단번에 민회에서 준열한 비판가로 이름을 떨치기 시작했다. 그는 그 어느 쪽도 편들지 않으며 당파 싸움에 빠진 민회를 규탄했다.

민회로서 당장 처리해야 하는 또 다른 문제 중 하나는 지방 귀족들의 반발이었다. 아직까지 사병들을 보유한 그들은 왕정 복고를 주장하며 노골적으로 수도의 민회를 상대로 전쟁 불사 의지를 내비쳤다. 개중에는 아예 라이어른의 다른 국가들의 왕실과 결탁하는 경우까지 있었다.

다행히 라이어른의 각국 왕실들 중에 노골적으로 발트하임을 견제해 들어오는 국가는 없었다. 게일과 뤼막, 노드 게일은 폴리안과의 전쟁이 끝났지만—휴전이 선포된 것은 아니지만 에펜도르프 공방전이 끝났다는 소문이 퍼질 무렵 폴리안은 라이어른에 대한 모든 군사 행위를 중지했다. 사실상 종전이었다—전쟁의 후유증이 워낙 커서 당분간 라이어른 문제에 개입할 여력이 없었다.

가장 문제시되었던 페임가르트는 레미의 명령을 받은 여왕의 창기병들이 페임가르트 원정단을 격파하는 시점에서 이미 주도권 싸움에 제외되었다. 남은 것은 브레나 한 군데뿐이었는데, 전통적인 무역 국가인 브레나는 사실상 국왕이 통치하지만 모양새를 봐서는 원수제에 가까운 군주제를 채택하고 있었기 때문에 상대적으로 민회에 대한 거부감이 적었다. 왕위가 세습되지 않고 귀족원 회의에 의하여 선출되는 방식을 가진, 사실상 원수제에 가까운 브레나는 이 기회에 라이어른 전역을 상대로 한몫 챙기기 위한 장사를 시도하고 있었기 때문에 라이어른 주도권 쟁탈에 신경을 쓸 여력이 없었다.

　결국 수많은 문제점을 가진 민회 제도임에도 불구하고 발트하임은 심각한 지경으로 악화되는 것만큼은 어떻게든 막을 수 있었다. 주변 국들 중에서 발트하임에게 압력을 넣으며 개입할 여유를 가진 나라가 없는 것이다. 그중에서 발언권이 강한 것은 당연히 크림발츠를 대표하는 레미 아낙스와 아메린 출신의 의장 체스터 남작이었다. 하지만 이들 나라가 적극적으로 정세에 개입할 움직임은 당분간 보이지 않았다.

　발트하임 민회는 그런 어지러운 국제 정세가 가져온 몇 가지 면에서는 훨씬 유리한 위치인데도 불구하고 귀족과 평민들간의 반목을 극복하는 데 어려워했다. 그나마 두 세력은 모든 면에서 서로 반목했지만 성과가 전무한 것만은 아니었다. 발트하임의 체제가 변해야 한다는 것은 누구나 동의했고 그중에서 서로의 입장에 큰 영향을 미치지 않는 범위에 존재하는 법안의 경우에는 쉽게 통과되고 승인되었다. 혼란 속에서도 민회는 느리지만 착실한 방법으로 사태를 해결하기 위한 출구를 찾았다.

　정작 문제시되는 것은 레미 아낙스와 여왕의 창기병들이었다. 크림발츠 여왕이 크림발츠와 국경을 마주하고 있는 발트하임의 민회를 지지했으며 국왕 친위대인 창기병단이 페임가르트 원정군을 대파시켰다는 소문이 크림발츠로 흘러드는 것은 어쩔 수 없었다. 크림발츠는 그 소문 하나로 발칵 뒤집어졌다. 크림발츠의 수도에 있는 슬픔의 탑에 칩거 중이라고 알려진 여왕이 어째서 밑도 끝도 없이 발트하임에 머물고 있냐는 문제는 차치해도 크림발츠가 발트하임의 공화정을 지지하는 듯한 돌출 행동은 심각한 반향을 불러일으켰다.

이것은 크림발츠 내부의 문제를 폭발시킨 계기가 되기도 했으며 크림발츠의 주변국들을 동요하게 만드는 원인이 되기도 했다. 특히 크림발츠와 또 다른 국경을 이루는 베일에서는 크림발츠가 무력으로 베일을 점령하고 민회를 만들어 베일의 국력을 약화시킬 의도는 없는지에 대한 신경질적인 반응을 보였다.

그러한 상황에서 크림발츠가 내전에 돌입했다는 소식이 발트하임의 수도로 전해진 날은 마침 그해의 첫눈이 사박사박 내리던 날이었다. 귀족원을 중심으로 한 귀족 세력들과 케언 칙명관 세력이 서로 실력 행사에 나서기로 결정한 것이다.

그 소식을 전해 들은 레미는 아득한 현기증을 느끼며 망연자실 주저앉았다. 이제는 더 이상 이렇게 한가하게 타국의 상황에 협력할 여유가 없었다. 레미로서는 하루빨리 귀국해 내전의 불길이 발트하임을 집어삼킨 것처럼 크림발츠를 삼키지 않도록 저지할 필요가 생겼다. 덕분에 그녀가 앙뜨완느를 통해 민회에 가결을 요구하려 했던 많은 계획들은 빛을 보지 못한 채 파묻혀 버렸다.

그만큼 크림발츠의 내전은 단지 크림발츠의 내전으로 끝나는 문제가 아니었다. 크림발츠의 약화는 대륙 전체의 3강 구도로 이루어진 균형에 심각한 문제를 야기할 소지가 있었다. 몇 해 전 벌어졌던 아메린 내전이 가져왔던 폐해는 아직도 복구되지 못했다. 레미는 더 이상 발트하임 문제에 매달릴 수 없었다. 간신히 파행을 면하며 귀족파와 평민파가 첨예하게 대립하는 발트하임 민회의 문제도 하찮은 것으로 전락시킬 만큼 중요한 문제였다. 그래서 결국 레미는 여왕의 창기병단에게 회군 준비를 지시했다.

창기병단은 수도 외곽에 집결했고 장거리 행군을 대비하기 시작했다. 레미는 날개만 있다면 당장 크림발츠의 수도로 날아가 버리고 싶다는 생각까지 하면서 모든 준비가 끝나고 귀국할 날짜를 기다렸다. 앞으로 발트하임의 민회는 스스로의 힘으로 자립하든가, 의견 충돌을 극복하지 못하고 자멸하든가 양자택일을 해야만 했다.

"우리가 처음 여행을 시작했던 때가 생각나는군요."
레미는 창밖을 내다보며 중얼거리듯 말했다. 모처럼 모두 모인 튜멜 일행은 조용히 레미의 말을 경청했다.
"앞으로의 싸움은 지금까지 우리가 해왔던 싸움과는 비교할 수 없을 만큼 치열한 싸움이 될 거예요. 결국 나는 군주로서 크림발츠가 내전을 벌이는 극단적인 상황으로 악화되는 것을 저지하지 못했어요. 섣불리 발트하임 정세에 개입한 것이 결국 이런 결과를 가져왔군요. 하지만 후회하지는 않아요. 후회할 시간에 앞으로 나아가겠어요. 그리고 오빠가 죽는 순간까지 포기하지 않았던 계획을 내 손으로 실현하고 싶어요. 결국 나는 크림발츠의 귀족들은 물론 내 남편과도 싸워야 하겠죠. 어쩌면 그들을 죽여야 하겠죠. 그런 나를, 그런 나와 함께 크림발츠로 갈 생각이에요?"
레미는 튜멜 일행을 굽어보면서 조용히 질문했다. 그녀는 담담한 얼굴로 동료들의 대답을 기다렸다. 또 한 번의 전쟁을 치러야 하고, 그 전쟁은 지금껏 치러온 전쟁보다 한층 격렬할 것이다. 이미 일행 중에 두 사람이 죽었다. 이번 싸움으로 또다시 몇 명이 죽을지는 오직 신만이 알고 있을 것이다.

집무실에 모여 있던 튜멜 일행들은 잠시 동안 입을 다물고 아무런 말도 하지 않았다. 그저 각자의 입장에서 다시 한 번 자신의 결정을 숙고했다. 레미는 희미하게 미소 지었다.

"내가 크림발츠에서 이루고자 하는 일들이 무엇인지는 이미 예전에 모두에게 말했었죠. 그리고 나는 이제 망설이고 방황하던 레미 아낙스가 아니에요. 나는 레미 루엘라이 아낙스 파반트. 크림발츠의 군주로서 내가 떠나온 크림발츠로 되돌아갈 생각이에요. 도와달라고 부탁하지는 않겠어요. 여러분들은 모두 지금껏 나를 충분히 도와주었으니까요. 나는 그것에 감사하고 있어요."

레미는 입을 다물고 다시 한 번 웃어 보였다. 솔직히 좀 더 이들과 함께 있고 싶었다. 그것이 이들에게 상처를 주는 일이 될지도 몰랐지만 이대로 헤어지고 싶지 않았다. 그들에게 보여주고 싶었다, 자신이 무엇을 이루게 되는지. 바람이 불어올 때 어떤 이는 여행을 떠나고 어떤 이는 여행에서 돌아온다. 지금껏 긴 여행을 지나왔고 마침내 도착했지만 바람은 여전히 불고 있었다. 이제는 또 다른 여행을 떠날 시간이었다.

"함께하겠습니다. 보잘것없는 도움이나마 조력을 바치고 싶습니다, 여왕 폐하."

맨 처음 대답한 것은 케이시 튜멜이었다. 그는 한 걸음 나서며 고개를 숙여 예를 취했고 망설임없는 단호함으로 대답했다. 레미는 조용히 고개를 끄덕였다. 민회의 의원 자리를 추천했을 때 튜멜은 그 자리를 거부하고 대신 호펜하임 남작을 천거했다. 그것은 무언이지만 말보다 단호한 의지를 밝히는 일이었다. 그는 이곳에 남아 민회를 이끌기보다 레미와 함께 여행을 계속할 것을 밝힌 것이다. 누구도 그 결정에 놀라지 않았다.

"……."

튜멜을 뒤따라 앞으로 나온 사람은 에피였다. 그녀는 아무런 말도 하지 않았지만 묵묵히 튜멜과 나란히 섰다. 레미는 이번만큼은 슬픈 표정을 지으며 시선을 내리깔았다. 하지만 그녀의 결정을 거부하지는 않았다. 더 이상 아무것도 잃을 것이 남지 않은 에피는 담담하고 차분한 얼굴로 입을 다문 채 서 있었다.

"말했듯이 좀 더 여행을 계속하지, 전장이 남아 있으니까."

파일런은 턱수염을 쓰다듬으며 말했다. 시선이 이언과 카라에게 쏠렸다. 정확히 말하면 이언에게 집중되었다. 카라는 당연히 이언의 결정에 동의할 것이라는 것을 알고 있었다.

이언은 미간을 찡그리며 피식 웃었다. 그 순간 그의 모습은 몇 달 전 여행을 시작하기 전에 튜멜의 영지에서 머물렀던 떠돌이의 모습으로 되돌아가 있었다. 이언은 싸늘한 눈으로 동료들을 바라보면서 이죽거렸다.

"다들 대단한 전쟁광들이거나 지독한 바보들이라니까. 나야 새삼스럽게 의견을 밝힐 필요는 없겠지. 내 임무는 다들 알고 있을 테니까."

이언은 카민 식으로 땋아 내렸던 머리를 풀면서 웃었다. 눈보라처럼 싸늘한 냉소였다.

레미는 다시 한 번 동료들을 한 명 한 명 바라보았다. 그리고 한결 단호해진 얼굴로 조용히 미소를 지었다. 어디선가 남풍이 불어와 희미하게 흩날리는 눈발의 흔적을 지워 버렸다. 그녀가 입고 있던 원피스만큼이나 어두운 회색 하늘은 그 끝이 보이지 않았다. 레미는 미소 지으며 말했다.

"고마워요, 모두들. 우리의 여행은 당분간 계속되는 거예요. 이 여행의 끝에 무엇이 우리를 기다리고 있을지 모르지만."

〈 여왕의 창기병 제1부 완결 〉

후기를 대신한 영양가 제로 잡담

안녕하세요? 글쟁이 늑호입니다. 혹시 아시는 분이 계실지 모르는데 〈여왕의 창기병〉의 첫 번째 연재가 시작된 것은 2000년 6월 16일입니다(사실 본인도 몰라서 검색해 봤음. 웃음~). 결국 꼬박 2년 만에 10권의 책을 완성한 셈입니다. 이 글이 저의 처녀작은 아니지만 저의 첫 번째 출판작이 되었습니다. 그동안 많은 일들이 있었고, 많은 사람들을 만났습니다. 이 글을 써 나가면서 제가 조금쯤 성장했는지 자문해 봅니다. 그저 글을 쓰는 것이 좋아서 쓰기 시작했던 제가 이제는 글쟁이로 먹고 사는 사람이 되었습니다. 아직 작가라는 호칭을 받을 자격은 없지만 노력할 생각입니다.

따지고 보면 단순한 러브 스토리로 시작되었던 이 글이 이렇게나 긴 글이 되었습니다. 책으로 10권이나 썼는데 이제 겨우 작은 이야기 하나를 끝맺음하게 된 셈이죠. 이 글을 쓰면서 나름대로 많이 공부하고, 많이 고민하고, 많이 연구했습니다. 그런 일련의 과정들이 과연 제 글에 제대로 녹아 있을지 모르겠습니다. 최선을 다했으니 어느 정도 성과는 있었을 거라고 믿습니다. 아니, 성과가 없어도 좋습니다. 지금 이 글을 읽으시는 분은 제가 제시한 이야기들을 따라온 분들이겠죠? 여기까지 오는 동안 긴 여행이었습니다. 독자 여러분들, 수고하셨습니다. 조금쯤 재미있었다고 말씀해 주시면 글쟁이로서 마냥 기쁘게 받아들이겠습니다. 여행이 즐거우셨습니까? 이 글을 읽는 독자 분들께서 제 글의 어떤 점이 마음에 들어서 여기까지 읽으시고 지금 이 영양가 제로 잡담을 읽으시는지 모르겠지만 다시 한 번 감사드립니다.

저는 제 글을 굳이 판타지라고 고정하고 싶지는 않습니다. 그렇기 때문일까요? 가끔 판타지로서의 문화적 코드에 대한 자각이 부족하다는 지적도 받았습니다. 하지만 반대로 생각해 봅니다. 드래곤이라는 것은 판타지를 이루는 무수한 코드 중에서 불과 한 개의 코드에 불과합니다. 굳이 남들이 다 선택하는 그 흔한 코드를 선택하지 않았다고 비판받아야 할 필요는 없다고 생각합니다.

하나의 문화적 장르를 구성하는 것은 그러한 일련의 코드에 대한 무분별한 복제와 재생산을 의미한다고 생각하지 않습니다. 그건 단순히 한 장의 카피에 불과하지 소설은 아니겠지요. 중요한 것은 장르라고 이름 붙여진, 저의 경우를 놓고 본다면 판타지가 되겠죠? 중요한 것은 이 판타지라는 장르가 갖는 가장 기본적인 페이소스(Pathos)를 얼마나 잘 이해하고 구현하느냐의 문제가 되겠죠.

그래서 저는 처음 이 글을 시작할 때 판타지 장르가 갖는 장치적 부속물들—아름다운 엘프, 흉포한 드래곤, 위대한 마법사, 용감한 드워프 등등—을 과감하게 배제했습니다. 대신에 판타지가 가질 수 있는 무한한 자유로움을 바탕으로 나름대로 판타지 소설이 가져야 하는 페이소스를 재해석해 보았습니다. 그것에 대한 결과물이 이 소설입니다.

꽤나 거창하죠? 쉽게 말해서 남들이 다 쓰는 방식으로 똑같은 복제품을 만들기보다는 그들과는 뭔가 다른 판타지를 써보고 싶었다는 말입니다. 그리고 소설에서 가장 중요한 요소인 재미에 있어서 여러분들이 만족하셨는지 모르겠습니다.

늑호라는 글쟁이가 여러분들께 안내한 여행은 아직 끝나지 않았습니다. 또다른 여행들이 기다리고 있습니다. 〈여왕의 창기병 제2부—크림발츠 편〉이 완결되는 순간이 진정한 이 모든 여행의 종착지가 되겠죠(참고로 2부는 일단 Hitel의 Serial 란, 나우누리의 SF 란, 인터넷 판타지 사이트 라니안, 그리고 Daum에 있는 창기병 팬 카페인 http://cafe.daum.net/recon73에서 먼저 연재될 예정입니다).

이 글이 여기까지 오는 데 많은 분들의 도움이 있었습니다. 거창하지만 엔딩크레딧을 만들어봅니다.

병호, 기혁이, 규식이, 운래, 재언, 광수… 나의 고등학교 친구들(사실 이 친구들은 도움 준 것도 없으면서 이름 넣어달라고 했음. 웃음~).
함께 원로원을 구성하고 있는 백호님과 야랑님, 그리고 재원님(아~ 재원님, 출판 축하드려요~).
가우 경, 펜릴 경(역시 두 사람 다 출판 축하~).
이외에도 저를 아는 모든 하이텔 분들(예전에 언급했으니 생략해도 되죠?).
팬 카페를 만들어준 리칼님과 Vishuke님, 케언님(제 소설 캐릭이군요).
그리고 많은 창기병 카페 식구 분들,
많은 분들을 알지 못하지만 나우누리 분들,
프로젝트 일정이 빡빡한데도 창기병 작업을
너그러이 눈감아주신 조성경 팀장님,

노 이사님과 늑호의 부서 동료인 Sean 군, 경호 씨,
저를 아는 ACTOZ Soft와 Vanilla Soft 직원 분들,
그리고 이 글을 읽을 Kwon SKY. 힘내라.
과연 이 글을 읽을지 의심스러운 시진이와 시퀀 남매,
이렇게 사고뭉치 큰아들 때문에 항상 걱정뿐이신 부모님(죄송합니다. 그리고 감사합니다).
이 글을 쓰는 지금 시점에 유럽의 낯선 거리를 걷고 있을
하나뿐인 내 동생 병무,
그리고 원고 펑크와 행방 불명 잠적도 불사하는 늑호 때문에
마음 고생이 많으셨을 청어람 직원 분들,
이 글을 읽어주신 많은 독자 여러분들,
그리고 마지막으로 내가 힘들어할 때 내 곁에 있어준
고마운 영주에게 다시 한 번 감사의 인사를 드립니다.
저는 여러분 모두를 사랑합니다.

《출판을 방해한 것들》

Playstation2 + Gran Tourismo3 + 2002 Seoul-Tokyo Concept.
시드 마이어의 Civilization3.
Nikon Coolpix995 Digital Camera(하지만 미워할 수 없는 것들…).

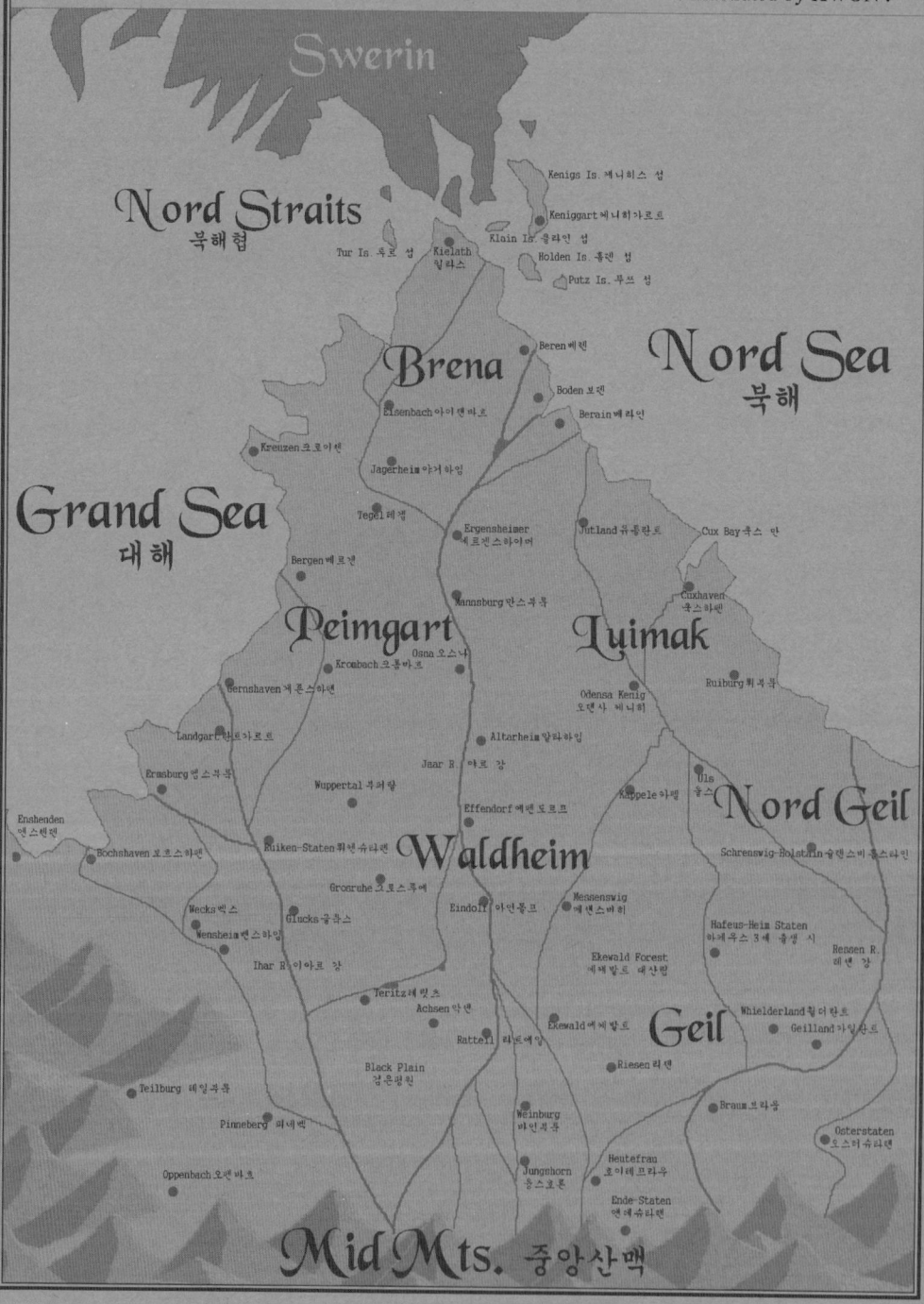